What Is an Editor?
Saxe Commins at Work

我只是一个编辑

萨克斯·康明斯
和
他的作家们

Dorothy Commins

〔美〕**多萝西·康明斯** 著

任 战 译

人民文学出版社
PEOPLE'S LITERATURE PUBLISHING HOUSE

著作权合同登记号　图字 01-2020-4573

What Is an Editor? Saxe Commins at Work
Dorothy Commins
Copyright © 1978 by The University of Chicago
Licensed by The University of Chicago Press, Chicago, Illinois, U. S. A.
All rights reserved.

图书在版编目(CIP)数据

我只是一个编辑:萨克斯·康明斯和他的作家们/
(美)多萝西·康明斯著;任战译. —北京:人民文学
出版社,2024
　ISBN 978-7-02-018499-6

　Ⅰ.①我…　Ⅱ.①多…②任…　Ⅲ.①散文集-美国
-现代　Ⅳ.①I712.65

中国国家版本馆 CIP 数据核字(2024)第 003820 号

责任编辑　朱卫净　邰莉莉
封面设计　李苗苗

出版发行　人民文学出版社
社　　址　北京市朝内大街 166 号
邮　　编　100705

印　　刷　山东新华印务有限公司
经　　销　全国新华书店等

字　　数　217 千字
开　　本　889 毫米×1194 毫米　1/32
印　　张　8.75
版　　次　2024 年 1 月北京第 1 版
印　　次　2024 年 1 月第 1 次印刷

书　　号　978-7-02-018499-6
定　　价　69.00 元

如有印装质量问题,请与本社图书销售中心调换。电话:010 - 65233595

献给我的孩子们
弗朗西斯·埃伦·康明斯–贝内特
尤金·大卫·康明斯

目　录

萨克斯·康明斯在他的办公室里

前　言

　　本书收录的信件仅仅是尤金·奥尼尔、威廉·福克纳、辛克莱·刘易斯、W.H.奥登，以及其他许多作家，在近四十年的时间里，与他们的编辑萨克斯·康明斯大量通信中的一部分。这些信件，连同书中的其他文献，是从数百份文件中选出来的，它们属于萨克斯·康明斯，现分类保管于普林斯顿大学图书馆中。书中拣选的是那一巨大收藏中具有代表性的，向我们展示了萨克斯和他的作者们之间的交往，其中有些属于我们这个时代最伟大的作家之列。这种交往通常是非常亲近和个人化的，或许在编辑与作者的关系种类中也是独特的。有许多事情是在作家要求、编辑依从的严格的保密状态下发生的，因此这些信件仅仅是冰山一角。

　　书中某些人物并无通信记录留存，或许可以这样解释：许多交流是作家们在萨克斯办公室或我们家中口头进行的。但那些切实存在的信件仍然是非常有价值的，因为它们清晰地向我们展示了编辑和作者之间一种极其富有成果的关系。

　　在如今的世界，以及毫无疑问在任何我们可以想见的未来，以萨克斯和他的作者们之间为代表的这种私人关系，似乎绝不可能再现。从这个意义上来说，这些文献的集结本身就已经具有了某种历史价值，它表现了美国文学成熟过程中的一个伟大阶段。包括萨克斯在内的富于奉献精神的编辑们，其工作是那个伟大阶段强有力的推动力量，即使那种力量是隐性的。

　　萨克斯·康明斯是个寡言少语的人，惯于自我贬损，谦虚在他身上几乎是个缺点。他谦逊的一个典型例子就是，他保留了作者们的大量信件，却觉得没有必要保留自己写给作者们的大部分信件。

作为一个编辑，他勇敢且充满想象力。他拥有一种强烈的本能，可以让他捕捉到一位作家拼命努力想要表达出来的微妙思想或优雅语句。这一品质，与忠诚和奉献精神结合在一起，被他毫无保留地献给了与他合作的作家们。

毫无疑问，萨克斯·康明斯所实践的编辑工作，需要对文学风格的准确把握和对文学广博而深入的了解，但它同样也要求跟出版相关的许多实用技能，包括书籍的设计、印制和恰当的营销手段。萨克斯·康明斯是天生的老师，他曾经就出版的方方面面做过演讲或在非公开场合与许多作家和学生进行交流，而且的确在哥伦比亚大学教授过四年的出版课程。

萨克斯·康明斯进入出版行业时三十五岁左右，这是他真正的事业。那时并没有规范化或正式的培训来教人们如何做编辑。不过，他总是毫无保留地将自己在实践和错误中积累的宝贵经验传授给年轻一代的编辑。某种程度上说，这本书也包含了他的自我教育和成长，这些从他自己的工作和作家们的回应表现出来。如此说来，这本书不只是一部回忆录。尽管我在书中加入了对他一生的简短回顾，但这本书的初衷并不是传记或学术记录。它更像为一个工作中的人所绘制的肖像，同时也记录了美国文学史上的一段辉煌岁月。

书中的报告和信件展示了在一家商业出版社中编辑是如何工作的。不过，萨克斯对编辑工作的思考也非常有用，当时他正在为哥伦比亚大学的一系列讲座做准备（有时，萨克斯也可以端起一副说教的口吻）。

那么，什么是编辑？要知道编辑"是"什么，有必要去探寻他曾经是什么，以及他会成为什么。编辑首先是一名工匠，为他的技艺自豪，敏于领悟各类思想并能对它们做出回应；他反对笨拙、差错、错误信息、废话和妄言；他为天才而奋斗，为观点的自由交流和信息的最大范围传播而奋斗。他善于运用印刷术的一切可用技术和沟通交流的所有手段。他思维敏捷，长于猜测和预言。他为自己的幸运而祈祷。

编辑需要承担多重角色，因为每当面对一部新的手稿，他就是在面对一套新的思想体系、一个全新人格的投射，必须让自己适应一种新的形式。因此，他的头脑是开放的，永远记得他正在编辑的每一本新书都是一个全新的存在。

同时，萨克斯也喜欢抹去自己。

几乎所有阅读的人都是编辑，因为——以一种或另一种形式——每个人都对思想做出反应，都对一本书的内容和形式有自己的想法，而且被诱惑依照自己的背景、判断、成见和批评的敏锐力，在阅读的过程中对文稿进行修改。甚至可以说，编辑可以是任何一个手中拿着铅笔来阅读的半文盲。

萨克斯是个实际的人，但这封战时写给某位仰慕者的信显然带有非常强烈的个人情感。

我本人，以及由我代表的兰登书屋，为您对我们所从事事业的深刻理解表示感谢。但是首先，请让我为您解释我在兰登书屋之于您的意义中所扮演的谦卑角色。若说我是一个商人，我的同事们应该会对此报以轻蔑的嗤笑；我只是一个正在工作的编辑，对于出版积累了一些粗浅的概念。在我的书中，关于出版的首要原则是思想的交流。就让经济决定论者从此时到末日一直叫嚣利润动机至上吧；我仍然坚信，铅字是神圣而有生命的。正如圣约翰所说："最初，有了文字，文字即上帝。"就让神学家们把"文字"一词解释为基督吧，随他们所愿，我不介意。不过，这并不是说出版可以存在于我们的时代和时代的局限性之外。最重要的是，出版者必须务实，如果你愿意的话，也可以商业化。哪怕是对商业出版者，我也抱持坚定的信念：他在这个现实的世界发挥着自己的功用，帮助塑造——或许只是从某个微小的方面——我们的孩子们将要了解的未来。这不是缥缈的理想主义，而是最终事实，也是我知道的唯一事实。我愿意相信，好书——以你的标准和我的标准——与坏书一样，既可能赚钱也可能赔钱。认为商业成功一定是某种妥协的结果是一种不动脑筋的谬误。一旦确立这样的原则，即好的思想和坏的思想都可以售卖，都可以带来盈利或损失，那么，如何选择，在我看来就是显而易见的了……
［1944 年 1 月 5 日，写给肯尼斯·梅尔文（Kenneth Melvin），陆军军邮局 361 号，太平洋地区］

关于一本兰登书屋没有出版、他也没编辑的书，萨克斯给霍华德·法斯特（Howard Fast）写了一封信。信中表现了他作为编辑的职业本能。

在从罗切斯特出发的火车上，我一口气把《美国人》读完了……您的作品激起了我真诚的敬意，但也感到些许失望。您的叙事力量从未如此坚定。席林对帕森斯故事的讲述是一个持续有力的过程，就连阿尔特格尔特的倾听都增加了整个场景的戏剧张力。

序篇中交代了阿尔特格尔特的背景和环境，读来非常有信服力。令我感到十分担心的是他从少年到成为法官这一人生阶段在时间、阐述和揭露上的巨大跨度。我想，这其中的脱节就连漫不经心的读者都会注意到，而这一点正是让我觉得有所欠缺的地方。

他究竟是如何从法官跃升为伊利诺伊州州长的，同样也没有说明。我认为，阿尔特格尔特与格罗弗·克利夫兰之间的斗争可施以更多笔墨，特别是阿尔特格尔特以宪法为据彻底打垮克利夫兰之后。

我很高兴看到布赖恩被塑造成一个对词语有着超常记忆力的傻子。问题是，历史上的布赖恩究竟是不是一个被极端自负的权力梦想腐蚀的神童呢？我同样希望您可以多写一些普尔曼罢工。借助这一契机，您或许可以稍微加强对吉恩·戴博斯这一单薄的英雄形象的刻画。

虽然是坐在火车上，我仍然无法抑制编辑的职业本能，忍不住挑出了一些问题，但我现在手边没有稿件，所以无法详细指出页码。我记得大概是类似这样的错误：您写了一两次阿尔特格尔特抓住了"演讲台"（rostrum）。这是本周最"厉害"的技艺了。您的意思应该是他抓住了放讲稿的"讲桌"（lectern）。

还有打字错误，比如把"一些"（some）打成了"相同"（same）。

再比如，在您想用"暗示"（implied）的时候用了"推断"（inferred）。您还提到了罗斯福的绰号"泰迪熊"，但事实上在罗斯福任总统很久以后，泰迪熊这种玩具才开始流行，这甚至是在他探索困惑河[①]归来之后。

我想后面找个时间，跟您商量一下这本书的版式和设计。

（1946 年 6 月 26 日给霍华德·法斯特的信）

不过，关于这一点，W.H. 奥登曾给出了最恰当而简洁的评价："头脑的高效和心地的善良很少以同等比例结合在同一个人身上，但萨克斯是个例外。"

---

① 罗斯福在 1912 年遭遇第三次竞选总统失败后，参与了一次亚马孙困惑河的探险活动。这条河当时还是亚马孙流域中一条地图上未曾标出的神秘河流。

第一章

开　端

　　萨克斯瘦削、精干，身高五英尺八英寸①，额头饱满，头发浓黑。他工作时戴着眼镜，偶尔抬起头时，眼镜会滑落到鼻梁上。他的穿着从不追逐时尚。看看他的那些帽子吧！他尤其喜欢戴黑色或棕色的宽边毛毡帽。当他把一顶这样的帽子扣在头上时，就增添了一丝机灵俏皮之感。戴得时间长了，帽子自然会变得老旧寒酸，但若我建议他买顶新的，他只会看看帽子，然后回答："这顶帽子有什么问题吗？"我把磨破了的帽沿指给他看。"哦，就这呀。别碰它，我就喜欢这样！"

　　他从读大学的时候就烟不离手，后来又开始抽烟斗。他自童年起便培养了对于运动持续终生的爱好，最爱的几项运动包括游泳、网球、滑冰和棒球。

　　他是个天生的好学生。高中毕业后，全家人决定将家中微薄的收入用于他的进一步深造。他选择学医并在宾夕法尼亚大学入学。但当他完成本科课程后，医学院只上了不到一年，就接到家中噩耗：他的哥哥哈利染上了肺结核，要移居到亚利桑那治疗。家里不得不将所有积蓄用于支付医疗开支。在这种情况下，萨克斯别无选择，要么辍学，要么缩短学程。因为他已经掌握了基础的医学知识，所以他做出了转

----

① 英制长度单位，1英尺等于12英寸，约为30厘米。

1

学宾大牙科的决定。

早在初入大学之时，萨克斯就会在条件许可的情况下去纽约度周末。他会去找他的姐姐斯苔拉和姐夫爱德华·巴兰坦（大家更喜欢叫他泰迪），一位颇有天赋的画家、雕刻家和演员。他们住在宁静宜人的格林尼治村，距离喧嚣的纽约闹市仅仅几个街区。此处低廉的租金颇有吸引力，因此吸引了众多才华横溢的年轻人源源不断地来到这个相对隔绝的地方。

某个周末，萨克斯见到了约翰（杰克）·里德①，斗志昂扬的青年反叛者和斗士。里德出身于俄勒冈州波特兰市的高级军官家庭，进入哈佛大学后，很快便因其特立独行的观点、对规则和传统的蔑视，以及炙烈如火的性格成了知名人物。来到纽约（大概是 1913 年）之后，里德的记者才华在《纽约环球报》和《大都会杂志》找到了出口。他在城市中漫步，采集关于少数族裔群体和社会歧视的信息和事实。他特别关注"异乡人"的困境。他曾说过这样一句话："我家一个街区之内汇集了世界上所有的冒险；一英里②之内就是每一个国家。"

里德的名字跟那些被剥夺了权利的人联系在一起。他关于罢工和其后续冲突的报道为他赢得了相当多的关注。大约在此时，尤金·奥尼尔遇到了杰克·里德，并被后者身上炽热的理想主义深深打动。后来，里德的奉献精神使他越过了现实的边界：1917 年革命之后，他到苏联任通讯记者并长期居留该地，为自己的信仰饱受折磨，最终幻灭。不过，他将自己的疑虑掩藏了起来，不让它们破坏他写作《震撼世界的十天》(*Ten Days That Shook the World*) 的热情。

萨克斯是通过杰克·里德结识尤金·奥尼尔的。他们的会面很短暂，但是 1916 年的夏天，在马萨诸塞州的普罗温斯敦，萨克斯得以跟

---

① 约翰·里德（John Reed，1887—1920），美国左翼新闻记者、诗人、政论家，美国共产党创始人之一，著名纪实作品《震撼世界的十天》的作者。

② 英制长度单位，1 英里约等于 1.6 千米。

奥尼尔共处了较长时间。当时，金 ① 正在创作“航海系列”（Glencairn cycle）的那些独幕剧。在那个夏天，三部曲中的第一部《东航加迪夫》（*Bound East for Cardiff*）在普罗温斯敦的一座破破烂烂的小剧院里上映了，这里后来成了码头剧院。

金发现萨克斯是一个很好的倾听者。他们花很长时间讨论彼此阅读的书，比如麦克斯·施蒂纳的《唯一者及其所有物》② 和尼采的《查拉图斯特拉如是说》。都是厚重的读物，偶尔穿插一些浪漫主义诗人的作品。

当时，施蒂纳最雄辩的捍卫者是特里·卡林（Terry Carlin）。特里以彻头彻尾的反叛者姿态从芝加哥来到纽约。在纽约的几乎每一个晚上，他都出现在第六大道和第四街交会处的“地狱之洞”（Hell Hole）沙龙，在那里宣扬他摒弃任何形式的规范。希波利特·哈维尔（Hippolyte Havel）是他的听众之一，这是一位真正的波希米亚，他对资产阶级的精彩抨击为卡林离题的独白提供了鼓励。

金把他唯一一则短篇小说《明天》（*Tomorrow*）中的人物和事件置于这样的背景下，这则短篇小说发表在《七艺》（*The Seven Arts*）杂志上。同样的场景和主题后来被发展成《送冰的人来了》（*The Iceman Cometh*），特里·卡林是剧中“白痴哲学家”拉里·斯莱德（Larry Slade）的原型。《送冰的人来了》的写作计划于 1930 年代后期在奥尼尔脑中成形，那时他已经获得了诺贝尔文学奖。

结束正式的学校教育之后，萨克斯开始在纽约的罗切斯特做牙医。诊所的业务蒸蒸日上，他变得十分繁忙，但并没有因此中断与文学圈朋友们的联系。在这段时期，他只能挤出周末的时间去曼哈顿拜访自己崇拜的作家。不过，哪怕是在当时，他大多数时间也是跟尤金·奥

---

① 金（Gene）是尤金（Eugene）的昵称。

② Max Stirner, *The Ego and His Own*，此处采用的是 1989 年由金海民翻译的商务印书馆版本的译名。

尼尔一起度过的。金已经跟艾格尼丝结婚，萨克斯曾到马萨诸塞州的普罗温斯敦、康涅狄格州的里奇菲尔德和百慕大拜访他们。关于一次在百慕大的逗留，萨克斯写道：

应金·奥尼尔之邀，我于 1926 年 4 月前往他位于百慕大哈密尔顿的家中拜访。他住在一座 18 世纪的大宅中，四周有广阔的空地。

我在那里的两周中，经常和金一起讨论他正在创作的作品，正如我们之前在马萨诸塞州的普罗温斯敦和康涅狄格州的里奇菲尔德所做的那样。这次，金已经开始了《奇异的插曲》（*Strange Interlude*）的基础工作。上午，他不受干扰地写作；下午，我们一起游泳和骑车；晚上则用来长距离地散步。

那时，西奥多·德莱塞①的《美国悲剧》取得了巨大的成功并获得了广泛的讨论。我还记得某次散步时我们谈起那本书，金第一次提到了他的新剧本，后来被取名为《奇异的插曲》。他说，德莱塞为一个不同寻常的男人写作了一部小说，而他将用戏剧的形式书写一个不同寻常的女人。他在笔记本中详细地列出了新剧的提纲，里面标明他将利用在前一部剧《大神布朗》（*The Great God Brown*）中用过的面具手段，并将使用旁白来表现剧中人物内心活动和口述言辞的双重性。

在我拜访期间，他正致力于解决上述问题。他给我看了笔记本上的几幅舞台设计草图。奥尼尔每一部剧作的手稿都有这样的草图，它们可以帮助他定位角色们在舞台上的位置。我同样也想起我们曾讨论过这部剧突破性的长度。

---

① 西奥多·德莱塞（Theodore Dreiser，1871—1945），美国现代小说的先驱作家之一，《美国悲剧》是他成就最高的作品。

萨克斯离开百慕大之前，金告诉他自己打算买下当时居住的名为"斯皮特黑德"的老宅。回到纽约后，萨克斯立刻联系了产权人。

　　金当时并不知道，不到两年，他就会离开百慕大。买下"斯皮特黑德"的时候，他和艾格尼丝热情满满地筹划着翻新大宅的内饰和外墙。那一年大多数时间，他们都住在那里。

　　金稳步推进着《奇异的插曲》的写作，与此同时，他希望戏剧公会（the Theatre Guild）能够演出这部剧。之前《财主马可》(*Marco Millions*) 和《拉撒路笑了》(*Lazarus Laughed*) 迟迟未能找到制作方，这让他感到挫败和沮丧。1926 年秋冬，金在纽约住了一段时间，为这几部剧奔走。得到戏剧公会同意制作《奇异的插曲》的许诺后，金心情愉快地回到百慕大，立刻着手为这部剧上舞台做准备。他觉得环境的改变对艾格尼丝和孩子们以及他自己都有好处，于是租下了缅因州贝尔格莱德湖边的一座消夏木屋。这次搬家是一次关键性的变动。

　　1917 年，金与年轻的寡妇艾格尼丝·博尔顿相遇，后者在格林尼治村追求她的写作事业。艾格尼丝并非新手，从 17 岁开始，她便创作了多个故事并将它们卖给了几家杂志。

　　初遇艾格尼丝，金便被她吸引。她的面部轮廓优美，衬托得她灰蓝色的眼睛和棕色的头发更加动人。经过一段时间的热恋并克服重重阻碍之后，他们于 1918 年结婚了，度过了一段幸福而平静的日子，两个人经济富裕，生活丰富多彩。那是金的第二次婚姻。金和艾格尼丝生了两个孩子：欧娜·奥尼尔·卓别林和沙恩·鲁德雷·奥尼尔。不过，两人之间的分歧慢慢累积并最终破坏了他们的婚姻。缅因州的那个夏天过后，他们分开了。

　　从那之后，似乎复仇女神开始介入并下定决心要操纵金的命运。

　　在缅因州的贝尔格莱德湖，金遇上了卡洛塔·蒙特雷（Carlotta Monterey）。1922 年 4 月《毛猿》(*The Hairy Ape*) 演出时，卡洛塔饰演米尔德里德·道格拉斯一角。四年过去了，她已结束跟第三任丈夫的婚姻。她美得颇具异域风情，黑眸明亮，乌发向后梳紧，高昂着头，有高傲凛然之感。无论走到哪里，她都能吸引众人的目光。

她的父亲是克里斯蒂安·尼尔森·塔辛，一个定居在加利福尼亚的丹麦人。她本名黑泽尔·尼尔森·塔辛，十三岁时被家人送到一所天主教学校圣格特鲁德读书。她的同学们很快就发现，她有罔顾事实和真相、把任何日常场景戏剧化的习惯。长大后接受戏剧训练时，她改名为卡洛塔，并将姓氏改为蒙特雷。蒙特雷是加利福尼亚的一座城市，毗邻蒙特雷湾。

贝尔格莱德湖边的夏天过后，奥尼尔一家返回百慕大。艾格尼丝明白了，金对卡洛塔并非一时兴趣。

1928年1月27日，就在《奇异的插曲》首演前夕，萨克斯收到了一封电报："《插曲》首演下周六而非下周日，诚邀观看。届时见。金。"

演出结束后，萨克斯去见了金。金告诉他，卡洛塔已经计划好了他们的出逃。1928年2月10日，金与卡洛塔坐船去了欧洲。

我是通过巴兰坦夫妇认识萨克斯的，我与他们算是相识。当时，萨克斯还在医学院读书，作为一个非常年轻的女孩（怀揣成为钢琴家的梦想），这一点让我非常崇拜。在那次简短的谈话中，我问他是否看过手术。"哦，是的。"他轻声答了一声。我又鼓起勇气问："你可以带我去看手术吗？"这个要求肯定让他很困扰，但他还是答应了。第二天，我们在罗斯福医院碰了面。

那天的大多数见闻在我的记忆中留下了不可磨灭的印象。我们坐在一间小阶梯教室的最上排，教室里已经坐满了学生。灯光暗了下来，一位已被麻醉的病人被推向了教室中央。手术医生和他的助手进来后，一盏巨大的灯降下，灯光打在病人身上。手术进行的过程中，医生不停地解说着，可他说的话，我当时听不懂，现在仍然如此。我一定是满脸疑惑地看向了萨克斯，因为他对我小声解释道："病人的肩胛骨严重骨折。"

离开教室时，我们基本上没说一句话。简短地告别之后，我们分道扬镳：萨克斯回他的医学院，我继续去学我的音乐。

七年之后，也就是1927年，我们重逢了。那时，萨克斯已经以作家的身份首次亮相。出于对弗洛伊德心理学理论的兴趣，他和一位同在罗切斯特的朋友劳埃德·林·科莱曼合著了一部《简明心理学》（*Psychology: A Simplification*），由博尼和利夫莱特出版公司于1927年出版。

萨克斯来纽约的时候，我们会共进晚餐或一起去剧院。和他聊天总是很愉快。回忆起当年在手术室的经历，我们开怀大笑。待他回到罗切斯特，我们便会频繁通信。

圣诞节，萨克斯来看我。琴房外的院子里，一支德国铜管乐队正在排演圣诞欢歌。音乐家们吹奏着"哦圣诞树，哦圣诞树"，有几个高音吹破了。就在这时，萨克斯向我求婚了。他还告诉我，他早就想放弃牙科诊所，走入写作的世界。按照我们的计划，萨克斯要行医到5月初，而在那之前，我要继续教课和演奏。我们要攒够能够在国外生活一年的钱。1927年12月24日，我们结婚了，婚礼很简单，谈不上任何排场。我不由得想，要是我亲爱的妈妈还活着，对我们的婚礼一定另有打算。

时光飞逝，转眼到了6月，我们动身前往英格兰。萨克斯很高兴能够不再当牙医，但他始终跟一位病人保持着密切联系，那就是尤金·奥尼尔。我们在英国待的时间虽然不长，行程却很丰富。我们去了湖区，那里是萨克斯热爱的诗人们生活过的地方，还进行了几次远足。随后，我们搬到巴黎，在法尔吉埃街找了一套小小的阁楼公寓住下。那里有一个充当起居室、餐厅和厨房的大房间，一道狭窄的楼梯通往一间阳台卧室。

我们在巴黎住了不到两周，金就来信请萨克斯到盖塔里与他会合。原来，金当时正在创作一部名为《发电机》(*Dynamo*)的新剧，希望萨克斯前去助他一臂之力，并帮他处理巴黎的一些复杂事务。萨克斯从盖塔里给我写信："你可以帮我打听一下租一台大型安德伍德打字机要多少钱吗？不必有法文键盘。帮我问问三个月的租金要多少。以目前需要做的事情来看，我的便携式打字机不够用。"很快，在随后到来的另一封信里，萨克斯提到了金正在写的另一部剧："现在是凌晨一点，我一直在读这部新剧。尽管还只是初稿，却能看出这是一部了不起的作品，标示着金永不枯竭的灵感又向前迈进了一大步。等着瞧吧，记住我的预言——它将引起巨大的轰动，超过以往的任何作品。若非如此，我将不再发表预言。"那部新剧就是《悲悼》(*Mourning Becomes Electra*)。

与此同时，我收到了一位老朋友的来信。他听说我结婚了，建议我们搬到他巴黎的寓所去住。莱昂·戈登(Leon Gordon)是一位成功的商业艺术家，因其创作的巨幅广告牌而举国闻名：倾斜的麦斯威尔咖啡杯，"滴滴香浓，意犹未尽"；佩戴着艾德假领的年轻人衣冠楚楚；身穿 HSM 定制西装的商业领袖。

莱昂在巴黎有一套现代风格的复式公寓，里面装饰着他从旅行中搜集到的各种漂亮物件。我去看了那套房子，它位于舍尔街中段，确实非常棒。与我们当时住的那个小"作坊"相比，这无疑是一个奢侈的改变。萨克斯从法国南部回来不久，我们就决定搬家。我们找到并租下了一架小型贝希斯坦三角钢琴，我很快便制订了每天的练习计划。萨克斯开始稳步推进金的手稿整理工作。

一天，萨克斯正要乘坐电梯回家，另一位乘客走进了电梯间。到达我们所住的楼层后，那个人问道："您能告诉我谁在您这一层弹奏钢琴吗？"萨克斯吃了一惊，说："我想，您说的是我太太。希望她没有打扰到您。""哦，不，不，不！恰恰相反，务必请她继续弹奏！她的音乐给我的工作带来了灵感。"

接着，那位乘客作了自我介绍。他叫迈伦·纳丁（Myron Nutting），一位美国画家，他的画室兼居所就在我们楼上。很快，我们就和纳丁夫妇互相拜访。在我们的交往中，纳丁先生为萨克斯画了一幅肖像。他也在我弹琴时画了一张素描，后来又绘制成画。

某次拜访中，纳丁先生向我们展示了詹姆斯·乔伊斯的画像。我们这才知道，纳丁夫妇和乔伊斯一家是密友。一天下午，纳丁夫妇说乔伊斯夫妇要来喝茶，问我们愿不愿意参加。当然！我们为此激动不已。

我们到达时，乔伊斯先生已经入座了。他起身欢迎我们，我注意到他非常瘦也非常高，戴着一副厚厚的深色眼镜。他的双手苍白修长，向我们伸出手时，他几乎是在微笑了，但又飞快地收回笑容。最让我印象深刻的是他说话的方式。他吐字清晰而准确，跟通常听到的英语不一样。

乔伊斯先生、迈伦·纳丁和萨克斯坐在一处，我则和乔伊斯太太聊天。她让我着迷。她有一头鬈曲的红棕色头发和红发人常有的漂亮的白皙肤色。她身穿一条款式简单、几乎垂到脚踝的深棕色长裙，腰间系着一根绳索式样的腰带。一位客人对她说道："诺拉，大家都在讨论《尤利西斯》。禁令肯定很快就会解除，到处都能看到吉姆的书。你一定非常以他为傲。"乔伊斯太太盯着说话人看了一会儿，然后以她那浓郁的爱尔兰口音愉快地说："的确，我以吉姆为傲。他是个好人，一个非常好的人，不过他思想肮脏。"

萨克斯很快就找到了西尔维娅·毕奇[①]的莎士比亚书店。书店的位置在奥戴翁路，它像磁石一样吸引着萨克斯，因为那里是 T.S. 艾略

[①] 西尔维娅·毕奇（Sylvia Beach，1887—1962），出生于美国巴尔的摩。1919年，她在巴黎左岸开了英文书店"莎士比亚书店"。1922年，她以莎士比亚书店的名义，为乔伊斯出版了英美两国列为禁书的巨著《尤利西斯》，因而名噪一时。

特、埃兹拉·庞德、格特鲁德·斯泰因 ①、舍伍德·安德森、福特·马多克斯·福特 ②、欧内斯特·海明威和其他一些作家的聚会地。也是在那里，萨克斯与年轻的诗人哈特·克兰 ③ 重逢。早在纽约之时，他们便通过萨克斯的姐姐斯苔拉结识。萨克斯邀请哈特到我们的住处共进午餐。我们原本有机会跟他有更多的交往，可惜他很快便返回美国。最终，我们听到了他自杀的惊人消息。

我们的公寓很快便高朋满座。M. 埃莉诺·菲茨杰拉德（尤金·奥尼尔的守护天使，总是被他叫作菲琪）带来了玛格丽特·安德森。这位在《小评论》(*The Little Review*) 的出版中发挥关键作用的女士总是充满活力，她为乔伊斯《尤利西斯》的出版不懈奔走。我们家的客人有来自美国的，也有来自英国的，有些人一住就是几周。

《发电机》手稿已被仔细通读并完成了打字。金写信给萨克斯："请再帮我一个忙。可以帮我把书稿寄给梅登（尤金的经纪人）吗？"还有两份书稿寄给了戏剧公会。

金此时精神状态紧绷。他和妻子艾格尼丝长期分居，婚姻问题仍未解决，而且似乎短期内无法解决。他想与卡洛塔远走高飞，最好是去远东，以此逃避他的律师和艾格尼丝的律师之间不断的法律协商带来的压力，尤其还有那些窥探他私生活的记者。

终于，他们踏上了盼望已久的旅途。1928 年 10 月 7 日，我们收到了从船上寄来的一封信。卡洛塔写道："船起航后，我到金的舱房去

---

① 格特鲁德·斯泰因（Gertrude Stein，1874—1946），美国作家与诗人，但后来主要在法国生活，斯泰因喜欢社交，她设在巴黎的沙龙吸引了很多人。

② 福特·马多克斯·福特（Ford Madox Ford，1873—1939），英国小说家、诗人、评论家、编辑，代表作为《好兵》。

③ 哈特·克兰（Hart Crane，1899—1932），美国诗人，诗作以晦涩难懂著称，是当时最重要的美国诗人，死时年仅 33 岁，生前只出版了两本诗集《白色楼群》和《桥》。

帮他收拾东西，就在那时、那里，我们看到了戏剧公会的电报，说他们接受了《发电机》——全盘接受，并祝金'旅途愉快'。我担心了那么久，快要不行了（原文如此）；我像个傻瓜似的哭了，我觉得自己简直要死了！不过这是一个神圣的送别时刻。"

我们从西贡、新加坡、法属北非、摩洛哥陆续收到金和卡洛塔的消息，接下来是一段令人担心的沉寂。11月初，卡洛塔从香港寄来明信片，上面写道："若你们喜欢喧嚣和吵闹，请来这里。我们打算去横滨，此处的热带气候对我和金都不好。周五在上海待了三天——很高兴我们来了，但最适宜居住的地方还是欧洲。"

新年过后不久，卡洛塔来信了："已回欧洲，尽管身体抱恙，记者恼人，此行经历仍丰富奇妙。我们住进艾勒角一座漂亮的别墅里。"信的结尾处，卡洛塔写道："希望不久之后能够相见，在此处或在巴黎。"

那个冬天异常寒冷，法国人民饱受其苦。从家乡传来令人不安的消息：国内经济面临严重危机。欧洲各国也被同样的忧心所扰。我们听到巴黎的美国人说："也许我们最好回家。"我同样也开始担心，但只能尽力掩饰焦虑。

我们真的去了艾勒角与金和卡洛塔相聚。那是怎样的一座别墅啊！当金和萨克斯在漂亮的花园里漫步时，卡洛塔带我参观他们的住处。她的衣橱里挂满美极了的服装、织物和远东之旅中搜集的珠宝。她告诉我，她不用去巴黎置装。波烈（Poiret）和梅因布彻（Mainbocher）[1]都有根据她的身形制作的模型，伦敦的一家鞋店有她的脚模。她要做的只是挑好材料和款式，做好的衣服和鞋子就会寄给她。

她带我瞥见了一个我从未见识过的世界，我不得不承认，那个世界让我一时间产生了渴望。不过，我更关心的是我和萨克斯回去以后不得不面对的问题。我们已经跟莱昂·戈登通过信，告诉他我们打算

---

[1] 两位著名的服装设计师。

6 月初返回美国。在回信中，莱昂请我们把那套房子里的所有东西都寄到他美国的地址。他同样也感受到了即将扼住美国和全世界的那场大萧条的第一丝凉意。

萨克斯竟然选了这样一个时间来当编辑！等我们回到巴黎的寓所后，收到了金的一封信。

嗨，我一直在考虑待你回上帝之国（？）后请你帮哪些忙，但一时没有想清楚——除了给你一些提示，教你如何向那群万分挂念我的家庭未来和艺术灵魂的朋友交代我的近况。当然了，除了我一切都好这样的套话，你还可以直接告诉他们实话——我一切都好，且毫无悔意。你可以透露我旅居国外的打算，但不要说我具体住在哪里。你可以说我还没打定主意，但很有可能是法国。关于我的大雷诺，别说一个字——就说是辆不起眼的小车吧。至于这个夏天，我和 C 正计划着蜜月旅行——很可能是去希腊——你就只知道这么多了。告诉他们，我正在写一部新剧——不是三部曲中的一部——你知道构想，但我对细节守口如瓶。再补充几句，尽管我可能在下个演出季之前完成它，但不一定会在那时演出，因为我已打定主意对未来的作品多加打磨。至于剩下的，请从那晚我们关于我未来生活和工作之改变的谈话中任意取材。就说《发电机》的失败让我心灰意冷——从远东回来后，我重读了那部剧，感到不甚满意并决定在出版时加入之前构想的两个新的场景。特别强调我精神状态的变化——比如我新近找到的内心平静，等等。说得很多很乱，怎么整理就靠你了，萨克斯。

接下来是一张名单，剧作家想向名单上的那些人或是致以问候，或是发泄牢骚，或是提出要求。与此同时，金给他的出版人贺拉斯·利夫莱特写了一封信，推荐萨克斯·康明斯去他那里当编辑。

第二章
利夫莱特的败落

1929 年 6 月，我们回到美国。没多久，萨克斯就听说利夫莱特的出版公司已陷入困境。原因很多，但我们必须从贺拉斯·利夫莱特本人说起。

利夫莱特的个性有很多特征，而且通常是互相矛盾的。他可以非常慷慨，向作者支付高额预付金，其中很多根本赚不回来。他可以是冷酷的，对于有天赋的作家，他表现出近乎崇敬的尊重，但对于他认为不那么有才华的作家却不掩轻蔑。他的自大或许显得露骨和浅薄，但他渴望因为自己努力实现的成就得到尊重，而他的成就是引人注目的。十七岁时，他在费城一家证券交易所做文员时，为一部名叫《约翰·史密斯》(*John Smith*) 的歌剧谱曲作词。这部剧后来事实上已经开始排练了，但在开演之前，赞助商破产了。在华尔街成功销售了几年证券之后，他离开了，转而追求自己对于书本的巨大兴趣。1917 年，他的机会来了：此前已经与其兄弟查尔斯积累了不少出版经验的阿尔伯特·博尼邀请贺拉斯·利夫莱特参加他们对于经典作品的再版工作，其中大部分是现代作品。利夫莱特欣然接受了这一提议。

他们的合作蓬勃发展，书目从十几个发展为数百个，变成了图书世界最受欢迎的再版系列——现代文库（Modern Library）。现代文库的成功使博尼和利夫莱特很快就有机会出版其他的图书。博尼迫切希望介绍和推广欧洲的成名作家，而利夫莱特的兴趣在于表现美国当代思想的新作，并愿意将赌注押在年轻作家身上。迥异的目标不可避免地导致了二人的分歧，裂痕最终变得不可弥补。博尼离开公司，利夫莱特得以推进自己的想法。不过，理想的实现需要大量金钱的支撑，于是利夫莱特逐渐形成了这样的经营模式：聘请能够带来足够财务支持的副总裁来将利夫莱特的构想变为现实。那些都是何等了不起的构想啊！面对那些成立已久、地位难以撼动的大出版公司，如多德-米德公司、哈珀兄弟、查尔斯·斯库里布纳父子公司以及众多其他竞争者，利夫莱特仍成功地将大门敞开，迎来了西奥多·德莱塞、舍伍德·安德森、哈特·克兰、罗宾逊·杰弗斯、尤金·奥尼尔、欧内斯特·海明威、T.S.艾略特、埃兹拉·庞德、威廉·福克纳。还有哪家美国出版社能拥有这样的当代文学出版名录吗？

利夫莱特反对审查制度。他与纽约的纽约遏制犯罪协会①和波士顿的审视与守护协会的斗争载入史册。他帮助出版业摆脱了限制其发展的古板传统。

那么，到底是什么导致了这位重要出版人的光辉事业和这样丰富多彩之人格的夭亡？原因有很多。其中之一是对于戏剧的执迷使利夫莱特深受其害。他举办奢靡豪华的宴会来款待业内人士和潜在资助人，梦想着有一天能够为高质量的演出提供赞助。事实上，他真的投资了许多演出，但是，天啊，它们几乎从一开始就是失败的。

利夫莱特被警告说"水井"即将干涸，而当他四顾寻找下一位副总裁时，却没有任何人选。他转向华尔街，绝望地寻找弥补损失的机会。然而，正如他很快承认的那样，股市对他来说是"灾难性的"，而

---

① 原文为 Vice Society，指的应该是 New York Society for the Suppression of Vice。

这其至发生在 1929 年股市危机之前。

在 1930 年 7 月写给尤金·奥尼尔的一封信中，利夫莱特提到了他进军好莱坞的计划，谎称要提供一份精心挑选的、适合制作有声电影的书目。但他没有告诉奥尼尔的是，他对于自己一手创立的出版社已经丧失了控制权。当年早些时候，公司已经由亚瑟·佩尔接管，后者下定决心要扭亏为盈。因为工作不好找，所以大部分员工都还在，但是工资降到了最低。办公地点搬到了西四十七街 31 号，比以前小得多，当然也不如从前那样豪华。编辑团队的负责人是托马斯·R.史密斯，他学识渊博，文学品位不凡。与尤金·奥尼尔保持长久友谊的曼纽埃尔·科姆罗夫既是编辑，也是制作经理。

当萨克斯到利夫莱特的出版社——如今被称为利夫莱特股份有限公司——介绍自己时，整个公司的情况就是这样的。很快，萨克斯就意识到他应该去别处另寻工作。但是去哪里呢？几周之后，他偶遇唐纳德·弗里德，后者曾是利夫莱特的副总裁之一，1927 年萨克斯的《心理学》出版之际曾经见过此人。弗里德最近与帕斯卡尔·科维奇一起成立了一家出版公司，他建议萨克斯去他那里做编辑。

尽管因不再能为利夫莱特工作而略感遗憾，但萨克斯很快来到了科维奇-弗里德出版公司。没过多久，他就受命处理公司重要的出版业务。其中包括：乔叟的《坎特伯雷故事集》，由威廉·范·怀克译成现代英语，洛克威尔·肯特绘制插图；弗兰克·哈里斯所著奥斯卡·王尔德的著名传记，内含萧伯纳对王尔德的评价和在此之前从未发表过的阿尔弗雷德·道格拉斯爵士的最终陈词。此外，萨克斯还负责 C.F. 布利特关于现代艺术的插图本著作《苹果和圣母像》(*Apples and Madonnas*)，以及《小评论》的玛格丽特·安德森所著《我的三十年战争》(*My Thirty Years' War*)。

很快，萨克斯就发现自己遇到了编辑们不可避免地会遇到的难题，瓦伦丁·汤姆森（Valentine Thomson）便是其中一例。汤姆森小姐的父亲曾任法国海洋事务部部长，也是阿里斯蒂德·白里安①的同事。她带着自己写的关于白里安的手稿来到科维奇－弗里德出版公司，并立刻签订了出版合同。萨克斯认为，这部手稿不仅重要，而且及时：《凯洛格－白里安和平公约》刚刚签署，这一公约放弃将战争作为解决国际争端的手段。

萨克斯一丝不苟地对汤姆森小姐手稿中的事实进行了核查，结果震惊地发现其中有许多讹误，他如实告知作者，可后者对萨克斯的修改和建议表现得十分顽固。编校工作接近尾声时，萨克斯指出了一处无法忽视的明显错误，汤姆森小姐勃然大怒，决定另请他人完成修订工作。书出版后不久，不仅是汤姆森小姐，就连她那位仅做了极少编辑辅助的朋友也一同获得了法国政府颁发的荣誉勋章。

当时（1930年）我正在罗切斯特待产，准备迎接我们的第一个孩子，萨克斯写信把这件事告诉我。在那封信的结尾，萨克斯写道："我做了那么多工作！算了，如果你可以做到，就一笑了之吧。"

尽管这些书都很有趣，它们却很难卖掉。图书市场跟售卖其他东西的市场一样可悲。这一时期，恐惧已渗入生活的各个方面，给人们带来诸多痛苦。我感觉必须做些什么来贴补萨克斯微薄的薪水，特别是我们现在已经有了一个女儿：弗朗西斯·埃伦。

这些年里，我父母的朋友大卫·萨诺夫正在建立贯通全美的广播网络。我去拜访了萨诺夫先生，几天之后收到了他的来信："忙起来吧，开始准备你的节目。"连续八周，每周日的早上，我和美国普罗亚特弦乐队一起演奏。然后，我开始了一个名为《钢琴奏鸣曲名曲乐章欣赏》的栏目，为期三十九周。我们的儿子尤金·大卫出生后，我应广播公司的邀请继续播出这个栏目。

---

① 阿里斯蒂德·白里安（Aristide Briand，1862—1932），法国政治家、外交家，以促成对德和解获得诺贝尔和平奖。

萨克斯在科维奇-弗里德工作得并不愉快，加入那家出版公司将近一年后，回到利夫莱特的机会来了。曼纽埃尔·科姆罗夫为了专注于自己的创作，正准备从公司离职。奥尼尔从巴黎写信表达祝贺：

> 听说你最终还是去了利夫莱特，我快高兴死了。你在那里一定会很开心，因为我知道你会喜欢那里的一切。我知道你在另一个地方是什么感觉……曼纽埃尔为了你而利用他在利夫莱特的影响力是对的。就像我自从第一次遇到曼纽埃尔以来一直说的，他是个世间少有的人物。他给《冠冕》(Coronet)带来的成功是很长一段时间以来让我最高兴的事。

接下来，金同意由萨克斯代理他在利夫莱特的事务的提议：

> 是的，你确实可以为我在利夫莱特做一件事情，替我这个懒惰的人省下一封信的麻烦。亚历山大·金写信给我——某种慌乱仓促的便条，告诉我他得了肾癌快死了，但他仍然希望能够活到完成《拉撒路笑了》的插图。怎么说呢，我觉得我应该为他感到难过，但那封信的口吻让我觉得亚历山大已经知道了我对他为《安娜·克里斯蒂》画的插图有多么不满，所以才写信给我，以期博得我的同情。得了癌症的人通常不会给他们几乎不认识的人写信说这件事。就算他们这样做了，也根本不应该。
>
> 不管怎样，我想让你告诉佩尔，我不想让金画任何插图——尤其不想让他为《拉撒路笑了》画插图。

尽管萨克斯只在利夫莱特待了不长的一段时间——从1931年到1933年的公司重组，但他在那里的日子过得极度忙碌和愉快。他负责的首批手稿之一是约翰·霍普金斯大学心理学系教授奈特·邓拉普

（Knight Dunlap）的《习惯的养成与消除》。接下来，他编辑舍伍德·安德森的《越过林中的欲与死》。一段温暖的友谊由此诞生，包括我和舍伍德先生的太太埃莉诺。这段友谊一直持续到1941年舍伍德去世。

从萨克斯1933年初识罗宾逊·杰弗斯并担任《把你的心献给鹰》的编辑起，他便与杰弗斯和他的太太尤娜成了朋友。那段时间，萨克斯交往的优秀作者还有约翰·张伯伦（《永别了，变革》的作者）、贺拉斯·凯伦（《个人主义》的作者）和彼得·弗罗伊兴（《因纽特人》的作者）。

我永远不会忘记萨克斯把弗罗伊兴带到家里吃晚饭的那一天。他是个高个子大块头，留着长长的红胡子。晚饭开始前，他们俩喝着鸡尾酒，热烈地交谈着。我注意到弗罗伊兴喜欢一边说话，一边不停地捋自己的胡子。他发现我在看着他，问了一句："你喜欢我的胡子？"说完干脆地从衣兜里掏出一把小剪刀，剪了一缕胡子递给我！他走后，我看着他的胡子一筹莫展。直到今天，我也不知道该把那缕胡子怎么办。

尽管手稿源源不断地被阅读、编辑、印刷，但西四十七街31号的每个人都知道前景黯淡。亚瑟·佩尔竭尽全力，也无法帮利夫莱特抵御即将到来的财务危机。

1932年5月，在一封从佐治亚州锡尔岛写来的信中，金证明了自己是怎样的一种朋友：

> 关于那件事（某笔借款）：别傻了！如果你考虑在1942年之前还钱，我才会感到"如坐针毡"。若非如此，我不会有任何的不适。忘记它吧，萨克斯！我早就把你精心写就、公事公办的借条撕碎了。你和我之间不存在那样的东西。很久以前，在你还是康明斯医生的时候，我就欠你那笔钱了。所以，事实上，长话短说，总而言之，让你那堆废话见鬼去吧！我是你的朋友，不是吗？朋

友这个字眼以往意味着我的就是你的——而我是个老派的人。

听到你不得不缩减开支真是太糟糕了，不过我想这段日子恐怕不得不如此。等明年，华尔街那些大人物谋划的所得税落地后我也不得不挨一刀——我们可以一起拿着锡杯上街要饭了！不过，我在这里还有家——它可是个宝贝——已经付好了钱——旁边还有大量免费的鱼、虾和牡蛎。

不过，如果这两个朋友想要各自达到收支平衡，应该是挺有难度的。

萨克斯描述过利夫莱特的破产，以及他与奥尼尔如何及时抽身，在更坚实的土地上找到了新家。下面的段落直接摘录自萨克斯的大量笔记：

1931 年，我把《悲悼》的完整手稿拿到利夫莱特，大家普遍对书名感到不满。当时的总编辑托马斯·R.史密斯看着那沓书稿，目光停在书名页上，摆弄了一会儿眼镜腿上的黑色长丝带，清了清喉咙，仿佛在为即将发出的振聋发聩的论断做铺垫。最终，他晃晃头发花白的脑袋，吐出一句话："毫无意义！"结尾加上感叹号以示强调。仿佛得到了暗示一般，编辑助理和宣传主管开始用更强烈的形容词来支持这一论断，不管是出于商业考虑还是从语义层面上，都进行了否定。

直到他们得到关于书名的耐心解释，即书名中的动词（Mourning Becomes Electra 中的 become）是"适合"（suit）的同义词，而非"变成""形成"之意，困惑才得以消除。不过，就算他们勉强同意这个书名能说得通，仍然认为它不足以定义这部值得开发的作品。就像编辑们习惯性做的那样，他们坚称不管是否贴合内容，书名必须能够抓住读者的眼球，而且最重要的是，要好记。

所有人心知肚明却不会公开承认，利夫莱特公司正在破产的边缘摇摇欲坠，只能寄希望于奥尼尔的新剧来将灾难的到来略微推迟。

利用各种策略、不遗余力为了那一推迟而努力的是一位会计，也是利夫莱特出版公司的新主人，亚瑟·佩尔……

佩尔主要将希望放在《悲悼》能够销售十万册以上，他的判断不是没有道理，也不是没有先例。如果这一目标能够达成，公司将能够扭亏为盈……《奇异的插曲》获得了现象级的商业成功，足以在现代戏剧出版史上写下一笔：仅普通版就销售了十一万册，在它之前，只有莎士比亚的戏剧能够有这样的销量。《悲悼》成为佩尔从财务困境中走出的希望。而他的下属们仅仅希望这部剧能够让危机稍减。

我之前在奥尼尔位于长岛诺斯波特的家中与他一同工作，并在后来的拜访中与他核对了《悲悼》的长条校样。关于这部剧对利夫莱特公司生死攸关的重大意义，我只字不提。与其说是出于谨慎，不如说是因为我对于危险信号并不确定。在出版发行的前夕告诉奥尼尔，他耗费多年心血的作品可能会受到影响，这无疑会增加他的焦虑，所以我保持沉默。

《悲悼》于1931年11月印刷出版。它立即取得成功，缓解了公司的财务困难。可是出版这部剧作的收益无法永远挽大厦于将倾。奥尼尔的戏剧带来的短暂喘息过后，1932年，公司的经营情况愈发恶化，但我们勉力维持，直到幸运之神再次光顾：《华盛顿旋转木马》成为全国畅销书。这本书是对胡佛政府的尖刻批评，后者当时同我们的出版公司一样处境艰难，在大萧条的危机中苦苦挣扎。

1933年，经济进入最困难的时期，我们工资减半，四面八方的债主们叫喊着让佩尔偿还债务。（破产近在眼前）唯一的问题是把这一刻拖延到什么时候。

作为奥尼尔的编辑，我十分担忧奥尼尔从《悲悼》和其他戏剧中应得的巨额版税能否正常支付。在这种担忧的驱使下，我召集了公司的主要股东，向他们下达了最后通牒：要么二十四小时内把奥尼尔的版税支票给我，要么我就去《纽约时报》登一条头版消息，宣布奥尼尔决定将他的出版方换成美国五大出版公司中的任意一家。

这一威胁出人意外，但它是可以被执行的，因为我拥有代表奥尼尔处理法律事务的权利，而且得到特别授权，可以作为他的编辑，出于保护版权的目的做出自己的判断。

那天下午晚些时候，奥尼尔的全额版税支票被放到了我的桌上。股东们对于我敲诈勒索般的要求如此爽快，是因为他们知道，一旦宣布奥尼尔更换出版方，就等于向众多债务人释放信号，加速公司的破产进程。

拿到支票后，我坐火车前往佐治亚的锡尔岛，金和卡洛塔住在岛上一幢名为卡萨金诺塔的庄园里。庄园占地面积很大，是西班牙式的建筑风格，靠近大西洋海岸，这个带有伊比利亚风情的名字来自主人名字的结合。到达后，我只是把支票给了金，尽可能不提这张支票是在怎样的情形下拿到的。

我在卡萨金诺塔停留的时间不长，但很愉快。金买了一只橄榄球，我们在表面坚实的沙滩上长时间地把它扔来扔去。我们也经常游泳，我离岸很近，金则深入大海，远到我看不见的地方。我们沿着漫长的海岸散步，追忆往昔，回念年轻时的奋斗以及至今已蒙上一层浪漫面纱的贫穷的日子。我们散步时的陪伴是布莱米，一条具有高贵血统的大麦町犬。布莱米深得女主人的宠爱和男主人的保护。它的食物是在咨询过动物饮食专家后从纽约运过来的，还专门为它制作了去除牙垢的钢制小工具。它睡在楼上走廊一张定制的床上，床单定时更换，还有一张绣了它名字首字母图案的毯子给予安抚。

当我独自与它在海滩散步时，看着它把它的贵族鼻子伸进被海水冲上岸的垃圾或其他出身不那么"高贵"的狗的排泄物里，往往会感到一丝扭曲的快感。多年以后，布莱米在加州康特拉科斯塔县的丹维尔离世，奥尼尔一家当时住在那里的"道屋"……（接下来，在他们离开图尔斯的法式大宅后，便开始了不断搬迁的所谓"东方岁月"）。布莱米被葬在家中的土地上，葬礼在悲伤的情绪和令人心碎的哭泣中举行。它的坟上立了一块墓碑，上面刻着感人的铭文；尤金为死去的小狗写了一首抒情挽歌。

我离开锡尔岛上与世隔绝的卡萨金诺塔庄园和那里的奢华生活，返回纽约和生存的焦虑。抵达纽约后，我发现利夫莱特公司的债主们显然已经组织起来，准备发起最后一击。这最后一击于1933年4月带着恨意突然而至：印刷厂主凡·里斯——利夫莱特公司欠他的二十八万美元让他不堪重负——与纸张供应商赫尔曼·查尔方特，以及王牌纸业公司一起，将利夫莱特公司告上了法庭。此外，欠作者的版税共计十五万美元，尚未支付。

面对如此滔天巨浪，佩尔虽拼尽全力，却再也无法逆水行舟。

重组之后，亚瑟·佩尔手上尚余利夫莱特公司仅剩的资产。在那份资产清单上，有一项为这死亡场景带来了一丝讽刺之音。为了详述这项资产，就必须暂时偏题，先介绍关涉的一位作者。他，西奥多·德莱塞，欠我们这家解体的公司一万七千元不应得的版税。具体解释，就是出版方预付给作者的版税，直到这位作者能够完成某部作品……证据有利于佩尔，对德莱塞不利。

20世纪20年代这十年，贺拉斯·利夫莱特尚且保有理智，或者更明确地说，保有他出版畅销书的天分……这一时期，几乎每张畅销书榜单上都挤满了利夫莱特公司的产品。仅在一个选书季，格特鲁德·阿瑟顿的《黑公牛》与埃米尔·路德维格的《拿破仑》争夺全国榜首；房龙的《人类的故事》与阿妮塔·洛斯的《绅士更爱金发姑娘》并驾齐驱；沃纳·费边（本名塞缪尔·霍普金斯·亚当斯）的《燃烧的青春》正获得举国关注。面对公司拥有的这些成功作家，此前西奥多·德莱塞不得不用少数几位评论家的赞赏来补偿公众对于其作品的冷漠。出乎他意料的是，《美国悲剧》大获成功，成了备受热议的畅销书，也为他带来了巨大的收益。

在某一个灵感迸发的时刻，贺拉斯·利夫莱特建议德莱塞写一个发生在萨拉纳克湖的谋杀故事，主角就叫切斯特·吉勒特，一个穷困潦倒的年轻人。吉勒特与来自他同等社会阶层和经济水平的一个姑娘相爱并使对方怀了孕。但当他斗胆渴求比自己的女友多些许优雅但多很多家产的富家姑娘的爱情，从而瞥见了改变阶层的一线希望时，他便面临了一个问题，或者说，如何逃避自己的问题。他的解决方法简单而粗暴：他约自己的初恋去萨拉纳克湖泛舟，用网球拍击打她的脑袋，直到她翻下船舷，溺水身亡。

在贺拉斯·利夫莱特看来，这个情节虽粗陋，却完美地表现了普通的年轻人面对一个常见但最考验人性的两难抉择时陷入的困境，这一困境没有出路，只能以悲剧收场。这个年轻人是什么样的成长背景？他的心路历程和社会经历又如何？德莱塞被这个情节深深吸引，他自信满满地认为能够为这些问题填上饱满无遗的细节。他开始以他那缓慢滞拙的笔触来创作这部冗长、无情而又充满力量的作品。他用毫不容情的自然主义写法刻画了最单纯的美国人在面对可谓最古老的人类永恒困境时的堕落与死亡。

甫一问世，《美国悲剧》便收获了热烈的好评和巨大的商业成功。德莱塞有风度地将首印书籍的其中一册题献给贺拉斯·利夫莱特。在签名上方，他写了一段致谢词，感谢他的出版人提供了这部小说的中心主题、情节和轮廓。贺拉斯当然为此非常感动。

随着时间流逝，这本书变得越来越畅销，德莱塞咨询了利夫莱特的意见，问他是否有可能以两万或两万五千美元的价格卖出小说的电影版权。利夫莱特承诺一试，但他表示，他将开价到四万美元。德莱塞非常高兴，大声赞美他的出版人——此时已相当于他的经纪人。

作为一名精明的商人，利夫莱特成功地将价格抬到了九万美元而非四万。《美国悲剧》的电影版权合同成功签订。然而，没等电影制作出来，电影工业发生了一个革命性的事件。萨姆森·拉斐尔森的《爵士歌手》上映了，这部由艾尔·乔尔森担当主演的电影是第一部有声电影，默片一下子便过时了。

《美国悲剧》的合同拟订时，没有人预料到有声电影的出现，因此合同中未能注明这项权利。因为这一疏漏，电影公司不得不为有声电影的开发权重新支付版税。

这下子，德莱塞就不仅仅是高兴了，他还变得非常富有。在为这笔意外之财召开的庆祝午餐会上，利夫莱特谈起德莱塞当年"谦逊"的要价，以及他提议将价格翻倍时德莱塞的反应。如今，德莱塞的版税所得几乎是最初计划的八倍。利夫莱特开玩笑说，如果他真是德莱塞的经纪人，那么他应得的佣金绝对应该超过五位数。可是，听了这话，德莱塞抓起一杯咖啡，把它泼到了利夫莱特的脸上！

在此之前，《美国悲剧》声名正盛之时，德莱塞提出将下一部小说交由利夫莱特出版；新作将取名为《斯多葛派》。双方很快谈好条件：出版方每周支付作者一百美元，作为那部尚处萌芽状态但被寄予厚望的新作的预付版税。一季又一季，新书预告在图书目录上反复刊登，但小说始终没有写出来。想到自己曾为这部根本不存在的小说写过介绍，我感到良心不安。1947 年，也就是十五年后，《斯多葛派》由道布尔迪出版公司在德莱塞去世两年之后，作为遗作出版。

然而，20世纪30年代早期，当预付版税累积到一万七千美元的时候，小说仍然没有完成。贺拉斯尽职尽责地每周按时支付，甚至在他离开自己创立并创下辉煌业绩（虽说不太稳定）的公司以后，这笔钱也是一分不少地付出去的。1929年华尔街危机爆发后，利夫莱特的精神和健康都毁了，钱财散去，声名陨落，遭受折辱，不得人心，他不得不放弃这家以他自己名字命名的公司……在股票市场、戏剧界和好莱坞的疯狂冒险均告失败，导致了他身败名裂。友朋离去，才华不再——他众叛亲离，不名一文。没过几年，他便去世了。

1933年……（重组后的利夫莱特公司的）资产以一美元折合五美分的价格售出。其中一项资产——现在已经易主——便是为那部仍不见踪影的《斯多葛派》支付的一万七千美元预付版税。这位当代美国最重要的现实主义作家可以采取以下两种方式中的任意一种来履行自己的义务：要么还钱，要么交稿。但不幸的是，他根本拿不出任何手稿。佩尔提起诉讼，要求作家必选其一。法庭已知晓手稿并不存在，只能判决德莱塞归还一万七千美元。

德莱塞大动干戈，撰写文章谴责司法黑暗，自贬身份地发表恶毒的反犹言论，任由自己被美国共产主义者当作名义领袖加以利用。他向公众的呼告和向法庭的不懈上诉没有收到任何效果。法庭维持原判，他不得不全额支付那笔款项。这是他完全负担得起的。他的收入和投资回报都十分丰厚。

就在那段时间，德莱塞正在创作一本书。这本书把他最成功的那部作品的名字颠倒过来，出版时取名为《悲剧美国》（*Tragic America*）。跟这位作家的合作称不上愉快。他顽固、暴躁，不知礼貌为何物。与他共事的人总要担心他情绪爆发时不知胡说些什么，过后又要更担心评论家几乎肯定会发布的对他的批评，诸如用词不准、行文拖沓，以及对于最简单的陈述句发起的失控的攻击。语法被侵犯，句法被屠杀。

对于现实主义的坚持并不代表必然谨慎。编辑《悲剧美国》的过程中，我标注了二十七处或明显或可疑的诽谤之词。我的职责之一便是请作者和出版方注意这样的段落，使他们至少能够意识到可能遇到的法律纠纷甚至惨重损失。遇到此种情况的常规程序是咨询文学侵权这一领域的法律专家，请他判断相关文字是否会遭致法律追责。通常，专家判断的基础是他是否有信心在法庭上为可能的侵权官司辩护。由单词、短语、段落，甚至整个文本造成的伤害难以断定，但问题特别明显的表述通常会被删除或修改。在某些情况下，哪怕说的是真话，也有可能被控诽谤。

当德莱塞看到我标注的二十七个段落后，他勃然大怒，让我滚开，并用哪怕他自己也无法容忍印在自己书里的话对我恶语相向。我唯一的辩解是，如果我没能至少标记那些可能带来麻烦的段落，那才是玩忽职守，小心不为过，吹毛求疵也不碍着什么。

接下来，我建议，保险起见，我们把手稿拿给古斯塔夫斯·梅耶斯（Gustavus Myers），也就是《伟大美国财富之历史》的作者，德莱塞自己也使用了梅耶斯这本书中的许多素材。梅耶斯性格温和，对细节一丝不苟，他创作的多部作品对居高位者的名誉有所损害。然而，尽管书中披露往往是爆炸性的，他却没有被卷进过任何一起侵权官司。

德莱塞同意了这一建议，于是我们同梅耶斯商定，他检查手稿中的侵权问题，我们为此支付二十五美元酬金。结果，他的报告中指出了三十四处而非二十七处诽谤性文字，有七处是我疏忽而没有看出来的。正如大家预见的那样，《悲剧美国》出版后收获了评论界恰如其分的严厉谴责和美国大众的漠不关心。

不可否认，德莱塞是美国现实主义文学运动的先锋，即使早在二十五年前，围绕现实主义的斗争已经在欧洲发生并取得了胜利。在世纪的转折点上，《嘉莉妹妹》的出版毫无疑问是本土小说历史上的决定性事件。对抗严苛的文学禁忌、时代的偏见，特别是出版人的妻子（弗兰克·道布尔迪的太太），德莱塞几乎孤军奋战，以争取在小说中表达真实的，或许是残酷的人类经验。

如果在世时间更长一些，弗兰克·诺里斯是有可能将美国小说从其沉重的枷锁中解放出来的，他的《麦克提格》《陷阱》和《章鱼》为德莱塞的创作铺设道路并指明了方向。的确，想要质疑德莱塞叙述的诚恳和虽笨拙却有力的风格是很困难的。然而，一位具有历史重要性的小说家，一位拥有巨大影响力的作家，并不必然代表他拥有人格和情感上的高尚品质。就算现实主义运动对一个编辑没有其他影响，它也起码摧毁了他的浪漫幻想，让他不再预设作家一定思想深刻，对他人和自己的创作都有独特洞见。与这样天分超越心智或品德的人打交道，会让人常常对某些作家的理智与情感产生疑问。

正是在这种充满压力、疑虑和冲突的氛围中，利夫莱特的（破产）进程到达了顶点。结局到来之前，所有雇员收到了解聘通知，薪酬突然停发，一切赋予书中思想以物质形态的合理活动全部终止。

我只能安慰自己，大败之前，所幸奥尼尔得到了所有应得的版税，而且德莱塞必须退回公司为那部只存在于内容简介中的、莫须有的作品支付的一万七千美元。不幸的是，利夫莱特公司旗下的其他所有作者，只能获得应得版税中的（很小）一部分。

对于一位作家而言，哪怕是在其经济实现能力最高峰的时候，收入也是微薄的，所以这样的结果对他们来说差不多是灾难性的。损失最严重的是德鲁·皮尔森和罗伯特·艾伦，《华盛顿旋转木马》的两位作者。这部话题性的政治著作出版于胡佛执政期即将结束之际，获得了巨大成功，其原因在于它反映了国民对于一个既无能又冷漠的政府的不满。民众希望了解这样一个在其位不谋其政的政府的内幕，书的销量随之突破了十万册。然而，两位作者只收到了应得版税的大约二十分之一。

与作者承受同样惨重损失的，还有利夫莱特的员工们；他们（失去了工作）。总编 T.R. 史密斯年岁已高，他始终相信出版业的文雅传统，如今却不仅失去安身立命之所，更被剥夺了尊严。他没有其他任何经济来源，等待他的只有惨淡的未来，没有人愿意雇用他。有一段时间，他只能靠一本一本地出售自己的藏书度日，卖出的主要还是情色文学。他耗尽对生活的热情，在孤独和极度贫穷中死去。

朱利安·梅斯纳创办了自己的出版公司，利恩·祖格史密斯投身于自由写作。刘易斯·克罗嫩伯格，利夫莱特出版团队中最有能力的成员，成为《时代》的戏剧评论员，并以 18 世纪重要历史人物为对象，创作了多部佳作。数年后，我有幸在另一个更愉快的环境中再度与他共事。我由衷敬佩他博闻广识、灵感迸发的头脑。

阿龙·苏斯曼，广告业的奇才，一位理想主义者，创办了自己的公司，如今代理世界顶尖出版公司的业务。阿尔伯特·格罗斯原本是利夫莱特的制作经理，为人最是和气友善，他在科沃德-麦肯恩谋得职位，并继续作为评论家和译者保持着自己对意第绪文学的兴趣。公司重组仅几年后，他死于心脏病突发。

我自己的前景似乎要光明一些。几乎美国所有的出版商都盯着利夫莱特的资产，迫切想要将有价值者收入囊中，其中最有吸引力的是与成名作家的长期合同。这些所谓的"资产"，随着利夫莱特公司的破产，已经重回市场。也就是说，作家可以自由选择新的出版方。现有合同失效，作者可以寻求另一家出版社来合作。

在这样的背景下，大家最想争取的"资产"是尤金·奥尼尔。出于慷慨与忠诚，他告诉所有人，在得到我的建议和首肯之前，他不会跟任何一家签约。而且，他希望能够以书面协议的形式约定，要出版他的戏剧，合同中必须有一项条款保证我担任他作品的编辑，以及在合同存续期间，在他新选择的合作出版社中给我一个编辑岗位。针对后一个条件，我表示反对，因为一旦如此，我可以预见地会使他陷入尴尬，我们不应该在此等环境中彼此捆绑。奥尼尔理解我的顾虑，同样也表示，这样的文学同盟在最好的情况下也是一桩可能造成损害的冒险。不过，他仍然坚持我来做他作品的编辑。

一时间，纽约所有的出版商都来向我示好。我去了一趟锡尔岛，将全部选项摆在他面前，试着分析各家的优势。我倾向于选择贝内特·瑟夫（Bennett Cerf）和他的公司——拥有现代文库的兰登书屋。还在利夫莱特的时候，我在工作中和贝内特打过交道，在我看来，他有潜质成为一位充满想象力和冒险精神、资源丰富并最值得信赖的出版人。而且，从我第一次见到他的搭档唐纳德·克劳弗尔（Donald S. Klopfer）时，我便深深折服于后者不事张扬的卓越才干、可靠品德和良好的判断力。在往后四分之一个世纪的日常交往中，我还将了解他更多的可贵品质，其中之一便是他全然无私的忘我精神。

奥尼尔建议贝内特飞到锡尔岛签约，这一过程在互信和友好的气氛中完成。出版合同签订后，贝内特又与我单独签了一份为期三年的雇用合同。我从1933年7月9日开始，在兰登书屋担任编辑。

兰登书屋的大众图书出版事业就此开始，同样还有一段持续二十五年的合作。这是奋斗、发展、激情洋溢的一段岁月，见证了一个出版业新生儿成长、成熟，并最终获得业内令人景仰的地位。

第三章
兰登早年岁月

当萨克斯进入兰登书屋当编辑时，1933 至 1934 年度的秋季书目上有下述关于詹姆斯·乔伊斯《尤利西斯》的谨慎陈述："在获法庭准许出版的前提下，此书将于 1934 年 11 月出版完整的、未经删节的版本，包括詹姆斯·乔伊斯所作新序。兰登书屋的经营者们正尽一切努力移除加诸这一伟大著作之上的荒谬禁令，并充满信心地等待对我们有利的判决。"《尤利西斯》于 1934 年出版了完整的、未经删节的版本，内有约翰·M. 伍尔塞（John M. Woolsey）法官历史性的判决书，联邦政府对于《尤利西斯》的封禁至此永久性解除。当然，这本书甫一出版便成为畅销书。

萨克斯在兰登书屋接手的首批项目中，有一本是格特鲁德·斯泰因的《三幕剧中四圣人》(Four Saints in Three Acts)，出版于 1934 年末。当年早些时候，这个剧本由维吉尔·汤姆森（Virgil Thomson）编曲，在纽约演出。

最轻描淡写地说，《三幕剧中四圣人》对既有形式的完全背弃很难不让人感到困惑。格特鲁德·斯泰因坚称并反复强调，她在自己的写作中努力想要创造完美的句子，这不禁让人疑惑这样的句子在她的作品中何处可寻。以下是《三幕剧中四圣人》的开篇诗句：

To know to know to love her so

Four saints prepare for saints

It makes it well fish

Four saints it makes it well fish

Four saints prepare for saints it makes it well fish it makes

it well fish prepare for saints

她的书当然无法被编辑。萨克斯能做的最多就是保证她说的话在书中应收尽有以及编序的逻辑正确。比方说，书名是《三幕剧中四圣人》，但在书结尾的地方突然出现了第四幕，包括场景 II、III、IV 和 V。萨克斯有些疑惑，便去问斯泰因小姐。她看着他，说："亲爱的，你不懂。"

斯泰因小姐和她忠诚的伴侣爱丽丝·B.托克拉斯于 1934 至 1935 年在美国旅行，所到之处皆被隆重欢迎。回到纽约后，萨克斯问斯泰因小姐对好莱坞的印象。斯泰因小姐回答："关于好莱坞，我有很多看法，不过更重要的是，好莱坞终于第一次看到了真正的天才。"

正如期待中那样，斯泰因小姐此番游历产生了许多故事。其中一个是贝内特·瑟夫兴致勃勃地告诉我的。"此时正值'一朵玫瑰是一朵玫瑰是一朵玫瑰'在全国范围内被广泛引用，所以我给格特鲁德小姐寄送一张小面额版税支票时（那确实是一笔非常小的版税），在收款人处写道：'一位斯泰因是一位斯泰因是一位斯泰因。'随支票回来的是一张格特鲁德小姐写的便条，很好懂，无需解码。上面写着：'亲爱的贝内特，别这么无聊，立刻给我寄一张正常的支票来。爱你的格特鲁德。'"

也许是因为好莱坞见识了"真正的天才"，影业巨头米高梅公司的一名代表向萨克斯伸出橄榄枝，向他提供了丰厚的薪资、一栋漂亮的房子和不受干扰的工作环境。米高梅认为，萨克斯可以将手稿改编为电影剧本，他的价值是不可估量的。哪怕是在他编辑生涯的早期，他的声誉也已经吸引了电影业的某位大亨，说不定正是见识了格特鲁德·斯泰因的那位，立刻便去寻找她背后的编辑是谁。萨克斯受宠若惊，但仍然拒绝了工作邀请。

1935 年 4 月 19 日

纽约市中央公园西 285 号

伯特伦德·布洛克先生

亲爱的布洛克先生，

　　无须赘言，我因您今早的来信有多么感动。感动于您的周到，能够在米高梅的项目中想到我。不过，为了对您也对我自己公平，我必须说，我现在不能，也真的不愿做出任何改变。哪怕米高梅的薪水更高，而且给我长期稳定的承诺，我出于对兰登书屋的忠诚也不得不拒绝这样一份明确的工作邀约。对我来说，更重要的是，我在现在的地方非常快乐。兰登的工作很适合我，而且我对我的雇主——贝内特·瑟夫和唐纳德·克劳弗尔，怀有最高的敬意，愿为其效犬马之劳。在我与他们共事的这一年里，他们一次次证明了对我的信任，对于这样的信任，我唯有以忠诚相报。

　　我将这一决定对您坦诚相告，是因为，正如我所说，您的邀约深深打动了我。若有我可效力之事，请勿迟疑，下令即可。

您真诚的，

萨克斯·康明斯

　　为认真考虑出版的手稿写审读报告是一名编辑的职责。1944 年，在法国被击败，希特勒将人间变成地狱之后，格特鲁德·斯泰因的《万般战争皆有趣》(*All Wars Are Interesting*，后来被改名为《我见过的战争》[*Wars I Have Seen*]）被放在了萨克斯的桌上。阅读这份手稿之时，萨克斯的愤怒无法抑制。

稿件：万般战争皆有趣
作者：格特鲁德·斯泰因
读者：SC[①]

　　无疑，我们会出版格特鲁德·斯泰因的新书；无疑，我们会收获大量有趣但无关紧要的关注；无疑，这本书会销售良好，卖给那些以为会读到另一部《爱丽丝自传》(*Autobiography of Alice B. Toklas*) 的读者。同样毫无疑问的是，买书的人中很少有人会真的下功夫把书读完，或者以批判的眼光来审视她想要表达的内容。这次，我想搁置对格特鲁德·斯泰因之费解文风的惯常嘲讽，尽力去分析隐藏在她作品中同义反复和令人痛苦的戏仿之下的思想的本质。相对简单的方法是干脆立刻承认不可能弄明白她在写什么，她只是在喃喃自语，开全世界的玩笑；难一些的路径则是接受挑战，潜入风格之下，看一眼——姑且这么说吧，她的主旨。

　　将她的整部手稿从头读到尾就像忍受逐滴落下的水刑。重复的句子如锤子般敲打在脑袋上，发出单调的声音，让你想要痛苦地放声大叫。如果你想要搜寻内容进行分析，那么在精疲力竭地尖叫之前，你最多能忍受的限度是十至十五页。

　　专业的做法是不带偏见地审读此书，试着就格特鲁德·斯泰因的思想贡献得出公正的结论。以下是我的论据，已剥除了所有风格上的考虑。

---

① 即萨克斯·康明斯（Saxe Commins）。

事实上，斯泰因小姐记录的德占期生活，用她自己的话来说，并非全然令人不快。为了说明自己的观点，她提出，直到德国人战败并被赶出法国，20世纪才真正开始。在此之前的所有一切都属于19世纪。关于这个说法，她解释道，19世纪是被达尔文的进化论思想统治的，（它）属于某种模糊的现实主义概念。如今，非现实主义已被科学终结，不再被需要。它被斯泰因式的"诏令"驳回了。

与对科学之贡献的这种误解混杂在一起的，还有对中世纪和现代思想之差异的模糊概念，而且她从未劳神将这种差异阐明。词语和概念被随意和不负责任地使用，来暗示一种哲学立场。可那根本算不得立场，只是一连串宣言，毫无一致性和责任感可言。总之，观点被胡乱抛出，掩埋在混乱的冗词赘语之中，除了编辑，没有人会愿意费力将其理顺。

她讲述了各种战争，它们在她眼中都是有趣的。从美西战争和波尔战争开始，到日俄战争、第一次世界大战、西班牙内战，最后是第二次世界大战。从来没有愤慨、急怒或抗议。从来没有对于要为战争负责的社会、经济和政治力量的暗示。只有对于战争"滑稽"或"有趣"或"叹为观止"之类表述的不断重复和坚持。顶多说一句，这场战争"令人不安"。对她来说，战争要么是"有意思"要么是"有趣"（第5页）。关于法国承受的长达六周的苦难悲剧，她的结论是，"这让他们足够多变来产生风格"（第8页）。她就是这样总结自己关于法国沦陷的观点的。

德占期间，格特鲁德·斯泰因从未食物匮乏或失去生活的舒适感。她对将要被运送到德国去做奴隶劳工的法国男孩们的建议是："我能说的只是，试着去研究他们，学习他们的语言，了解他们的文学。把自己当作游客而非囚犯。"（第37至38页）后面又写道，某些男孩逃跑了，参加了马基团（the Maquis）。斯泰因小姐记录马基团的活动，并非关注团员的勇气和牺牲，而是毫无情感地记录法国人在战争中的死亡。不过，说句公道话，尽管关于马基团只有一些主观的叙述，读者还是能够在书的末尾感受到他们的英雄气概。

关于通敌者这个话题，她的宽容令人难以置信。伯纳德·费伊（Bernard Fay）获得了纳粹所能给予的一切，包括非常高的职位，而斯泰因小姐提到他时是这样说的："他们告诉我伯纳德·费伊变得非常胖，这一定是他吃了太多土豆的缘故。"（第43页）当费伊代表维希政府发表观点时，斯泰因小姐的解释看不出任何愤怒（第91页）。

关于反犹主义，特别是德雷福斯事件（第55页及其他），她发表了最荒谬的无稽之谈，并对犹太人得出了如下结论："不管怎样，从经济上来说，反犹主义是毫无道理的。其他理由或许说得通，但从现在和今天的经济来说，犹太人是微不足道的。"

谈到维希政府时，她只是敦促她的读者们不必忧虑：1943年的政府"可以是任何形式，既然这样，它就可以变成其他任何样子。说到底，除了对掌权的人来说，这又有什么不同呢？显然，对于其他人来说，都没有任何不同"（第69页）。她对贝当的辩护（第88页及其他）是这样说的："我常想，他签订停战协议是正确的。首先，这让我们这些留在此处的人日子更好过；其次，它是最终打败德国人的重要因素。对我来说，打败德国人仍然是一个奇迹……""贝当元帅事实上拯救了法国……他是一位老人，他能做的只是等待。每一天，从早到晚，他都在等待，不过是非常积极地等待……"（第93页）在第106页还有对贝当的其他辩护。

关于共和制："时尚就是时尚，共和制即共和国的共和制即将成为时尚。你能看到，19世纪已经消亡，彻底消亡。"（第106页）

细看之下，关于战争的理由、通敌者的态度和法国历史角色的意义，她的观点往最好处说是反动，往最差处说是应受斥责的。我记录下了一些例子，它们荒谬得令人无法相信。她试图说明英国之所以陷入战争，是因为英国人错误地给他们的国王起名为乔治，而英国参与的所有战争都发生在叫乔治的人当国王期间（第124页）。她认真地相信了圣奥狄（St.Odile）的预言。她认为德国音乐与德国作为一个国家的成功有关，这样肤浅而无知的看法甚至不值得评论（第105页）。以及，她认为爵士乐与无条件投降有关联，而后者又与战争毫无瓜葛（第111页），此类言论完全说不通。

关于赖伐尔（Pierre Laval），她最严厉的评价也不过是他"忠贞但不忠诚"（第175至176页）。当她将通敌者称为"可怜的宝贝们"（第197页）时，几乎就像她在第94页上宣称欧洲太小，不适合现代战争一样认真。事实多多少少是对她不利的。

当然，很少有人会劳神费力地在胡乱堆砌的词语垃圾堆里翻找隐藏的思想，但假如有人真的愚蠢到去这样做了，就会找到足够的证据来证明格特鲁德·斯泰因完全错失了这场史上最大灾难的悲剧性和意义。对她来说，只是她自己的舒适被打扰了而已！

幸运的是，除了崇拜她的那一小群人，她的观点无法影响或说服任何人。对于那些在这场战争中看到世人和未来几代将要承受的悲剧性结果的人来说，对本书最客气的评价可能是其反映了这位女性本质上的浅薄心胸，她沉浸在自己私密的文字游戏中无法自拔，却对整个世界的苦难视而不见；她的文字游戏毫无责任、情感和意义，有时甚至让人觉得受到了冒犯。

是时候了，应将少许道德谴责而非阿谀奉承，投向格特鲁德·斯泰因。

当然了，1945年，这本书还是出版了，评论褒贬不一。

可以想象，有很多人会被格特鲁德·斯泰因的回忆录《我见过的战争》激怒——正如我可以想象，同样有人会因为好奇和消遣而享受在她标点粗疏却比过往流畅的语句中寻找其思想走向……愤怒的人有足够的理由去愤怒。第一人称的斯泰因小姐思维发散的程度一如她的自我中心。读她的年度漫谈就像看萨尔瓦多·达利骑自行车；然而，其焦点往往又十分明确，因为那蜿蜒曲折的书中世界是围绕格特鲁德·斯泰因转动的。

——爱德华兹·威克斯，《大西洋评论》，1945 年 4 月

斯泰因小姐关于自己经历的叙述中有许多奇妙的小故事，行文优美，有时十分动人。她最擅长用轻柔的笔触毫不费力地营造恐怖气氛。既然"每个人和任何人对任何事的感知方式都有可能是滑稽的"，那么我们也就不必讶异斯泰因小姐会说出那么多滑稽的话来。毕竟，她不是随便什么人；她谈论的法国和战争，也不是随便什么事。

——琼·沃尔，《新共和国》，1945 年 1 月 19 日

萨克斯从不后悔拒绝了好莱坞的诱惑。事实上，他后来又拒绝了一次——再次扮演了鬼魂的老角色。作为现代文库的负责人，萨克斯的注意力被下面这样一封信吸引了。

1936 年 12 月 17 日

纽约
现代文库
威廉·梅克比斯·萨克雷

亲爱的萨克雷先生，

我们读了您的近作《亨利·艾斯芒德的历史》(*The History of Henry Esmond, Esq.*)，并相信它包含能够改编为电影的内容。

我们是所有工作室认可的作家代理人，希望能够以此身份来销售您的个人服务和文学作品。

如果您已将上述书籍授权给他人，我们仍然对您能够成为编剧的潜质印象深刻并对您未来的工作和作品持有兴趣。

希望您能在回信中告知您在好莱坞是否已有代理；如果答案是否定的且您愿意授权，我们将很乐意为您提供我们与其他作家所签的代理协议副本，以供您参考。

您诚挚的，××

萨克斯忍不住回信。他非常想把萨克雷先生位于伦敦西北部万灵公墓的永久地址写在信中。

亲爱的××先生，

感谢您来信告知您相信我的近作《亨利·艾斯芒德的历史》一书含有适合改编为电影的内容。恐怕这只是一次不成熟的尝试，但我认为我正在创作的一部作品天然适合拍成电影。我考虑给新书起名为《弗吉尼亚人》。

希望您能告诉我对于书名的看法。

您真诚的，

威廉·梅克比斯·萨克雷

接下来的几年是兰登书屋成就斐然的一段时期。多个领域的重磅作品一部接一部问世。除了戏剧公会的当代作品选集和十六部普利策奖获奖剧作的完整版之外，还有诗歌、戏剧和散文大师之作的新版本，如普希金、布莱克、多恩、柯勒律治、黑兹利特和莎士比亚。当代诗歌也未被忽视，罗宾逊·杰弗斯、路易斯·麦克尼斯、C. 戴·刘易斯、W.H. 奥登和斯蒂芬·斯彭德等诗人的作品均被出版。萨克斯对这些工作投入了许多精力。奥登、斯彭德和刘易斯是牛津大学的同学，他们三人都是萨克斯的朋友。

20 世纪 20 年代末，苏联政府启动了第一个五年计划，该计划旨在将一个落后的农业国改造成先进的工业国。为了实现这个目标，民众的精力被推至极限。记者莫里斯·欣德斯（Maurice Hindus）曾经创作了五部以苏联为主题的著作，此次，他以记录这一时期及接下来的关键历史阶段为目的，专程前往苏联。欣德斯出发之前，萨克斯向他强调了读者是多么热切期盼看到关于人民日常生活的记载。

差不多三年后，欣德斯交稿了，他将这部书稿命名为《莫斯科的天空》(*Moscow Skies*)。萨克斯迫不及待地开始阅读。不过，看到一段爱情描写后，他停了下来。欣德斯描述的是一个年轻人和他的恋人在月光下的凉亭中幽会，年轻人说："亲爱的，我是那么爱你，此刻我就像完成了皮革合作社的配额一样兴奋。"萨克斯忍不住对欣德斯说："看看这段，莫里斯。你恋爱过，我也恋爱过，人们在这样狂喜的时刻是不会这样说话的。"欣德斯沉默片刻，然后爆发了！"你懂什么爱情？你懂俄罗斯人民的灵魂吗？""随你怎么说，"萨克斯回答，"反正这是你的书，但我建议你再斟酌一下这部分。"

著名的海外记者和作家路易·费舍尔（Louis Fisher）提及那段时间他在莫斯科经常见到欣德斯，他是这样说的："欣德斯个性热情，情感丰富，会共情他人的悲欢。与我们其他人一样，他也常常遭到怀疑的折磨；每当这种时候，他就会灰心丧气、低沉抑郁，渴望与一个善良的朋友交心深谈。在马库莎（即路易·费舍尔太太）身上，莫里斯有时会找到这样的亲近感。他们会敞开心扉，愉快地交谈。"

萨克斯一度致力于建立并扩展古典文学、物理和其他自然科学的出版书目。古典领域第一个成功的项目是《古希腊戏剧全集》两卷本，于1938年出版，由普林斯顿大学古典文学系的惠特尼·詹宁斯·奥茨（Whitney Jennings Oates）教授与耶鲁大学古典文学系的小尤金·奥尼尔教授共同编选。这次合作在"迈克"·奥茨和萨克斯之间培养了持续而深厚的友谊。至于小尤金·奥尼尔，自他年少时，萨克斯便与他相识。对于儿子的成就，老尤金·奥尼尔十分自豪。他经常对萨克斯说，儿子早晚会超过父亲。

20世纪30年代中期，有迹象表明美国正在开始经历经济大萧条带来的不景气。1932年，富兰克林·德拉诺·罗斯福当选美国总统，提振了人民的信心。在他的第一个任期（1933—1936）内，总统做了许多工作去缓解攫住整个国家的绝望情绪。1937年，罗斯福总统挑选了他担任纽约州州长和美国总统这些年的笔记、评论、演讲和新闻发布会的部分内容，希望将其出版。他咨询了塞缪尔·T.罗森曼法官（Judge Samuel T.Rosenman），后者在他任奥尔巴尼州州长时是他的顾问。罗森曼法官后来在一封信中写道："我接洽了几家出版公司，最终选择了兰登书屋。贝内特·瑟夫先生向我引荐了萨克斯，介绍了他的能力与经验，并说萨克斯将是总统的编辑。就这样，从筹备一直到五卷本最终印刷的每一阶段，萨克斯与我进行了密切的合作。"

萨克斯两次被叫到白宫与罗斯福总统进行沟通。尽管工作节奏十分紧张，还有其他许多书籍等待下印，萨克斯仍然稳步推进总统的书稿。整个1937年夏天，萨克斯没有周末，也没有休假。这项艰巨的任务开始于1937年早春，到了1938年春天，兰登书屋就宣布了将要出版五卷本的消息。五卷本的分卷书名如下：

1. 新政的发轫　1928—1932年

2. 危机之年　1933 年

3. 推进复兴与改革　1934 年

4. 法院的异议　1935 年

5. 人民的支持　1936 年

书出版后不久，萨克斯收到了罗斯福总统寄来的一套书，上面写着："富兰克林·德拉诺·罗斯福赠友人萨克斯·康明斯。"我们的每个孩子也都收到了总统的赠书，题词是："给弗朗西斯·埃伦·康明斯"和"尤金·大卫·康明斯"。

1941 年，萨克斯编辑了埃利奥特·保罗（Elliot Paul）的《梦断巴黎》（*The Last Time I Saw Paris*）。埃利奥特此前的《一个西班牙小镇的生与死》（*The Life and Death of a Spanish Town*）生动记述了西班牙内战的恐怖，这本书出版于 1937 年。在写给萨克斯的信中，埃利奥特强烈的民主精神和反法西斯倾向表露无遗，正如在下面这封写自好莱坞的信中一样：

我在这部稿子上反复修改多次，现在长条校样不在身边，我无法确认稿件中是否阐明了三个要点，还是它们已经在修改中被模糊或删除了。

1. 我想确认书稿内包含与布鲁姆 ① 的搭档及其儿子将违禁品高价出售给西班牙政府有关的内容。

2. 我想确定书稿中具体指明了亨利–海耶从最初就与法西斯组织"蒙面党徒"（Cagoulards）有关联，以及他与在法的头号德

---

① 此处指莱昂·布鲁姆（Leon Blum，1872—1950），法国政治家、作家，1936—1937 年任人民阵线联合政府首脑。

国间谍奥托·阿贝茨（Otto Abetz）有密切联系。

3. 我同样希望确保以下内容在书中有明确的体现：我们本国国务院违反所有国际先例和行为准则，与英国首相张伯伦共谋，通过拒绝提供武器来扼杀西班牙共和国。

只剩下两名法西斯领导人是美国国务院和法西斯主义者有可能安抚的。其一是佛朗哥，其二是贝当。正如预料中那样，我们的政府当局、反动派和天主教徒像蜜蜂一样忙碌，直到最后一刻还在奋力取悦这两个人，而这一刻在您收到这封信之前可能就会到来。在本书付印之前，佛朗哥就将全心全意地加入轴心国，贝当则会将法国舰队和法国非裔军队交由希特勒使用；这件事一定会发生，就像兰登书屋还在从事出版一样确定。不要让任何人被贝当所谓遗憾或辞职之类的言论迷惑。那不过是惺惺作态，以期维护法国人民对"凡尔登英雄"的信念，而事实上，他们已经上了达尔朗①和赖伐尔的当。到处都是绥靖政策已经够糟糕了，我不愿因谨慎之故，或是吸引读书俱乐部、取得巨大销量等原因而与其为伍。我相信如果贝内特理解当下局势，也会有同样感受。

在将长条校样拆分为单页之前，请检查上述事项，并采取必要措施，以免我们不慎忽略刚刚回顾的那三点。您可从杰伊·艾伦（Jay Allen）或路易斯·金塔尼利亚（Luis Quintanilla）处狱知布鲁姆搭档的名字。请这样去做。

我对斯坦伯格（Steinberg）的素描感到越来越焦虑。我早就应该收到它们了。如果斯坦伯格无法及时完成，请立刻发电报给我，我将请此地的一位艺术家来绘制，这样我就能在画作交付之

---

① 此处指弗朗西斯·达尔朗（Francois Darlan，1881—1942），维希政府的主要人物之一，曾任海军部长和外交部长。

前先行检查。我希望不必走到这一步。

　　另，请告诉贝内特，务必第一时间送来三份核改后的校样，这对我意义重大。已有两位有影响力的制片人对这本书的电影改编表示了明确的兴趣，而一旦我有机会跟奥逊·威尔斯①交谈，我就有把握也能说服他。为了能够开始行动、进行比较，除了威廉·莫里斯（William Morris）所做的工作以外，我自己手上也必须有这些校样。我刚刚提到的制片人，一位是米高梅的维克多·萨维勒（Victor Saville，代表作为《万世师表》[*Goodbye Mr. Chips*]和《花容月貌》[*A Woman's Face*]等），另一位是雷电华的刘易斯·迈尔斯通（Lewis Milestone，代表作为《西线无战事》[*All Quiet On the Western Front*]和《永别了，武器》[*Farewell to Arms*]等）。

　　奥逊非常友善，思想开明，他需要新素材，而非墨守成规。我打算这一次放弃长期以来对于推销的排斥，为自己的书做一些经营。

这封信写于 1941 年 12 月底，就在美国参加第二次世界大战数周之后。如今看来，信中的愤怒就像理想主义一样天真。不变的只有为卖出电影版权所做的周旋（当然，还有与之相伴的对于推销的厌恶）。

不同于许多作者，埃利奥特是一个慷慨的人。在同一封信中，他为萨克斯"令人惊奇的工作"致谢，特别强调"我觉得应该将您作为这本书的合著者"，并进一步解释，"把错误的东西拿掉与放入正确的东西同样重要"。关于这一点，萨克斯早先曾反对埃利奥特在书中收入某些内容。

---

① 奥逊·威尔斯（Orson Welles，1915—1985），美国导演、演员、制片人，代表作有《公民凯恩》《第三人》等。

因为三分之二手稿已交付排版，所以您应该能够理解需要您亲手在长条校样上做增补。当然，我说的是您想要在西方文化那一章加入的关于女装设计师的内容或其他任何修改。我个人的看法是，尽管您写的制衣小史读来引人入胜，但这不啻把皮立翁山摞到奥萨山上，将问题更加复杂化。这些内容很有趣，但略偏离主题，如果将其加入，恐怕会将这一章变得像百科全书，从而损害第一部分的整体感。若是按照这种思路，您同样也可以创作关于葡萄酒文化、矿物学，以及其他任何艺术和工艺门类的专题论文。我想说的是，我宁愿看到本章只触及峰顶，正如它现在这样，也不想看到它对一些本身就已十分有趣的主题泛泛而谈。不过，这个问题的决定权在您，拿到长条校样正是您增加制衣或其他任何内容的时候。

　　现在我来谈一下表明政治钟摆从右到左摆动的图表。虽然图表具有直观性，但坦率地说，我认为它们并不能增加您借助文字传达的政治含义。收录图表会使您的书像课本。在我看来，您想要表达的一切都经由人物的观点得到了完全的表现；另一方面，特别是雨榭路（rue de la Huchette）的政治联盟，图表就像作者的侵犯。仅仅出于这个考虑，我恳请您让我把这张图表去掉。

除了这些建议，萨克斯还写道：

　　我沉迷于书稿中所写的一切。我仿佛二十四小时住在雨榭路，没有人能够在兰登书屋或麦迪逊大街找到我。我相信您的读者也会有同感。这也是我为何坚持请您把笔墨集中于那条路和它可爱的居民们的原因。

埃利奥特是一位非凡的人物——极具魅力，口才出众，是美食家，也是酒量惊人的好酒者。"二战"后，他搬到康涅狄格的一座农场生活。他不喜欢电话，却又想能够快速地跟萨克斯和兰登书屋联系。于是有一天，他带着一口大木箱来了，从里面传出轻轻的"咕咕"声。萨克斯透过架在鼻梁上的眼镜仰脸看着他。

"您拿来了什么，埃利奥特？"

"您以为我还能拿来什么？当然是信鸽！"

1932年，利夫莱特出版了奥尼尔的戏剧选。在这个选本出版之前，金十分关心编辑的人选。他知道乔治·让·内森（George Jean Nathan）对这一角色很有兴趣。他和内森的友谊可以追溯到内森和H.L.曼肯（H.L.Menken）在《潇洒一派》（Smart Set）当编辑的时候。内森同时也是那本杂志的戏剧评论员。金给他们寄了自己的三部早期作品——《艾利》（Ile）、《归途漫漫》（Long Voyage Home）和《加勒比的月亮》（Moon of the Caribbees）。令金大吃一惊的是，三部戏剧全被接受。《归途漫漫》出现在1917年10月的《潇洒一派》上，《艾利》和《加勒比的月亮》次年发表。

尽管早年曾得到过内森的支持，但金不愿让这一事实影响自己对于内森作为戏剧评论家的看法。他显然为其所困，这一点在他写给萨克斯的信中显而易见。

亲爱的萨克斯，

我仓促地写这封信，作为对电报的补充。我反对内森做这部选集的编辑，是因为这样一个包含多部作品的选本必然会被认为代表了我创作的整体风格和主要特点——这话我只对你说，我是不放心将选择权交给内森的。虽然他是我的朋友，我也尊重他在许多方面的判断力，但我却无法相信，或说从未相信他对于我作品的评论是完全正确的，也不认为他充分理解了我作品的内在精神和外在戏剧形式。他有太多的盲点（这一点他也坦率地承认过）。他太拉丁——理性主义、惯持怀疑态度、多愁善感，这是形塑了他批评观点的那些影响赋予他的特征。他厌恶包含宗教情感的所有戏剧（他喜欢《大神布朗》是因为其他原因）和包含任何社会改革色彩的所有戏剧。他喜欢《金泉》(*The Fountain, Gold!*)，看不上《拉撒路笑了》，完全误解了我在《发电机》中试图表达的观点，认为《毛猿》是激进的政治宣言并因此不喜欢它，将《欲望》①视为对斯特林堡的模仿。至于他在我的戏剧中读出的本不存在的生活观念以及对此让我气恼的溢美之词，我已不想多说。

请不要误会我是在对内森严词批评，或者对他为我所作的抗争毫无感恩之心。我只是在表达自己对他批评理论的看法，而这些观点我在与他的争论中早已开诚布公地说过。

从实际层面上说，我认为在此种情况下，若是每个人都毫无兴致地接受仿佛预先决定的安排，那么这样显而易见的决定往往是错误的。在这里，内森便是那个显而易见的决定。这只是可怜的商业，毫无想象力，毫无戏剧性。关于他将为这部选集所做的工作和所写的前言，唯一的评论只可能是："当然了，还是老一套。"我想，不管是对于利夫莱特公司还是我自己，永远让内森担当这一角色是个坏主意。就好像内森是唯一欣赏我作品的著名"评论家"似的，而事实上，这样的人有很多——克鲁奇、扬、阿特摩尔、加布里埃尔、W.P.伊顿，等等，等等。

我的建议是由我来选择十部戏剧。在两句话的前言里——不会更多——我会说明我的选择是基于自己的良好判断以及全世界最优秀的评论家对于演出或剧本所发表的评论。然后，我会建议

---

① 此处应指《榆树下的欲望》(*Desire Under the Elms*)。

"每月选书"为每部剧作邀请一位美国顶尖评论家写一篇短评——十位评论家分析十部戏剧，如果他们愿意，大可以在评论一部戏剧的同时把我其余所有作品贬得一文不值。随信附上我选择的十部作品和我认为适合为每一部作品写文章的评论家名单。当然，我的选择不是最终版。若是你在出版记录和旧书封里寻找，很有可能会提出更合适的人选。我的想法是，就让每位评论家把自己所评的那一部当成最好的。比如，如果允许他们说我之后的作品都是垃圾，布朗，还有伍尔考特（Woollcott），很可能会不吝夸奖《琼斯皇》或航海系列。你明白我的意思了吗？不同观点之间的碰撞，随之而来的辩论，公众和媒体的新鲜视角和兴趣——这些都以我选择的剧作为基础。

如果这件事值得做，就值得把它做好。问题是，"每月选书"这样的机构太懒了，他们只想做显而易见的事，从而把事情搞砸。

或者，假如"每月选书"不愿意接手，那么我建议戏剧的选择由一位诗人（比如罗宾逊·杰弗斯）、一位小说家（德莱塞或刘易斯）、一位历史学家（比尔德或亚当斯）、一位戏剧评论家（克鲁奇、阿特摩尔或扬——这份名单是无限长的）、一位心理学家（怀特、杰利夫或——又是一份没有尽头的名单）和我们的出版方（？）共同决定。前言由内森来写。

上述第二个建议只是一时兴起，也许并不可行。我在此想要强调的是，尽可能远离某一位戏剧评论家的武断选择，他的观点已经广为人知；同时避免前言也由这同一位评论家来写。**明白了吗？**① 可以把我的作品清单提交给众人，除了我自己不愿放的，上面应该有我所有的长剧本。当然了，我不确定你是否能够在每个领域找到一个看过我作品舞台版或剧本版的人，但我们应该能

---

① 原文为：Sabe？

够想出一些备选方案。这样做的好处是，只有蠢材才会认为这份由不同领域做出的共同选择有任何的艺术权威性！可它一定是有趣的，可以激发讨论。

不过，我想我说的都是废话。合同已经签了，不是吗？事实如此，"每月选书"会做显而易见的事，不耗心神，不假思索，缺乏想象。

你永远的，

金

6 《财主马可》——阿特金森或约翰·梅西或加布里埃尔

9 《奇异的插曲》——内森或利特尔或克鲁奇或……

10 《悲悼》——克鲁奇或扬或梅森·布朗

2 《琼斯皇》——布朗或伍尔考特或伊顿

3 《毛猿》——扬或加布里埃尔或伊顿

1 "航海"系列——伍尔考特或安德森或布朗

8 《拉撒路笑了》——芒福德或德卡赛雷斯或克鲁奇

5 《榆树下的欲望》——巴雷特·C.或克鲁奇或加布里埃尔

4 《上帝的所有儿女》——卢因森或内森或克鲁奇或……

7 《大神布朗》——内森或克鲁奇或……

优先选择本身是作家的评论家——在他们的文章下方列出其作品。

奥尼尔的不快最终以折中的方式解决。奥尼尔自己成为这部选集的编辑，"航海"系列未被收录，选集中的作品依时间顺序呈现。这本书取名为《尤金·奥尼尔的九部戏剧》。

第四章
尤金·奥尼尔:《啊,荒野!》
到《长夜漫漫路迢迢》

1931年问世的《悲悼》是利夫莱特公司出版的最后一部尤金·奥尼尔的剧作。在这部作品成功上演之后,奥尼尔一家离开了在纽约租住的公寓,搬到佐治亚州的锡尔岛,在面向大海的地产上建了一栋房子。金开始创作一个长久以来困扰他的主题——唯物主义和科学未能为人类带来孜孜以求的精神平和,这驱使他转向对宗教的探索。他试图把自己的观点融入一部名为《无尽岁月》(*Without Ending of Days*)的作品,最终更名为《长日无尽》(*Days without End*)。不过,这部作品冗长而令人失望,它的写作过于复杂和私人化。

1933年1月3日,在写给萨克斯的一封信中,金写道:

> 我耗费了巨大心神的《无尽岁月》,如今已经改到了第三稿——它似乎就要这么停滞,再也无法完成。它已经跑进了各种死胡同,让我在精神上和生理上都疲惫不堪,以致出现了神经性消化不良——以前从来没有过的症状!我对它厌烦透了!我看不到出路,简直想把这该死的玩意儿丢掉——一年或两年后再来看看它是什么样子——休息一阵,然后开始写新的东西。上帝知道,

Sea Island, Ga.
Jan. 3rd 1933

Dear Saxe:

Just to add a word or two to what Carlotta has written you re "Ah, Wilderness!". The sub-title really indicates in exactly what spirit this simple, sentimental comedy — with undertones, oh yes, with undertones! — was written, and the nostalgia for our old lost simplicity and contentment — and youth! — it expresses. I woke up one morning with this play fully in mind — never had had even a line of an idea about it before — title and all. Immediately laid aside "Without Ending Of Days", on which I was laboring, and started writing this. It simply gushed out of me. Wrote the whole damned thing in the month of Sept. Evidently my unconscious had been rebelling for a long time against creation in the medium of the modern, morbid, complicated, warped & self-poisoned psyche and demanded a counter-statement of simplicity and the peace that tragedy troubles but does not poison. The people in this play are of the class which I get least credit for knowing but which I really know better than any other — my whole background of New London childhood, boyhood, young manhood — the nearest approach to home I ever knew — relations, friends of family, etc., all being just this class of people.

And, of course, there is the intentness in this play to portray the startling difference between what we Americans felt about life, love, honor, morals, etc., and what we are conscious of feeling today.

I got immense satisfaction out of writing this play — and I feel a great affection for it — so great that I don't know whether I'll ever subject it to the humiliation of production or publication. For me it has the sweet charm of a dream of lost

1933年1月3日，尤金·奥尼尔写给萨克斯的信，关于《啊，荒野！》和《无尽岁月》

youth, a wistfulness of regret, a poignantly melancholy memory of dead things and people — but a smiling memory as of those who live still, being not sadly dead!

If you know what I mean —

Not that any of the people in this play are portraits of real people. Rather they are each portrait of many people.

Secrecy in this case, Saxe, above all others! Don't let a soul know a damned thing — even that you have it! You will appreciate why.

"Without Endings Of Days", on which I have sweated blood, has reached a third draft — and there it seems likely to stop forever unfinished. It has run itself into all sort of blind alleys and exhausted me mentally & physically to the point where I had had nervous indigestion — a new one for me! I am thoroughly disgusted with it. See no way out and think I will junk the damned thing — see what it looks like a year or two years from now — and after a rest now start something else. I have plenty of other ideas, God knows. The whole experience with this opus has been very discouraging. I've worked so damned hard on it and given so much intense thought & energy — with such confusing results! But I suppose that's all in the game.

I'm enclosing a check with which I want you to get something as a gift for my translator-superior from me. You will know what she would like. I would not insult her by attempting to pay her for her kindness but I would like to show my grateful appreciation some way. Please express my immense gratitude to her when you write! She has been a peach about this and I will never forget her kindness! Would she like a complete set of my books, duly inscribed & autographed, do you think? If so, send them to me from Liveright charge to me, give me her name & I will do the rest.

Carlotta joins in love to you, Dorothy & the kids.

As ever,

Gene

我有很多其他思路。创作这部作品的经历让我非常沮丧。我那么努力，倾注了巨大的心血和精力，却收到了这样不清不楚的结果！不过，我想，创作就是这样的。

在同一封信里，他兴奋地跟萨克斯说起另一部剧作《啊，荒野！》：

某天早上醒来，我脑中已有了这部戏剧的全貌——之前从未有过任何甚至一闪而过的想法，包括剧名和其他所有。我立刻把正在苦苦劳作的《无尽岁月》搁置一旁，开始写作这部新剧。它就像从我的头脑里喷涌而出。仅用了9月份一个月，我就把这该死的玩意儿写完了。显然，我的潜意识已经抗争了很久，不愿以现代的、介入的、复杂的、扭曲的和自欺欺人的心理为媒介进行创作；它要求进行简洁与平和的反述（counter-statement），悲剧会干扰却不会毒害这种简洁与平和。这部戏剧里的人物是我最不可能结识但事实上却又最了解的阶层——我在新伦敦度过的童年、少年、青年岁月——我所知道的贴近家乡的最近的方式——亲戚、家庭的朋友，等等，都属于这个阶层。

当然，剧中有意刻画了美国人对于生活、爱、荣誉、道德等的感受与我们如今意识到的感受之间的惊人差异。

他说，他从"创作这部剧的过程中得到了巨大的满足感——我如此喜爱它，喜爱到了我不知道是否愿意让它经历受制于演出或出版之耻辱的地步"。不过，《啊，荒野！》和《长日无尽》最终都被出版和演出。事实上，1933年纽约戏剧公会把这两部剧搬上舞台的同时，纸质剧本就出版了。很快，《啊，荒野！》就开始了以乔治·M.科汉（George M.Cohan）为主角的长达四十周的全国巡演。

《长日无尽》被金称为一部现代奇迹剧，因为其宗教内容引发了相当大的争议。

奥尼尔在锡尔岛上的家未能如其所愿地成为一处世外桃源。那里的夏天闷热而潮湿，湿气包裹住房屋内外，令人呼吸困难，难以忍受。

1936年秋天，奥尼尔家一路向西北方移动，目标是西雅图。他们一度认为自己会定居在普吉特海湾，在那里找到想要的私密空间。

住了还不到一个月，就有消息传来：举世瞩目的诺贝尔奖将被授予尤金·奥尼尔。很快，奥尼尔一家就被记者、电报和各式各样的信息淹没，西雅图的市民当然也想来向他们尊贵的访客致敬。不过，奥尼尔一家避开了所有人，出发前往加利福尼亚。

住在旧金山时，尤金生了一场重病，在医院里住了很长时间。不过，强制休息对他身体的康复很有好处，就连双手的颤抖也减轻许多。好转的健康状况使他迫不及待地开始着手写作一部他有着强烈创作欲望的剧作——《送冰的人来了》。

奥尼尔一家在康特拉科斯塔县的丹维尔买了一块地。卡洛塔忙着跟建筑师和工人一起修筑新家，金则埋首于《送冰的人来了》。1940年，他完成了终稿，把它拿给正在他们的新家"道屋"做客的萨克斯看。

金和萨克斯逐字逐句地检查了手稿。然后，萨克斯用打字机把它打好，带回了兰登书屋，锁进保险柜里。

不久，金开始了一项自我折磨的工作，以期摆脱他那令人忧伤的、悲剧性的家庭史诗。在写作过程中，他毫无疑问经受着炼狱的各个阶段，这一点在他写给萨克斯的信中表露无疑。这些信开始源源不断地到来，敦促萨克斯去拜访他。金写道："优等生，我感觉糟透了，精神上的状况就不提了。"在另一封信里他说："请不要迟疑，过来吧——对我们这两个住在"道屋"的半残疾人来说，见到你比吃整整一大海的药还管用。"1942年1月，萨克斯前往做客，他关于奥尼尔的笔记包含了这次拜访的记录。

Sea Island,
Ga.

Jan. 1933.

Dear Saxe:

I've inscribed all the books —
with the main inscription in Florence, of course —
and they will go off to Mrs. Welch at once.
I remember but well now from all you used
to say about her. Up to your letter, I hadn't
placed her as David's sister of Manila.

Thanks for what you say of "Ah, Wilderness!"
I have been doubtful if anyone would feel
in it what I felt. You see, it's such a simple
little play, no shooting after great tragic drama,
and its whole importance and reality depend on
its conveying a mood of memory in exactly the

right illuminating blend of wistful grin and lump in the throat — the old tears-and-laughter stuff on exactly the right delicately caressing note.

But did you laugh? That's what I want to know! To me it's full of comedy — but that may be a perverted sense on my part. The dinner, for example. How I remember the dinners in New London! I feel we caught them. And do you like Pa & Ma and all the rest? Kin people, all of them, to me. Lovable! I hope they will seem so to others. And it's true! There were innumerable such people in the U.S. There still are, except life has carried us out of their orbit, we no longer see or know them, our gaze is concentrated either above or below them. But if America ever pulls out of its present mess back to something approaching its old integrity and uniqueness, I think it will be owing to its fundamental simple homely decency of such folk, no matter how much corrupting, demoralizing influences have spoiled it since the War. I mean I believe it still there as a basis to build a new American faith upon.

All best! Gene.

1933 年 1 月尤金·奥尼尔写给萨克斯的信，信的内容与《啊，荒野！》有关

另一次旅行

以下是 1941 年 11 月 4 日金写来的一封信的部分内容："今年，我已经写下了不少于七部——我数过了！——独立剧作的详细提纲。我认为它们都是了不起的构想，可我似乎无法决定先从哪一部开始。太多让人分心的事。太多悲剧。我的健康状况也不稳定。很难定下心来开始日复一日专注于同一件事的辛苦劳作。想让你读一下《长夜漫漫路迢迢》，比《送冰的人来了》要好。我相信这是我写过的或能够写出的最好的一部。不过，还是要等你来了看过再说。我只有一份打字稿——不管怎么样，我并不想把它到处寄送，目前也不想让任何人看，除了三四个人。现在看过的只有卡洛塔。"信的结尾，金补充道："试着过来吧！"

第二次世界大战开始前，以及在战前的几年，奥尼尔已经搁置了他最艰巨的写作计划：他打算用九部戏剧组成的系列来表现一个多世纪的美国生活。他当时执着于一个观点，即财产会贬损和腐坏，其占有者并最终使其一无所有。他将已经写好的内容——为一部完整的戏剧《诗人的气质》(*A Touch of the Poet*) 写好的多达十二万五千字的大纲和笔记，包括场景轮廓和对话片段——暂时停下，留待更集中的时间来创作。确实有太多使他分心的事和太多悲剧，以及总是不稳定的健康状况。

不在系列中且为奥尼尔声誉的复兴做出最大贡献的是两部剧：《送冰的人来了》和《长夜漫漫路迢迢》。这一时期较次要的剧作是《月照不幸人》(*A Moon for the Misbegotten*)，1952 年出版，1957 年上演；以及一部独幕剧《休吉》(*Hughie*)，仍是手稿形式。

离开纽约前往加利福尼亚的最早时机于 1942 年 1 月到来。兰登书屋做了安排，使我可以一直在奥尼尔家待到《长夜漫漫路迢迢》的手稿完成，我带着完稿返回。

在加利福尼亚的奥克兰，赫伯特·弗里曼（Herbert Freeman）来火车站接我。他曾经在南卡罗来纳打橄榄球，后来多年间在奥尼尔家担任男仆、司机和管家。他对奥尼尔充满敬意，从锡尔岛开始便追随他。到达康特拉科斯塔县的丹维尔后，我得到了亲切的招待。金带着腼腆的热情，卡洛塔惯常的骄傲态度出现了明显的松弛。

我在奥尼尔家拜访的十六天里，雨几乎没有停过，我们成了关在宫殿里的囚徒。当太阳短暂地从阴云中露出脸时，我们会在面积广阔的庄园里散步，沿着小径走到一座小山的山顶。从山顶往东北方看，可以看到云雾笼罩的壮美的代布洛山，这是沿海山脉的一座巨峰。我们很少穿过带栈桥的庄园入口，走到连通外界的路上。

只有两次我们离开了家。第一次是弗里曼开车带金去奥克兰看医生，我搭车同行；第二次是我们三人去旧金山吃饭，庆祝工作完成。其他时间，我们与世隔绝，将白日所有的时间都投入工作中。我将金信中提到的手稿打了四份。原始的稿件上，金写下了纵横交织的增补和修改，字非常小。当我用两根手指在打字机上"啄食"时，金在书房继续写作，事事精益求精的女主人卡洛塔忙着家里的琐事。作为休息，我会带布莱米——家里备受宠爱的大麦町犬——去散步，在雨中走很久，让它为大雨加些水。晚上，我们玩"抱歉"游戏，每局两角五分赌注；或者坐在壁炉前，看着升腾的火焰，畅谈一个遥远的世界。从收音机上听到的消息总是暗淡而令人沮丧的。美国已经参战一个月，两条战线上的局势都不乐观。广播不断播报着陆海两线的战败和撤退。为避免遭到日本的海上和空中袭击，西海岸实施了严格的供电管制。

在从欧洲和亚洲传来的正式与非正式公报之间，经常插播一件与战争无关的事。每当这个时候，我们就关掉收音机，和那台机器一起陷入沉默。这件事是查尔斯·卓别林与欧娜·奥尼尔最近结婚了，他们的婚姻得到了大量报道，与其说是私事，不如说是一起公共事件。

大概一年前或更早，欧娜来"道屋"拜访父亲，当时她的年轻与令人震惊的美貌以及温柔羞涩的举止给人留下了最美好的印象。她是在与父亲分离多年后重新露面的，起初像个陌生人，但到拜访结束时，她已经悄悄地、巧妙地克服了自己与父亲心中的疏离感，并逐渐地被重新接纳为家中一员。

然而，在我到访前不久发生的这桩婚事把欧娜刚刚得到的喜爱变成了强烈的憎恨，并使她在继母眼中成为名字都不能提的逆子。

围坐炉火聊天时，金、卡洛塔和我都敏感地意识到我们正小心翼翼地绕开那个被报纸和广播讨论得热火朝天的话题。我们交换着对于战况的看法，特别是战争如何改变了我们之前所抱持的和平主义观点，但对心中最挂念的事情反而避而不谈；讨论边缘，却避开中心。

卡洛塔从来也不是一个能长久压制怒火的人，她第一个打破了大家心照不宣的沉默，开始了漫长的指责。先是引用《李尔王》里的台词，继而是我们不敢想象会出现在莎士比亚语汇里的咒骂之词。她强烈谴责欧娜的妈妈为了自身利益，在蓄意的商业活动中剥削了自己的孩子。先是把这个孩子作为"咖啡厅名流"，无耻地抛入社交圈；接着把她打造成"头号名媛"，这是一个可疑的荣誉，暗示着可以出售的美貌和财貌匹配的婚姻。如今，这令人作呕的整桩盘算终于有了结果，在卡洛塔看来，当妈的总算实现了她的目标……

无法判断这些愤怒的指控带给金的是否更多的是尴尬而非痛苦；他无疑为女儿的处境感到担心。他不喜欢好莱坞及其产品，在他看来，电影和自欺欺人的电影明星被给予了过高的重要性，卓别林虽是一位伟大的艺术家，却也已被腐蚀。当卡洛塔细数卓别林的罪状时，金保持沉默，似乎在不快地沉思女儿的选择。事实上，自欧娜幼年起，他就很少见到她，父女之间缺失了十到十二年亲密相处的时光。欧娜时隔多年的拜访让两人都感到无法自在地交流。不过，欧娜很好地克服了这一障碍，可能主要还是靠她孩子般的单纯，而面对已成为陌生人的女儿，虽未言明，但她的美貌让金心中充满了自豪。

私下交谈时，金告诉我，父亲这一身份对于他的意义恐怕比对大多数男性都要少，因为他跟自己的三个孩子之间只有遥远的情感联系。他初见小尤金时，长子已经十二岁，直到儿子作为古典学者崭露头角，他才第一次感到身为父亲的骄傲。至于羞怯的沙恩，他的另一个儿子，他只感到无望的挫败和若有若无的焦虑。

我到达之前，沙恩曾造访"道屋"。所有人，特别是弗里曼，一致认为这段经历不是那么愉快。迷惘而孤独的年轻人迫切想要得到他那大名鼎鼎的父亲的关注和喜爱，却被无视了。卡洛塔表现冷淡，坚持皇宫般严苛的规矩。唯一愿意付出善意的只有弗里曼。他会开车载沙恩去旧金山，在那里，可怜的孩子能够从束缚中解脱片刻，在金门世博会上寻求刺激和自由。他甚至能够设法脱离弗里曼友善的监护，略感羞愧地偷偷喝一些酒。虽然弗里曼全程知情，但他理解男孩的处境，只当不知，免得男孩内疚；更重要的是，使他免受卡洛塔的严厉责骂。

关于人类行为的事后权威将青少年和成人期的情感障碍归因于婴儿期遭到的排斥，这一结论令他们自己感到满意。他们睿智地谈论着创伤和敌意，试图说服受害者：言语的宣泄能够从无意识的深处清除这些毒素。

我们完全无法确定，沙恩青年时沉迷毒品，到底是源于幼年时未被满足的亲情渴求、最严重的情感匮乏、不被需要的失落，还是源于隔代遗传的神经性压力。同样可以将其解释为偶然的事故和纯粹的厄运。对于寻求超自然解释的人来说，将沙恩的悲剧归于复仇三女神的追逐是一种诗意的便利。然而，不管源头到底是什么，痛苦都只能由沙恩自己承担。

不管小尤金·奥尼尔的命运是更好还是更坏，它至少是有结果的，而且完全摆脱了痛苦。他也于1941年拜访了他的父亲，同行的是他当时的妻子，她在"道屋"受到的接待算不上亲热。她是个高大壮实的女人，以卡洛塔的标准来看不够整洁，单这一点就足够引起对她严厉的批评了。

当时，年轻的金正面对来自学术和婚姻的双重麻烦。夫妇二人在"道屋"共处同一屋檐下，紧张进一步加剧。卡洛塔一向快人快语，她毫无顾忌的言语激化了本已暗流涌动的冲突。另一方面，金躲进沉默的堡垒，一心想要远离喧嚣，静心创作，或许同时独自思考三个孩子的问题。

暂居"道屋"期间，小尤金获准阅读《长夜漫漫路迢迢》的手稿。据我所知，他是读了的，因为回纽约后，他来到我的办公室，高度保密地向我提及这部稿子，同时也向我坦诚加州之旅的不愉快。他愤懑地描述了自己在"道屋"受到的招待，也直抒胸臆，一吐对卡洛塔的积怨。后来我们沿着公园大道走路时，他拾起在我办公室中断的话题，继续讲他的痛苦故事。不过，他补充道，他的悲惨得到了足够的补偿，因为他意识到父亲写出了他迄今为止最深刻的一部悲剧，也就是《长夜漫漫路迢迢》。小尤金对这部剧作的夸赞虽然夸张，却也显然是真诚的。

至于他父亲坚持要在去世二十五年后才能上演或出版这部剧作，我们俩没有做任何讨论。我不确定他是否知道有关于这一限定的法律文件存在。如果他知道，肯定会跟我提起，因为我和他之间对这部剧的看法是开诚布公的。更大的可能性是他不知道，因为他谈到制作和选角的各种问题，仿佛将这部剧带到公众面前是一件十万火急的事。他当然不知道，一份相关法律文件已经安静地躺在兰登书屋的保险柜里了，清楚地申明了尤金·奥尼尔关于在他去世四分之一世纪以后再出版和演出这部剧作的意愿。

1956 年，《长夜漫漫路迢迢》被出版和搬上舞台，此时小尤金已过世六年。在接受《纽约时报》采访时，卡洛塔将尤金·奥尼尔对这部剧的严格限定归咎于其长子的过分要求，即是小尤金以家族隐私为由，说服父亲做出二十五年的限制。采访发生之时，父子俩都已不在人世，无法确认或否定这一说法。毕竟，死者无法提供任何证词。

不管怎样，小尤金几乎不可能对父亲施加影响，因为后者对于自己作品的出版和演出总是独立做出决定的。可以肯定的是，1942 年上半年，当我在"道屋"做客时，没有听到关于小尤金插手这件事的只言片语。

我就是在那时得到了明确的指示，关于该采取何种措施来保证奥尼尔对《长夜漫漫路迢迢》在他去世二十五年内不得出版和上演的要求得以实现。他不止一次在与我的交谈中提及此事；离开"道屋"前，他要求我让兰登书屋的律师贺拉斯·芒杰斯（Horace Manges）为他的这个愿望拟定一份文件，以法律条款写明：《长夜漫漫路迢迢》的手稿将在兰登书屋封存和保管，直至尤金·奥尼尔去世二十五年后方可拿出。这将是我返回纽约后的第一个任务。

那时，欧娜、沙恩和小尤金造访"道屋"已经是过去发生的事，我的暂住才是进行时。回望之时，记忆之眼捕捉到的影像有可能失真。它充其量不过是一台有缺陷的仪器，挑挑拣拣地进行着选择。它借助事后观察来补偿和纠正自己，并不可避免地利用了某些心理力量，以满足人自我辩白和自我强化的需求。记忆在我们身上耍的把戏很可能是一种保护机制，用以保护人类残存的利己主义。无论如何，它从过去筛选出的通常是一个人愿意去记住的。

为了避开记忆耍的把戏，记录我那次造访的一些简单事实及其后续结果或许会揭示那部剧作的某些历史真相，而这些真相将多年占据文学评论家们的注意力。

我在"道屋"的暂居轻松而愉快，因主人的友善而没有丝毫拘束。金和我将工作平稳推进，而且我相信，我们的努力是有意义的。每当我不明白某些含糊的表达，或金细小的笔迹中有难以辨认的单词和词组，金总是不厌其烦地耐心解释，即使我的发问有时是挑剔或荒唐的。面对我发现的某处前后不一、无意为之的重复，以及某些暗示了句法或口音变化的细节，金也总是虚心接受建议，并对我的客观表示感谢。他似乎从不在乎一位编辑的评论有可能多么无关紧要或荒谬无稽，因为他相信这样才有可能避免疏漏的发生。不同于许多作家，他没有陷入对自己所写的每一个字的盲目爱恋，所以不会对他视若珍宝的作品中可能出现的不完美视而不见。就算有些意见暴露了我的愚蠢，他也毫不介怀，而是将之视为解释和澄清戏剧主旨和表现效果的机会。

我们以这种方式共同工作了两个多星期，在此期间，死后出版和演出的话题经常被提及。他相信，在所有相关人士，特别是家族成员在世或至少没有年迈到不会被伤害或打扰之前，《长夜漫漫路迢迢》不应出现在公众面前。我们讨论过多个时限，最终他把它定为自己去世二十五年后。定下时间后，他请我回到纽约后起草一份法律文件。

这部剧作共有四份打字稿，其中两份要保存在华盛顿做版权登记，一份留在作者身边，最后一份让我带回纽约，封存在兰登书屋的保险柜里。此处应该解释一下，手稿阶段的剧作不同于其他虚构或非虚构作品，是可以作为未出版的作品申请版权并在出版前任意时间进行登记的。

工作完成后，我带着一份《长夜漫漫路迢迢》的打字稿，于1942年2月8日晚间乘坐"云雀"号离开奥克兰，前往洛杉矶。我在洛杉矶停留的时间比计划中长，因为家族中有人骤然离世，我不得不多待两天参加葬礼。葬礼结束后，我立刻返回纽约。

我将奥尼尔的意愿告知贺拉斯·芒杰斯，进行了相关咨询，并请他起草一份法律文件，将奥尼尔对于这部剧作出版和演出的限制明确落实。文件准备就绪后，被寄送给奥尼尔签名。

1945 年 11 月 29 日

纽约州，纽约市 22
第五十七街东 20 号
兰登书屋

先生们，

今日，我将自己所创作的名为《长夜漫漫路迢迢》的剧作的一份手稿副本交与诸位保管封存，在我去世二十五年后方可打开。

我授权贵公司出版这部作品，并希望它作为我们在 1933 年 6 月 30 日（当时诸位所属公司的名称尚为现代文库有限公司）所订合同的扩展，按照同等条件进行出版。以下几点除外：

1. 在我去世二十五年之前，这部作品不得出版。

2. 在约定的出版时间之前，无须预付版税。届时支付的版税预付金为五千美元。

3. 这部作品在美国和加拿大的版权由贵公司履行。

4. 我们之前签订的合同中"作者"一词，在我死后，相应更改为权利人或管理人，同时也是版税收款方。

如果你们觉得这些条件可以接受，请签字并将此信副本密封寄回。

您诚挚的，

尤金·奥尼尔

接收：1945 年 11 月 29 日

兰登书屋

收信人（签名）贝内特·A. 瑟夫

这封信签字并从加州寄回后，连同仔细包裹并厚厚封蜡的《长夜漫漫路迢迢》打字稿，一起放进了兰登书屋的保险柜。它们与另一部独幕剧《休吉》的副本在那里静置了十二年，未受任何打扰。任何人都不允许进行触碰或移动。这部作品的神秘内容只有五个人知道：作家本人，他的妻子，他的儿子，评论家拉塞尔·克劳斯（Russell Crouse），他也在造访"道屋"时获准阅读手稿，以及我。

尤金·奥尼尔 1953 年 11 月逝世后，他的遗嘱认证于同年 12 月 24 日在波士顿进行。此时，人们发现，他剥夺了两个仍在世子女沙恩和欧娜的继承权，并将自己的遗孀指定为唯一受益人和遗嘱执行者。剥夺这两个孩子继承权的句子是这样写的："根据这份遗嘱，我特意将我的儿子沙恩·奥尼尔和女儿欧娜·奥尼尔·卓别林排除在我的财产之外，并且同样剥夺其现有和未来子女对我财产的继承权。"

当时，人们不知道奥尼尔为什么这样做，这一决定引发了震惊和猜测。不过，没多久，答案就揭晓了。

1954 年年中，兰登书屋的老板贝内特·瑟夫接到了卡洛塔·奥尼尔的电话，后者问他是否看过藏在公司保险柜中多年的《长夜漫漫路迢迢》手稿。贝内特给出了否定的回答，因为他没有得到法律授权，所以他既没有看过手稿，也没有打开包裹；包裹上的封印依然完好，他无意破坏。奥尔尼太太说，她希望贝内特立刻阅读手稿，因为她希望尽快将其出版。贝内特没有同意，只告诉她需要考虑一下再回复。

他立刻与我商量，询问我的意见。我建议他咨询我们的律师贺拉斯·芒杰斯，姑且不论道义，这样违背死者的意愿在法律上是否可被允许。其次，如果真要出版，必须坚持在书封和内页放上奥尼尔太太签名的公开声明，证明兰登书屋得到了她的出版授权。这第二条建议是为了让兰登书屋或贝内特·瑟夫免于违约的起诉。我们显然面临选择：是用干净的双手出版，还是彻底放弃出版权。

当瑟夫将这一决定告知奥尼尔太太后，她勃然大怒。她的怒火主要是冲着我的，指责我不仅蓄谋坑害她，还毁了奥尼尔交给我编辑的所有剧作；她控诉我触犯了刑法的每一条法律。对此，瑟夫以他特有的忠诚做出了回应。他给奥尼尔太太的回信令我感动，也使我的虚荣得到了满足。我没有想到一段长达四十年的友谊会这样结束，可单单这一封信——如果我真有信中说的那么好——就足以抚慰我所受的伤害。我感激瑟夫的仗义执言，不过我更尊重他，作为一个出版人，能够坚持原则，不辜负逝者的托付。

随后，我们震惊地从律师处得知，按照严格的法律解释，死者的指示可以被唯一受益人和遗嘱执行人的意愿取代。也就是说，就算曾有一份法律文件（可能不再有约束力）限制了这部剧作的出版与演出，奥尼尔夫人也依法有权取消这一限制。遗嘱里并未提到这份法律文件的存在，对这一愿望本身也只字未提。

最终，谜团解开了。现在我们明白尤金·奥尼尔为什么会被**诱使**取消两名子女的继承权了。如果他们以法律标准来看是合法继承人，那么他的遗孀就不会是唯一受益人，继而，在严格的法律解释范围内对在限定时间——也就是 1978 年——之前出版和上演《长夜漫漫路迢迢》的要求也将是无效的。

事情发展到这一步令我们猝不及防。起初，我们无法相信，不管是从法律上还是从道义上来说，这样无视死者在亲笔签名的文件中明确表达的意愿怎么会被允许或认为是正当的。不幸的是，我们只是在道德错觉的驱使下努力，却因对法律的误解而陷入了决定性的不利境地。

奥尼尔太太的律师驳回了我们天真的抗议，确认兰登书屋的律师所言不虚。事情至此已无争议。波士顿律师协会的两位杰出成员——剧作家遗孀不断雇用和解雇的众多律师的继任者，前来拜访贝内特·瑟夫，请他就这部遗作的出版一事做出决定。他们的使命很快就完成了：瑟夫放弃了出版权。

这两位律师是梅尔维尔·凯恩（Melville Cane）的继任者。凯恩先生是一位诗人、散文家，也是能干、可靠的律师，他是诸多受雇于奥尼尔太太继而又被解聘的律师之一。许久以前，当他的客户将我视为她的怒火倾泄口时，我和他短暂地打过交道，而他要到很久之后才会承受这一怒火的鞭打。

十多年来，奥尼尔太太和我以共同的名义在制造商信托公司（Manufacturers Trust Company）保管着一个保险柜。该公司的银行办公室位于第五十七街和第五大道。保险柜里存放着许多手稿、股票凭证、纪念品和一些非常昂贵的珠宝。奥尼尔一家住在法国和加州时，会通过信件和电报联系身在纽约的我，让我从保险柜中取出某些物品寄给他们。有时，我也会被要求往保险柜里放入一些物品。不过，我从来不曾加入自己的物品，也不会将柜中的任何内容挪为己用。我之所以成为它的共同租借人，乃是因为考虑到这样我才能按照奥尼尔一家的要求随时取放物品。

一次，奥尼尔太太焦急地给我寄发了好几封信件和电报，因为她十分担心有几件珍贵的珠宝可能丢失了。我们清点了保险柜中存放的珠宝，发现所有东西都安然无恙。收到这个好消息之后，她发来一份电报，喜悦、释然和感激之情跃然纸上。同时，她请我把银行保险柜里的所有珠宝都通过邮政挂号件寄到加州。我照办了，他们用喜悦的语言确认收到。

奥尼尔夫妇曾两次短暂分居，一次是尤金的胳膊骨折时，另一次是他摔断腿时。在他们第一次分居时，我收到了梅尔维尔·凯恩寄来的一封措辞严厉的信，他要求我交出他客户的保险柜的钥匙，并指控我对钥匙的使用权是存疑以及可疑的。这相当于暗示我觊觎柜中物品。在回信中，我愤怒地谴责了他对我诚信品格的怀疑，同时详细解释了十余年来租借和使用保险柜的前因后果。我将钥匙随信寄回。

当时，金正因胳膊骨折在医师医院（Doctors Hospital）休养。我把凯恩的信和我回信的复印件拿给他看。他勃然大怒。然后，他突然笑得很开心。他问我办公室里有没有那种打印的退稿单，用于回复不值得亲自写一封退稿信的稿件。我告诉他，这样的标准格式是有的，只会用来退回完全没有希望的投稿。他说，我不应该给凯恩回信，直接寄给他一张退稿单就行。

幸运的是，多年以后，我和梅尔维尔·凯恩之间得以冰释前嫌，那时他早已不再是奥尼尔太太的律师。他还记得我们当年的信件往来，并终于有机会向我解释自己不得不按照客户的委托履行律师的职责。他说，他从未怀疑过我将保险柜挪作私用，也一直相信我为人行事审慎诚实。那之后，我们达成了真正的谅解和对彼此的尊重。

现在，梅尔维尔·凯恩已经属于不断扩张的奥尼尔太太"退稿"阵营。就兰登书屋出版《长夜漫漫路迢迢》一事前来拜访贝内特·瑟夫的两位波士顿绅士，后来同样也得到了此项殊荣，成为凯恩先生的伙伴。继任者源源不绝，其信笺上的抬头组成了壮观的人名录。兰登书屋放弃出版权之后，是他们促成了这部遗作在耶鲁大学出版社的出版。此时距离尤金·奥尼尔为它设定的出版时间尚有二十二年。①

尤金·奥尼尔于1953年逝世，此前几年，他就将手稿、笔记和信件交与耶鲁大学图书馆档案处。离世后，奥尼尔所有的文件都移交耶鲁保管并最终供学术研究之用。在这种情况下，忽略作者遗愿这样的道德问题姑且搁置，就算没有任何经济上的考虑，将《长夜漫漫路迢迢》交由耶鲁大学出版社并让其取得应有的成功也是合乎逻辑且当然合法的。

1956年，该剧先是在斯德哥尔摩，继而在纽约上演，由于评论家的一致好评和公众的全心支持，便没有人再去考虑它是否可以登台的问题了。奥尼尔生前担心他的作品可能伤害死者的名誉和生者的感情，这种顾虑如今看来是没有必要的。《长夜漫漫路迢迢》被恰如其分地视为一部探讨人类共性主题而非个人经历的艺术作品，更不是作家自揭家丑。它的制作和演出，从任何方面来看都是优秀的。我从未观看过这样一部戏剧——在它的历史上，我，以某种奇怪的方式，成为它不署名的某位演员，扮演了一个无名的角色。

---

① 事实上，这部剧作的手稿及其出版权是奥尼尔夫人给耶鲁大学图书馆的，同时授权图书馆安排出版。律师按照奥尼尔太太的授意将作品及其权利赠给耶鲁，但是出版事宜是由图书馆来安排的。——多萝西·康明斯

第五章
尤金·奥尼尔的隔绝与死亡

尽管奥尼尔一家相对与世隔绝，但他们也无法完全逃离战争的影响。他家的两名日本园丁被迫离开，女佣到工厂另谋生路；还有赫伯特·弗里曼，奥尼尔的管家，参加了海军。1943年圣诞节，我们收到的圣诞祝福后面跟着金给萨克斯的附言："写信告诉我们你要过来！这是你最后的机会了！我们已经把牧场挂牌出售，它是个沉重的麻烦和负担。"几个月之后，他和卡洛塔卖掉了山边的漂亮房子，搬到了旧金山的一家酒店居住。

1944年夏天，盟军进攻巴黎，开始了解放欧洲的进程。金一贯喜欢看得长远，他已经在思考和忧心战争结束后世界面临的是何种形式的和平。7月12日，他写信给萨克斯，总结了自己的观点和忧虑。

你是否也在期盼着即将与德国签订的和平条约——一名合格的自由主义者似乎应该这样想，完全忘记了过去，心中充满对战后的愚蠢幻想？我觉得你不会！我也不会。我担心，他们不会让我们这些写文章的和广播节目评论员进入那间上锁的小房间，在那里，三四个职业骗子，也就是所谓的政客，将故伎重演。他们将在权力政治的河流上售卖人民的未来。对于将要到来的小小安排，我能保持的最大希望——如果我有任何希望的话，就是能够让塔列朗①复生，担任我们的代表。那么，我们至少可以相信，光着屁股从那个小房间里出来的会是别人！亲爱的老塔列朗，外交界的王者！他领先于自己的时代。在这个现实主义的时代，他的天才将得到无尽的发挥——还有他的智慧，他可悲的当代模仿者们最缺这个。

当时，金正在创作《月照不幸人》。初稿于1941年冬天完成后，他又断断续续地对其进行加工修改，直至1944年定稿，尽管他在出版序言中说这部剧作完成于1943年。1947年，戏剧公会把这部剧搬上舞台，但它还未到纽约，便在试演中陷入了审查的麻烦，特别是在底特律。再加上剧作家本人和戏剧公会对这一版的演员挑选不太满意，它也就在巡演时结束了，未能抵达百老汇，直到20世纪50年代进行了修改（并非由戏剧公会完成）。

1951年3月17日，奥尼尔在给贝内特·瑟夫和萨克斯的信中，授权他们出版《月照不幸人》，同时还有《诗人的气质》。后一部剧作是他膝盖骨折住院期间写的，那时他与卡洛塔处于分居状态。写这封信之前不久，他请萨克斯将包括《月照不幸人》在内的所有手稿从他公寓中移出，存放在兰登书屋的保险柜里。奥尼尔夫妇和好并搬家到波士顿之后，他又请萨克斯把所有稿件返还，其中就有上述两部。

1952年，他将手稿寄还兰登书屋，以备出版。

1952年1月9日

纽约州，纽约市22

麦迪逊大街457号

---

① 夏尔·莫里斯·塔列朗（Charles Maurice de Talleyrand，1754—1838），法国大革命时期的政治人物，外交家。

兰登书屋

先生们，

关于我的作品《月照不幸人》，我将手稿寄予你们，出版条款按照我们 1933 年 6 月 30 日签订并于 1951 年 9 月 14 日更新的合同执行。我授权你们尽快出版。

你们真诚的，

尤金·奥尼尔

当这部剧作最终出版时，金已经差不多十年无法写作。这并非由于作家才思枯竭，而是健康原因。从童年时起就不时折磨他的手抖愈发严重，使他无法握笔。尽管医生将金的症状诊断为不断恶化的帕金森病，但金去世后的尸检显示，真正的原因是小脑细胞变性症，这是一种我们知之甚少的罕见疾病。尸检报告未能判断金的疾病是否来自遗传。最初的症状通常是手抖和语言障碍。

金试着使用打字机，甚至试过口述剧本，但不幸的是，他的灵感似乎只能通过铅笔和纸来释放。这或许是金充满悲剧的一生中最大的悲剧。他本处于创作的高峰期，脑中充满新思路，却被颤抖的双手所阻碍，或者说，因颤抖的双手而失语。

金只能接受命运的安排，决心尽可能与疾病和平共处。他和卡洛塔于 1945 年回到纽约，准备《送冰的人来了》的出版和戏剧公会版的演出。

以下节选摘自萨克斯这一时期所做的笔记：

爱德华·谢尔登（Edward Sheldon）——《内尔的救赎》(*Salvation Nell*)、《老板》(*The Boss*)、《黑佬》(*The Nigger*)、《天堂花园》(*The Garden of Paradise*)、《蒙羞女士》(*Dishonored Lady*)、《美人露露》

（*Lulu Belle*），以及最著名的《罗曼史》（*Romance*）的作者——在他三十岁之前，就已经患有严重的关节炎。他六十岁时逝世，而在他人生的第二阶段，他几乎只能一动不动地躺在第八十四街和麦迪逊大街交会处的一套顶楼公寓里，宛若躺在灵柩台上。他的眼睛也完全看不见。

尽管身体极度不便，他仍然与旧日的朋友和新结识的崇拜者们保持了密切的联系。在他们眼中，他是一个圣人般的存在，不仅是因为他在面对个人灾难时所表现出的勇气，更是因为他不允许自己远离世界，始终积极地投身其中。他的母亲和护士、秘书一起值守，喂他吃饭，为他读书，维持他数量巨大的通信往来，照料他的生理需求，通过每小时的按摩来避免他的肌肉变得像关节一样僵硬；他们昼夜不停地守护着这具宛如行尸走肉般的身体。在其余所有部位都死亡之后，他的思想、他的声音、他的听力，最重要的是他的精神，仍然保持着蓬勃的活力。他躺在抬高的床上，僵硬的身体统领着一个巨大的房间。这个房间以明亮的蓝色装饰，与满墙排列和桌上堆摞的几千本书五颜六色的书脊交相辉映。他空洞的双眼上戴着舞会假面。为了维持整洁的外表，他从被子中露出的上半身穿了假的西装和衬衫，脖子上系着领带。西装翻领上插的花永远都是新鲜的。

伴随着身体的不断枯萎，谢尔登的思想却似乎日益敏锐。借助来访者带来的信息，世界范围内的通信——他通过口述来进行回信，读给他听的书本、杂志和报纸，以及频繁使用电话，他让自己保持对思想和行为世界的密切关注。还在哈佛读书时，他就已经为明妮·马登·菲斯克（Minnie Maddern Fiske）创作了《内尔的救赎》，获得了巨大的成功。这部剧和后来的《罗曼史》为他带来了丰厚的报酬，足够维持他患病三十年的生活。在三十年的瘫痪和失明中，他通过对人、思想和文字的广泛兴趣找到了补偿。

他的剧作最后一次上演是很久以前的事了，许多观众都认为他已经离世。他的访客们——同时代的剧院精英和文学界的知名人物，前来向他汲取营养而非施舍同情。

《大神布朗》出版后，谢尔登听过别人为他朗读之后，口述了一封信给尤金·奥尼尔，对这部剧大加赞赏。奥尼尔十分珍视谢尔登的评价，在回信中表达了真诚的敬意和感激。奥尼尔太太曾数次拜访谢尔登，对他的勇气和思想的敏锐充满感佩之情。我对谢尔登的了解几乎完全是建立在奥尼尔太太的描述之上的。1945年，为了制作《送冰的人来了》，奥尼尔夫妇从加州回到纽约，这些拜访就发生在那段时间。到达纽约后，他们在东四十八街的巴克利酒店（Hotel Barclay）租了一个套房。

某天晚上，在巴克利酒店就餐时，我痛苦而尴尬地见证了一场残酷和恶毒的展示。这不是我第一次被迫窥见奥尼尔夫妇的矛盾，其中一方表现出的是恨意和暴力，另一方则是备受折磨的逆来顺受。这次恶意爆发的导火索只能通过对"邪恶"这一事物的本质进行检视来寻找。

金从加州带回了许多手稿，这是多年辛勤工作的成果。主要是已经完稿的剧作，多达十二万五千字的笔记，以及正在创作中的九部系列剧的粗拟草稿、角色轮廓、场景分割、对话片段、舞台指示等；这九部系列剧的共同主题是"占有"的暴政和被占有之人的命运。已完成的作品中，有一部就是《诗人的气质》，它讲述的是一个家族的祖先的故事。这个家族绵延多代，最终成为奥尼尔戏剧中普遍主题的象征，即对于占有的执迷会导致灾祸。值得一提的是《诗人的气质》中主人公的名字——梅乐迪（Melody），他曾在半岛战争中跟随威灵顿作战，后来移民到波士顿，开了一家小酒馆谋生。这个名字来源于这部剧被创作很久以前的一次交谈，那时我们谈起了我们年轻时知道的职业拳击手。

其中一个是来自波士顿的轻量级黑人选手，他拳击场上用的名字非常好听：哈尼·梅乐迪（字面意思为蜜糖旋律）。我们把这个名字念了好多遍，它悦耳的发音让人愉悦。奥尼尔说，这个名字很适合用在他已经在脑子里构思好了的一个角色。

我们在沉默和抑郁中吃完了晚餐，感觉很糟糕。从金的焦躁和卡洛塔生气的嘲讽中可以看出，显然有什么严重的事情发生了。餐点撤下去之后，我明白了缘由：手稿丢了。当天，手稿神秘失踪，下落不明。

我们试着回忆从上次接触手稿到发现它们丢失期间做的每一件事和遇到的每一个偶发意外。金很肯定他当天上午去戏剧公会的办公室时没有把手稿拿出酒店。他确信自己有限的几次离开酒店时都锁好了门并把钥匙留在了前台。他还回忆了自己在加州时是如何把手稿装进行李箱，到达纽约的酒店后又是如何确认它们安然无恙的。之后的几天，他一直以为手稿就在他最后看到它们的地方。

卡洛塔反驳了金的说法，她说自离开加州以后就没再见过那些稿子。火上浇油的是，她暗示金已经老糊涂了，记性不好，大多数时候根本记不清自己做了些什么。我大着胆子提议再把酒店套房彻底翻找一遍，说不定，就像爱伦·坡那封被盗的信一样，我们也会在最显眼的地方找到呢。可是，我们翻遍了套房内的每一个箱子、衣柜、橱柜、抽屉，却一无所获。我们找了所有可能或不可能的地方，只要那里能放得下东西，只避开了放卡洛塔贴身衣物和其他私人用品的抽屉，并因此受到了卡洛塔的嘲笑。每当我们在这样的地方停下，她就会怒气冲冲地说我们不该让体贴阻碍了脚步。她越来越生气，最后一把拉开了放内衣的抽屉。我们十分尴尬，只能小心翼翼地拿开每一件衣物，但仍然没有看到手稿的任何踪迹。

随着搜索的进行，金的神经性紧张通过不受控制的手抖和嘴唇颤动表现出来。他拼命地在记忆中探寻，想要解开神秘失踪的手稿之谜，但没有找到任何线索。把整个居所彻底翻找一遍只能让我们进一步确信那些稿子消失得无影无踪。最后，我们放弃了。我回家去了。

　　两天之后，当我和金独处时，他小声告诉我手稿找到了，然后求我忘记这整桩不愉快的事。他解释了原委，就像请我原谅一个生病的孩子做下的荒唐事。原来是卡洛塔把稿件拿出酒店藏了起来，为的是惩罚他。至于为何要惩罚他，就不得而知了。在他备受折磨、徒劳翻找的时候，她自始至终都知道稿子在哪里。金郁郁地总结道，只有斯特林堡能明白他的困境并理解这样任性胡来的施虐行为背后的动机。

　　爱德华·谢尔登1946年去世后，奥尼尔夫妇离开巴克利酒店的套房，租下了谢尔登的顶层公寓并进行了重新装修。电梯门打开，正对一个宽敞的门厅。右边是卡洛塔的房间，里面有一张带顶篷的床、镶蓝黑边的镜子、一张华丽的梳妆台和进深很长的衣柜。在她的床脚，放着一尊及腰高的上釉中国神像。

　　金的房间在门厅深处，风格朴素。手稿保存在原木书桌的抽屉里，我们在这张书桌前对戏剧的文本和清样进行核改润色。墙边，挨着他的仪容台的，是一架留声机和一个放了许多爵士乐唱片的陈列柜。在靠近房间的走廊里，放着一个个齐天花板高的架子，塞满唱片。

　　从前的大起居室改为了图书室和餐厅，谢尔登生前曾在这个房间的升降床上躺了多年。如今这里四壁摆满了书，几张桌子上整齐地摆放着时新的杂志。一扇玻璃双开门通往开阔的屋顶花园，用巨大的卷帘在上面遮盖了四分之一。从此处可以看到大都会艺术馆、中央花园，以及西方天际线上的摩天大楼。

正是这座总是与失去肉体生命的爱德华·谢尔登联系在一起的屋顶公寓，我每周都要来两三次，要么是因为工作，要么只是随意地聊聊发生的事、各自的想法、看过的书。更多的时候是被某个词、某个名字或任何不经意地开启了言语、思想和交流之锁的钥匙唤起了共同的回忆。当时，我自己的家在东九十五街①，离这里只有短短的十一个街区。我们像邻居一样互相拜访，不管有没有事先得到邀请。我们都没有很多其他的访客。

在爱德华·谢尔登庄严地躺在床上接待络绎不绝的朝见者的地方，目可视物、生机尚存的我们，却孤单地坐着，身边有一堵看不见的墙，心中希望那堵墙可以把整个世界隔绝在外。金本来就不喜欢社交，如今对外人的打扰更是抗拒。帕金森症给他带来的生理痛苦，比如手抖和说话迟缓已经十分明显，他越来越在意这些症状给人留下何等印象。为了避免解释和道歉，他愈发向内退缩，变得寡言和自我隐没。我偶尔会带孩子们一起来看他，他也会和卡洛塔去我家吃晚饭。

有一次，金问我太太是否能写一两段曲子，让他用在《送冰的人来了》中。他们俩坐在钢琴前面，金用他颤抖而不稳定的声音轻轻哼着"啦啦啦嗒嗒嗒"和"土豆"歌谣。渐渐地，旋律从钢琴上成形，他们完成了一支乐曲。金和我太太共同创作的这些歌曲用在了这部剧的最初演出版上。

这是一段安宁的日子。友邻亲善，和平共处。这是风暴来临前的平静，而当狂风终于刮起来的时候，所到之处一片狼藉。

我们在爱德华·谢尔登的幽灵盘桓的那个房间用餐。饭后，卡洛塔、金和我离开餐桌，挪到更舒服的椅子上喝咖啡。这时，电话铃响，卡洛塔接了。当她听到来电者的名字后，语气一下子

---

① 原书为 East Ninety-fifty Street，应为 Ninety-fifth 之误。

就变了。显然,她的怒火即将爆发。她用手捂住话筒,转身对金冷冰冰地说:"是你的一个朋友。我不会跟她说话的。"说完,她开始紧张地在房间里走来走去,同时自言自语。

金小心翼翼地接起了电话。整段对话,我只能听到金说了什么。差不多是这样的:金说"你好",然后听电话另一端说什么。然后他说:"当然了,菲琪,我会尽我所能……一百元够吗?我很乐意提供更多……你确定吗?……我马上把支票寄给你……希望事情不会像你担心的那么严重……包在我身上。"就这样挂断了。

金打电话的时候,卡洛塔继续在房间里焦躁地踱步,拧着双手,越来越生气。她双眼冒火,声音沙哑,口中不连贯地吐出咒骂之词,眼看就要歇斯底里地发作。金从电话旁走开后,她暴跳如雷,开始露骨地攻击他以前所有的朋友,责备他们害他生了病,说他们全是寄生虫和马屁精。特别是菲琪,在她口中是最坏的一个,是个废物、要饭的,整天就想着怎么靠金养活。菲琪就是 M. 埃莉诺·菲茨杰拉德,在金生活拮据、寂寂无闻的时候,她就是金的朋友,一直鼓励他,安慰他。金平静而委婉地试图说明,菲琪与他相交于微时,在他困窘之际向他伸出过援手,如今是他回报那份善意的时候了。菲琪现在病了,迫切需要帮助,就算她真的像卡洛塔说的那样不堪,甚至更过分,他也有帮助她的义务。他继续耐心地解释道,电话是从西奈山医院(Mount Sinai Hospital)打来的,菲琪突然腹部剧痛,被送到了那里。医生们立即怀疑是恶性肿瘤,要做 X 光检查,或许还需要手术取样进行活检。收治入院之前,菲琪必须准备押金,以备支付病房、护理、化验等各种前期费用。但是菲琪并没有那么多钱,绝望中才拨通了金的电话。她这样做是对的,金说。对于这样一个在困境中帮助过自己的朋友,他不能对她的请求视而不见。

金的解释于情于理都足够平息这场风暴,没想到却进一步刺激了卡洛塔。卡洛塔用恶毒的语言诅咒菲琪，完全失了淑女风范。特别是，她用了一个在她那里恶意最重的词——波希米亚！在卡洛塔的语汇里，这个词另有一层下流的含义；它代表了一个对自己的贵族血统深以为傲的人眼中所有邪恶和应被谴责的东西。她，高高在上的一位贵妇，弃风度与矜持于不顾，对金在奋斗岁月中结识的人们大加羞辱。在她口中，他们都是罪犯、吸血鬼、贼、私生子、人渣——还有波希米亚。面对卡洛塔的长篇大论，金只能徒劳捍卫他们和自己，解释昔日情谊，为过往辩护。但他的话只会招致另一次情绪爆发。

我缩在椅子上，不知道该说什么，只盼着能有个合适的机会让我悄悄离开。后来，仆人走进房间收拾咖啡杯，我的机会终于来了。我结结巴巴地说我累了，第二天必须早起工作，家里人还在等我……边说边轻轻往后退，离开他们的家，到了电梯间。我走了一小段路回家。默默地见证了这样一场家庭矛盾的爆发让我十分尴尬，更为自己没有努力平息争吵而感到羞愧。让我感觉最糟糕的是，菲琪一直对我很好，我却没有挺身而出为她辩护。

第二天一早，我就被电话叫醒了。是金打来的，他请我立刻到他的公寓去。我到了那里后，没有看到卡洛塔的身影。我很快就从金的讲述中知道了昨晚我离开后发生的事情。电梯门关上后，卡洛塔开始更激烈地攻击金的朋友们，主要矛头仍然对准菲琪。她的咒骂持续了很长时间，无非是批评金的无力和懦弱，无限制地包容他的波希米亚朋友们。金没有回嘴，但他的沉默却如同火上浇油，进一步激怒了卡洛塔，使这场争吵最终以暴力发作收场。

卡洛塔冲进金的房间，抬起盖在金仪容台桌面上的玻璃，把它高举过头，往地上砸去，玻璃碎成了成百上千片。这块玻璃下面压着金婴儿时在母亲怀中的一张合影，这是那一时期唯一的一张。气头上的卡洛塔一把抓起照片，撕得粉碎，同时大叫道："你妈就是个妓女！"

这是压倒骆驼的最后一根稻草。金给了她一巴掌。卡洛塔尖叫着跑回自己的房间，胡乱收拾了一件行李，套上外出的衣服，气势汹汹地夺门而出，说她再也不会回来了。

金等到天亮，立刻打电话给我。我到达并了解情况后，我们商量了接下来该怎么办。首先，要找个人跟金待在一起。我们立刻想到了沃尔特·卡西（Walter Casey），金少时在新伦敦与他相识，多年的老朋友，是信得过的人选。接到电话后不到一个小时，卡西就过来了，随身带了一只装着换洗衣物和洗漱用品的手提包。不需要详细解释，他便理解了眼下情况并着手准备早餐，担起了照顾金的责任。看到这样，我才能放心离开去上班。

不到二十四小时，我们就意识到自己被监视了。侦探们通常两两出现，站在街角，留意着有谁进出公寓。他们使用了一套挥舞白色手帕的神秘的暗号系统，到底有何目的我们就猜不出了。

金对于昨晚的争吵十分后悔，在我们看来，他的悔意令人同情，但在某种程度上来说也有些自贬身价。他责备自己不该脾气失控，进而失去了妻子。他辩解道，他们夫妻间有一些我们并不知道的内情。双方都有错，两个情绪脆弱而敏感的人结合，势必要求更多的容忍。他应该更好地控制自己，不管卡洛塔怎么刺激他，也应该对她更宽容。

帕金森症的发作越来越厉害。我们很担心，给舍利·费斯克（Shirley Fisk）医生打了电话，他的诊所就在附近的第五大道。医生来到后，我们向他解释了整个局面。他开了镇静剂，同时强调要有人二十四小时待在金身边。他同时推荐金经常喝黑咖啡来控制手臂和腿部的颤抖。不过，更重要的是，金要时刻有人看护，以防受伤，不管是意外还是自伤。

接下来的十天，卡西和我轮流值守。我们坐在厨房煮咖啡，同时试着为未来制订计划。金最关心的是商量出办法，能让他找到卡洛塔的藏身之地。他想雇用私家侦探，也真的这样做了，最后只知道他的太太暂时独居在市中心的一家酒店里。

1948年1月28日晚，随着夜深，我越来越困。半夜时分，我问卡西他能不能继续值班，我回家去睡一会儿。他宽慰我说，我没必要在这里等着，金肯定会一觉睡到天亮，就连他自己应该也可以休息几个小时。于是我就回家去了，心中不作他想，只渴望着床的温暖。

早上6点钟，我被电话叫醒了。费斯克医生让我赶快穿好衣服过去。几个小时之前，金摔倒了，手臂骨折。事故发生后，卡西叫来了医生。医生到达时，看见金躺在地上，卡西俯身在旁，不敢挪动金，怕造成二次伤害。

我赶往金的公寓的同时，费斯克医生叫了救护车。我到达后，医生简洁地说明了事故情况以及应采取的措施；很快，救护车也到了。显然，金是夜里去卫生间的时候摔倒的。地板太滑，金被矮凳绊了一跤，在拼命避免倒地的过程中摔裂了右胳膊。现在，他只能住院接受治疗。费斯克医生已经给他打了一针，所以金目前处于半昏迷状态，但他显然仍在忍受剧痛。

救护车到达了，金被抬到担架上，乘电梯到了楼下。费斯克医生和我坐在金的旁边，救护车拉响急救铃，无视一路红灯，驶向东八十七街的医师医院。金被推进X光诊室做检查，我为他挂好号，支付了救护车的出车费，在入院单上把自己填在了亲属一栏。

X光片显示金肱骨多处骨折。整形外科的一位医生被请来会诊，他和费斯克医生将骨折处压合并将金的右臂从肩膀到手腕用石膏和夹板固定。尽管处理断骨带来极大的疼痛，但金毫无抱怨，只有那双痛苦而忧郁的眼睛显露出他正在极力忍受。他的法裔加拿大护士将他在床上安顿好之后，他才终于在强力镇静剂的作用下睡着了。

金入院后的几天，探病者只有卡西和我，而且我们都是单独来的。卡西不愿意金的公寓里没有人，因为他不放心书桌抽屉里的那些手稿。这也是金最担心的。电梯门打开后直对着顶层公寓，小偷或随便什么人都可以轻而易举地进入。金请我拜托卡西把所有手稿从书桌里拿出来，带到兰登书屋，把它们安全地保管在公司的保险柜里。

我按照他的吩咐给卡西打了电话。大约上午11点钟，卡西坐出租车来到了兰登书屋位于第五十一街的大门。在出租车司机的帮助下，他从车上搬下了两个纸箱，里面放着金所有的手稿。这两个箱子被贴上标签，上面写明除了尤金·奥尼尔和我，任何人不得挪动或打开它们，然后被放进保险柜里锁好。做完这件事后，卡西返回了金的公寓。

我试着恢复正常的工作状态，就这样忙到了下午两三点钟，直到我接到了一个电话。电话另一端的怒吼震疼了我的耳朵，是卡洛塔。"你什么意思？你这个小偷，竟敢偷我的手稿！这次我可逮到你了。我会让你坐牢的！我的侦探们都看见了。他们跟踪了卡西。他们知道是你指使的。我知道怎么对付你这种人！"

"请等一下，卡洛塔，"我终于插进话去，"我没有偷金的手稿。你知道他胳膊骨折，已经在医师医院住了几天了吗？是他让我把稿子放在一个安全的地方的。这就是事情的原委。"

"你是个骗子，金也是。他就是不肯说实话。我才不在乎他出了什么事。"

接着又是一连串的咒骂。淑女的伪饰剥落了，露出了歌舞女郎的思想和语言。滔滔不绝的下流话又从电话另一端传来。

我试图打断她。我说，她怎么说我都无所谓，但她没有权利这样侮辱金。他病痛而无助，无法为自己辩护。这段时间对他来说是十分艰难的，他现在还胳膊断着、独自躺在医院里。这种情况下，他应该得到设身处地的体谅。没想到，她对此的回应是将对我的所有厌恶和恶意都浓缩成一句话。

"你——这个杂种！"她冲着电话尖叫道，然后重重地挂断了电话。

我目瞪口呆，坐在椅子上愣愣地看着电话机，满心不解和委屈。我凭着记忆，尽可能忠实地把刚才那段通话记录下来，只略去了一些实在不堪入耳的脏话。当晚，我把记录的内容拿给病床上的金看，我问他，在当前这种情况下，我是不是还可以来探望他，或者为了避嫌，干脆不要露面。金缓慢地看完了那张纸，沉默了许久。

"试着理解她吧，"他说，"她病了，病得很严重。请你不要也离我而去。"

我答应他，我不会离开他。

那场以一通电话开始又以另一通电话结束的灾难已经过去很多年了。第一个电话是菲琪打来向一位老朋友求助；第二个电话是卡洛塔打来，不可挽回地破坏了本就存疑的友谊。自她说过那如鞭子般抽在我身上的五个字之后，我再也没有听到过她的声音。

金的胳膊逐渐恢复，眼看就可以出院了，这时，卡洛塔从她的藏身之地重新现身，不知道是她提出还是她接受了和平条款。不管是哪种情况，他们夫妇俩和好了，并商量着去新英格兰海岸线上的某处重新开始生活。这套顶层公寓多年来作为眼盲而瘫痪的爱德华·谢尔登的神龛曾接待了络绎不绝的朝圣者，如今被奥尼尔夫妇抛弃了。

1948年春天，奥尼尔夫妇离开纽约，前往波士顿。他们暂住在丽思卡尔顿酒店，同时寻找稳定的居所。7月26日，金设法给萨克斯写了一封信。信中，他提到他们在马布尔黑德（Marblehead）附近买了一栋房子，"就在海上"。

这是一栋建于1880年的小房子，房间也都很小，楼上的房间屋顶倾斜。它让我想起了我父亲在新伦敦买的第一栋房子，同样也在滨水区（那时我还是个孩子）。我们俩都很喜欢这个新家。当然，还需要做很多工作来改造房屋，使它现代化……还要隔冷隔热，以适应全年居住的要求。这是我们最后一个家了。头顶上方所有繁冗装饰都被去除；家里只打算请一位厨师。没有车。我们不需要车。目的在于简化生活，并在我们的高龄许可范围内获得尽可能多的安全感。我感觉我能够重新开始写作，能够重新扎根——既然我的双脚站在新英格兰的海里，也可能生出海草的根。某种意义上来说，这里就像回家，我很多年没有这么快乐了，尽管我们俩仍然困在酒店里，不耐烦地等待着装修完工。

关于健康问题，我们俩的身体都好多了，等我们搬到新家之后还会更好。我的胳膊还没全好，他们说还需要六个月，不过它正在稳步恢复。这个夏天当然没法游泳，不过明年——!（关于这一点，**金太乐观了，事实上，他的身体再也没有强壮到能够游泳的程度**）手脚的颤抖也好些了，不过我猜我大概这辈子也摆脱不了这毛病了，最大的希望也只是勉强克服。比方说，这封信就是在我状态好的时候写的，还不赖，是不是？而且，既然整个世界都在震荡之中，我又有什么好抱怨的呢？

萨克斯想写信给金，或跟他说话，但他知道不管是信件还是电话，都会被卡洛塔拦截。他们搬往波士顿的时候，她就挑明了说，金的大部分朋友都永远不能进她的家门。她残忍地割断了金跟外界的纽带，这一做法的恶果到以后才会显露。

不管怎样，10 月 16 日，也就是金的生日，眼看就要到了。萨克斯对我说："这么多年来，不论金在哪里，我从来没有一次忘记给他送上生日祝福。今年我也不能让他失望。我要给他拍一封电报，署上你的名字。金会明白的。"出乎意料的是，几天之后，我竟然收到了卡洛塔写来的信，除了其他事情，信中还提到金让她代为转达对我那封电报的谢意。"你能记得他，真是太体贴了。"她补充道。信的结尾，就好像她从来没有羞辱过萨克斯并威胁让他吃官司似的，她说："我希望你和家人一切都好。"

接下来几年的圣诞节，我们都会收到金给全家人的祝福，但是他的字迹变得愈发歪歪扭扭，几乎难以辨认，这让我们心痛不已。他送了一本《送冰的人来了》给我们的儿子尤金，上面的题词写着："给尤金。来自你骄傲的教父——冰人奥尼尔。"

金几乎跟过去所有的朋友都断了联系，像个隐士般和卡洛塔一起生活在马布尔黑德奈克（Marblehead Neck）的岩尖巷（Point O'Rocks Lane）。他们梦想着那栋小房子能够弥补人生的裂痕，结果却事与愿违。

　　全部交流都被切断了，哪怕事关金的作品，也要通过他的代理理查德·梅登办公室中的简·鲁宾来转交。我，像金所有的老朋友一样，被从金的世界中清除出去；更不幸的是，我们后来发现，金的孩子们——沙恩、欧娜和小尤金也是同样的待遇。其中，与父亲同名的那个孩子比其他人更需要跟自己的父亲沟通。

　　年轻的金正身处困厄之中。他的三次婚姻皆悲惨破裂；一开始前途远大的学术事业如今也走上了下坡路。他已经放弃了耶鲁大学希腊语和古典文学助理教授的职位，这本是他凭借本科期间出色的学术表现赢得的。不幸的是，前景似乎比实际表现更远大，他和大学都对彼此感到失望。

兰登书屋打算出版现存全部古希腊戏剧的各种译本，小尤金迎来了为自己的专业领域做出真正贡献的机会。普林斯顿大学古典文学教授惠特尼·奥茨是我自 1938 年以来关系最密切的朋友，我们的友谊持续终生。他被选中主持这套两卷本《希腊戏剧全集》的汇编工作，我们俩不约而同地想到了请小尤金·奥尼尔与他搭档。两人的分工如下：小尤金·奥尼尔负责阿里斯托芬和米南德的喜剧，奥茨负责埃斯库罗斯、索福克勒斯和欧里庇得斯的悲剧。两卷本共两千五百页，收录四十七部戏剧，奥茨编辑其中的三十三部，加上前言、介绍和注释，其余十四部归小奥尼尔。戏剧全集出版后，收获了评论界和普通读者的一致好评，取得了很好的经济效益。

经奥茨教授介绍，年轻的奥尼尔于 1947 年在普林斯顿大学古典文学系获得一席教职，但是经过一年的试教，他并未得到认可。接下来的日子里，他从一家学术机构辗转到另一家，其中包括新泽西州鲁斯福德的费尔莱–迪金森学院（Fairleigh-Dickinson College）和纽约的社会研究新学院（New School for Social Research），级别不断降低，直至跌落学术阶梯的底部。

小奥尼尔是个蓄着小胡子的大块头，身高大概有六英尺，身材魁伟，有一副他深以为傲的低音好嗓子。他相信只要稍微接受训练，他就能成为下一个夏里亚宾。怀着对自己声音条件的信心，他转而到广播网络碰运气，竟然真的找到了一些广播节目的活儿，为闭门不出的人读书。他偶尔还会出现在名为《经典概览》的节目中，这是一档风格轻松的周播节目，每次半小时，讨论世界名著。他总是缺钱，进项却一直既不频繁也不稳定，根本无法满足他的需要。这么说吧，面对令人心碎的生活挫败，他来者不拒，尝试了各种到手的工作机会，与此同时，从未放弃对学术的爱好。

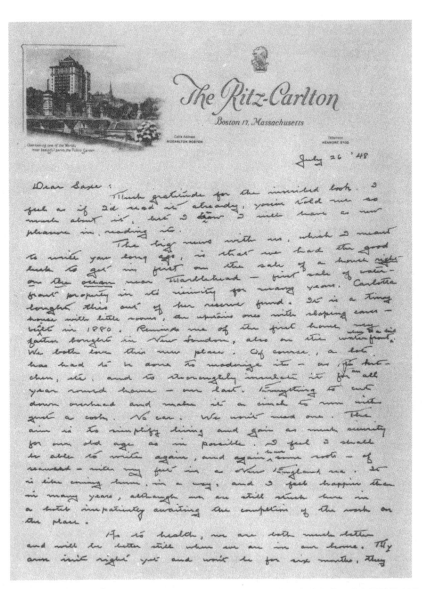

The Ritz-Carlton

Boston 17, Massachusetts

July 26 '48

Dear Saxe:

Much gratitude for the inscribed book. I feel as if I'd read it already, you've told me so much about it, but I know I will have a new pleasure in reading it.

The big news with us, which I meant to write you long ago, is that we had the good luck to get in first on the sale of a house right on the ocean near Marblehead — first sale of waterfront property in its vicinity for many years. Carlotta bought this out of her reserve fund. It is a tiny house with little rooms, an upstairs ones with sloping eaves — built in 1880. Reminds me of the first home my father bought in New London, also on the waterfront. We both love this new place. Of course, a lot has had to be done to modernize it — as the kitchen, etc., and to thoroughly insulate it for an all year round home — our last. Everything to cut down overhead and make it a cinch to run with just a cook. No car. We won't need one. The aim is to simplify living and gain as much security for our old age as is possible. I feel I shall be able to write again, and again — some roots — of seaweed — with my feet in a New England sea. It is like coming home, in a way, and I feel happier than in many years, although we are still stuck here in a hotel impatiently awaiting the completion of the work on the place.

As to health, we are both much better and will be better still when we are in our home. My arm isn't right yet and won't be for six months, they

1948 年 7 月 26 日尤金・奥尼尔写给萨克斯的信，信中提及奥尼尔夫妇在马布尔黑德的新家

86

The Ritz-Carlton
Boston 17, Massachusetts

say, but it steadily improves. No swimming this summer, of course. But next year —! The tumor is better, too, but I'm just cursed with it for life, I guess, and the best to hope for is to circumvent it. This letter, for example, is written during a good spell, and it's not so bad, eh? And why complain when the world itself is one vast tumor.

All best to you, Dorothy & the kids!

As ever,

Gene

P.S.

Remember me to Bennett, Haas, Klopfer

他在纽约伍德斯托克附近买了一小块地，就在奥马友山（Ohmayo Mountain）上，他希望能在那里安家。他借了四千元抵押贷款，是以他父亲的名义做的担保。后来，抵押到期了，只要更新担保文件便可续约。他自然是相信这个手续不会遇到任何困难。没想到随着到期日临近，他尝试了各种可能的方法与父亲联系，却都未能成功。信件不回，电报被无视，电话从来越不过马布尔黑德那位警觉的护卫和监视者。恐慌之中，他向任何可能找得到父亲的人求助，但每一条路都被堵死了。他说服奥尼尔在纽约的律师 W.E. 亚伦伯格（W.E. Aronberg）从中调停，但是亚伦伯格的消息也被拦截了，从未到达他父亲手中。绝望的小尤金试着向朋友们借钱，但他的朋友们像他一样一贫如洗。

1950 年 9 月 21 日，星期四，他来到我的办公室与我商议，尽管他也知道我根本没有办法联系上他的父亲。他告诉我，他用尽一切办法，想要打破阻碍，却始终无法成功。他对卡洛塔的憎恨已经到达近乎疯狂的程度；他坚称，卡洛塔是造成他如今困境的罪魁祸首。只要他能够将抵押贷款延期，再找到工作，所有的问题都会迎刃而解。在同龄学者中，他拥有相当高的学术声誉；他有一副低沉浑厚的好嗓子；他身体强壮，可以干体力活。他请我尝试劝说五六位出版商资助一档广播节目，他每周在节目中提供对新书的简明评论和分析。这其实是一种抱紧救命稻草的绝望之举，因为就算他的学术水平、声音条件和判断力都合格，要找到五六位愿意资助的出版商仍然是很困难的，其难度不亚于赫拉克勒斯的第十三个难题。不管怎样，我仍然答应尽力而为，并真的去找了几位出版商，可他们无一例外认为我疯了。

周四他告别的时候，完全没有任何预兆显示绝境会把他逼入何等境地。下周一下午三点钟，我接到了来自伍德斯托克的一个电话。是小尤金的邻居弗兰克·梅尔（Frank Meyer），小尤金的那块地产也是从他手上买的。电话里，他歇斯底里地喊道："金自杀了！他割断了自己的手腕和脚腕。我妻子发现他死在他房子的楼梯口。"

我要通知他的父亲吗？

想到自己可能需要去做这件事，我不由陷入了恐慌。我想要逃避这一棘手的任务，或是在传达消息时尽可能保持理性；在我看来，医生或是律师是更适合的人选。我马上打电话给比尔①·亚伦伯格，告知他这一令人震惊的消息。其实，我打电话的目的是征询他的建议而非把负担转嫁于他，但他毫不犹豫地说，作为奥尼尔的律师，通知奥尼尔这一灾难的发生是他的责任，不是我的，毕竟收了律师预付金的是他。他承诺致电马布尔黑德，之后会告知我奥尼尔的反应。

半个小时之后，亚伦伯格的电话来了。我立刻从他的声音里听出了不解和愤怒。他说他要把刚刚那段长途通话的内容逐字逐句告诉我。

卡洛塔接起电话后，比尔·亚伦伯格说："嗨，卡洛塔，我是比尔·亚伦伯格。我有一个可怕的消息要告诉你。请试着勇敢一些，委婉地转告他：小尤金刚刚自杀了。"

卡洛塔对此的回答是："你怎么敢侵犯我们的隐私？"说完，她重重摔上了电话。这就是他们之间的全部对话。

年轻的奥尼尔所受的羞辱和伤害无法言传。我们也无法通过勘验来证实，他亲手导致的死亡到底与父子间的隔绝有多大关系。在他尸体的旁边发现了一张纸条，上面的词句略带戏剧性的夸张，但桀骜不羁，充满对命运的轻蔑和嘲弄。纸条上写着："没有人能

---

① 比尔是威廉的昵称，即上文中 W.E. 亚伦伯格中的 W。

说奥尼尔家的人喝不光瓶中酒。敬礼，再会！①"

距离小尤金写下绝笔不到五个月，比尔·亚伦伯格——仍然是尤金·奥尼尔的律师，劳伦斯·兰纳（Lawrence Langner）——戏剧公会的主席，以及我，我们三人被卷入了卡洛塔所谓的将她丈夫从马萨诸塞的萨勒姆绑架至纽约市的阴谋。据称，参与此阴谋犯罪的还有已故的梅里尔·摩尔（Merrill Moore），他是一位医生和精神治疗师，也是数千首十四行诗的唯一作者。

这一悲伤的篇章开始于1951年2月第一周的马布尔黑德。关于尤金·奥尼尔的生命悲剧的这一章，我是听他亲口讲述的。当时他躺在萨勒姆医院的病床上，无法动弹，我被召唤至他的病榻旁。以下是我得知的事情经过：

2月5日晚，天气非常寒冷，奥尼尔和卡洛塔吵了一架。至于吵架的原因，他没有多谈。不管怎样，他解释道，为了逃避卡洛塔的怒火，他离开了他们在马布尔黑德的那栋房子，在黑暗中徘徊，沿着从房门通往公路的小道在家旁边的空地上来回地走。他没穿外套，气温比他起初想象的更低，于是他决定回屋去穿大衣。车道两旁垒着石头，走近房门时，他错把其中一块顶端锐利的石头当成了阴影，一脚踏上了上去。他摔倒在地，感到膝盖传来剧烈的疼痛。他试着站起来，却发现那条腿无法支撑，结果再次摔倒。剧痛，加上腿无法活动，使他立刻意识到自己的膝盖受了重伤。

他开始呼救。无人应答。整整一个小时，他无助地躺在路面上动弹不得，徒劳地呼喊帮助。除了疼痛，因为没有大衣，他还要忍受严寒，这让他担心长时间低温暴露给身体带来的伤害。他继续呼救，房门终于开了。卡洛塔的身影出现在长方形的门框中，

---

① 原文为拉丁语：Ave atque vale。

被玄关的灯光照亮。她没有任何动作。长时间的沉默后，她以出演舞台剧般的声音说了下面这句话：

"看，这跌落的巨星，躺倒的主人。如今您的伟大去哪儿了？"

说完，她关上了门。

幸运的是，约定前来为金的帕金森症开药的医生晚来了一个小时。他听到小道上传来金的呼喊，立刻赶到他的身侧。只一眼，医生就看出金的膝盖骨折了，必须住院。他脱下自己的大衣给金披上，然后进屋打电话，从萨勒姆叫来了救护车。打电话时，他便已经意识到自己要照顾的是两个病人而非一个，因为卡洛塔显然癔症发作了。

救护车到达后，金被放上担架，抬进车里。医生说服卡洛塔和他们一起去医院。在医院里，医生对骨折的初步判断得到了 X 光检查的证实。

拍片时，卡洛塔歇斯底里得愈发严重，在医院大厅里上演了一出闹剧。她对金破口大骂，侮辱医生和护士，威胁控诉和拘押每个人。总之，要用她那混乱的大脑能够想到的任何招数来对付大家。她狂乱的举动极大地扰乱了医院的秩序，院方只好报警。警察所做的只是将她带到外面，请她安静下来。在医院大楼外面，她继续毫无逻辑地谩骂着，同时显露出即将失控的暴力倾向，警察无奈，决定请精神治疗师介入。治疗师一开始并不知道卡洛塔的身份，见情势紧急，立刻安排精神病专科医院将她收治。这位精神治疗师就是诗人梅里尔·摩尔。

我乘火车从纽约赶来时，事情就是这个样子。金躺在医院的病床上，忍受着剧痛和神经性颤抖，伤腿自大腿中部到脚踝以石膏固定。他迟疑着，绝望而悲伤地告诉了我事故的始末。我什么也帮不了他，只能满足他的需求，尽可能让他舒服一点，同时试着说服他相信，这里的医护人员会尽力来医治他。我离开时，他请我答应他尽快再来探望。

后面的一段时间，我每周从纽约去萨勒姆一次，搭飞机而不是乘火车。这是因为飞机不仅快，而且更方便。我可以直接从波士顿机场打车去萨勒姆，如果坐火车的话，就必须从波士顿火车站乘车穿越整座城市，搭乘开往萨勒姆的火车，再乘出租车到医院。

每一次探病都使我愈发确信，尽管金膝盖上的伤在石膏下逐渐愈合，他的神经功能却每况愈下。萨勒姆医院的弗雷德里克·B.梅奥医生和他的同事们商议之后，一致同意最明智的做法是将金转院到纽约，他可以在那里得到自己的专人医疗服务，接受最好的骨科和神经科治疗。听到这一建议，金起初是反对的，因为他十分担心卡洛塔。他听说，卡洛塔已经办理手续，争取从她现在待的精神疾病治疗机构出院。她并非自愿，而是在紧急情况下由精神治疗师诊治入院，因此她有权要求立刻出院。金对此并未干涉，卡洛塔顺利出院，不知道去了哪里。

萨勒姆医院的医生们再次强调了转院去纽约的合理性和必要性，金最终被说服了。比尔·亚伦伯格、劳伦斯·兰纳和我一起安排了交通的细节。经医生同意后，我们决定雇用一位有经验的护士同行，用轮椅将金推入火车包厢，同时有医生贴身照顾，希望金能够承受从萨勒姆到纽约的这一路颠簸。

亚伦伯格、兰纳和我在中央车站接到了金，在护士的帮助下，把他在事先准备好的轮椅上安顿好。一辆大轿车等在一旁，把我们载到麦迪逊大街上的一家酒店。拉塞尔·克劳斯已经在酒店等候。不管金遇到任何危难，这位头脑清楚、为人可靠的老朋友都是值得信赖的。

几个小时之内，护士和我们就都明白，酒店房间是不够的。这名护士必须返回萨勒姆，我们需要另找几名护士三班倒地来照料金，因此就需要为护士们提供休息的场所和食物。在这样的情况下，我们一致同意致电医师医院，安排一间病房。接下来，继续请费斯克医生担任金的主治医生，另外还要选一位骨科方面的专家。

萨勒姆医院的护士和我们所有人一起护送金到了医师医院。他被安置在一间俯瞰东河的舒适的病房，接下来的一个月都要住在那里。X光显示，金的膝盖复原得很好，但他整体的身体状况，特别是神经，恶化明显。金瘦到只有九十七磅。

以后四周的每一天，我们都会去探望金，至少一个小时，通常是在下班后。他告诉我，夜晚很难熬，不管他是醒着还是睡着，都会看见幽灵和幻象。他开始频繁注射水合氯醛，一方面是为了缓解帕金森症带来的颤抖，另一方面是为了帮助睡眠。一次，我在医院探病时，还没等我反应过来，他就从床上一跃而起，缩进房间里离门最近的墙角，大喊着：“她在窗台上。她朝我来了。请别让她靠近我！”说这些话的同时，他用手指甲抓墙，徒劳地试图抠住墙面，爬上去，逃开他那过分紧张的大脑中纠缠他的幻影。

她要来了——这并非全然由疾病引起的狂想。在卡洛塔的坚持下，她行使了自己的合法权利，离开了摩尔医生让她住院的精神治疗机构。在外地短暂停留后，她来到了纽约，住进了医师医院里的一间病房，就在金的楼下。有好几次，我在医院的时候，听到卡洛塔给金打电话。每当这种时候，我就会到走廊去等着通话结束。太明显了，她开始重新掌握主动权。

哪怕眼看着金就要重新陷入被“监禁”的状态，我们这些人也没有放弃为一个不确定的未来思考对策。贝内特和菲丽丝·瑟夫得知后，准备在纽约租下一套公寓，供金出院后居住。这个方案被否决，我们不再考虑公寓。我们夫妻俩的建议是在新泽西的普林斯顿购置房产，方便我们照顾他。金差不多同意了，但卡洛塔的出现使这一计划也不了了之。其他的朋友们纷纷慷慨地献计献策。对于所有建议，金都耐心地听着，但不发表意见，不说同意，也不明确反对。所有人很快就意识到，我们的好意只是铺了一条无果的路。

身体强壮些后，金开始分析，或者更确切地说，开始解释和理性看待自己所处的困境。他意识到，正如我们开始意识到的一样，他和卡洛塔之间的羁绊太深，难以斩断。但是，他同样痛苦地意识到，和卡洛塔一起就意味着与所有老朋友的分离，以及对自己过往的否定。他知道，现在的他需要不间断的看护，需要有人喂食、治疗和守卫。单单考虑到这一点，他就不愿意给朋友们增加这么大的负担。可是摆在另一端的，是再次跟卡洛塔发生冲突的风险，或许还有另外的手脚要骨折。同样必须顾及的还有他的帕金森症，如今已经发展到离开全天候的密切监护已经难以生存的地步。

这一顾虑虽然必要，却深深地刺伤了金的骄傲。毕竟，卡洛塔和他，和他的疾病共同生活了近四分之一个世纪。当她精神状态稳定的时候，她以她盛气凌人、颐指气使的方式，尽心尽力甚至牺牲自我地照顾他。他仿佛在说服我的同时也在试着说服自己：她的未来并非一片光明；她本可以凭借惊人的美貌过上轻松的生活，却放弃了这一切，无论顺境、逆境都陪伴在他身侧。作为一个名人（说到这个词的时候，他虚弱地笑了笑）的妻子，她原本能够指望的是名利财富环绕的人生。但相反，过去的这些年，生活对于他们二人来说都是艰难的，不仅因为他病了，失去了创作能力，还因为她也病了，而且她病得那么特殊，只有他能够理解，因此不得不原谅。还在一起的话，他们或许能够帮助彼此；若是分开，两人都将遭受更大的折磨，直至无法生存。最后，他所秉持的信条是：厄运将是他的伴侣，直至最后一刻。

他的许多戏剧中都贯穿着这样一个主题：在通往失败的道路上，人无可逃避地、痛苦地忍受着羞辱。面对这一命运，人只能倚赖自己积攒的少许尊严。这一武器软弱得令人叹息，却只能勉力一试——有时充满英雄气概，大多数时候是自欺欺人——去对抗捉弄人的命运。唯有死亡才能结束这场无解的斗争。

金的疾病，他饱受折磨的、对于悲剧的执迷——更多的甚至是个人生活而非戏剧创作上的，他失去的朋友，他道德上和生理上的隔绝，他在与灾难的最后一段恋曲中的绝对孤独，这一切都交织在他无须文字表达的人生悲剧之中。意识到自己的创作生命已经结束，再也无法开始，是对他尊严的最后一次惨痛打击。他的手再也无法握住铅笔了。他绝望地试图指挥铅笔在纸上歪歪扭扭地行进，但笔从他手中滑落。这是一个信号，预示着最后的落幕即将来临。

1953 年 11 月 27 日，金这些年难以享受的平静伴随着死亡而来。没有一位关系亲密的朋友被允许送他最后一程。后来，卡洛塔告诉记者："这是金的愿望，我一字不差地满足了他。"

金去世大约一年后，萨克斯有一天回到办公室后收到一份题献手稿，名为《庞培之巅的风景》(*The View from Pompey's Head*)[①]，作者是汉密尔顿·巴索（Hamilton Basso）。这部小说的开篇几页就在萨克斯的脑中营造了一种熟悉感。书中关于小说家加文·威尔斯和他的妻子露西的故事，无非就是金和卡洛塔的故事蒙了一层薄薄的面纱。书中的小说家也有一位终身好友——菲利普·格林，他因加文·威尔斯的妻子背信弃义而遭到背叛。金承受着帕金森症的折磨，威尔斯则被描述为失明，因妻子的控制而与世隔绝，正如卡洛塔切断了金与所有人

---

① 根据这一作品改编的电影中译名为《情断奈何天》。

的联系一样。同卡洛塔一样，露西也是一位美人，在戏剧舞台上小有名气。在其早年，威尔斯去过墨西哥，一如金去了洪都拉斯。

1947 年，萨克斯把巴索引荐给了奥尼尔一家。很快，巴索对金展开了长达数月的采访，并根据采访内容写成了三篇人物访谈记录，于 1948 年在《纽约客》上连载发表。以下是萨克斯对巴索小说内容的回复：

纽约州，纽约市 22

麦迪逊大街 457 号

兰登书屋

1954 年 10 月 11 日

康涅狄格州，韦斯特波特

R.F.D.#2

汉密尔顿·巴索先生

亲爱的汉密尔顿，

收到您的著作《庞培之巅的风景》的那一刻，我便向您，以及向我自己许下承诺，一旦读完手稿，马上写信告诉您我的想法。

这本书带给我很大的情感触动！不必赘述您也明白，我感到自己与露西和加尔文那段仇恨、恶意和软弱交织的婚姻的悲剧性环境密切关联。您的描述只是对我们都认识的那两位的故事稍加掩盖。在他们爱恨交织的失衡关系中，他们从对方身上能够指望得到的不是友情、爱意、奉献，而是彼此折磨。

但我意识到，这不是您小说的主题。您的关注在于重塑小镇的社会史。在实现这一目标的过程中，您的身份不是冷静客观的历史学家，而是敏锐、悲悯、宽容和富于洞察力的小说家。尽管历史被压缩进安森离家的十五年内，但它的深度仍然不可估量，而且因为有必要将过往与现在、与时间的流逝相勾连而更加复杂。这一点，您出色地完成了。更重要的是，诚实地完成了。

我同样意识到，为达成这一目的，您必须将个人史一层一层地加诸小镇的肌理之上，而有时这"身体"的核心隐藏在厚厚的组织之下，您不得不小心地将其割穿。还有，我希望能看到另一个动因来解释加文的懦弱、悲剧和他对母亲的愧疚。正如您设计的那样，我看到安娜·琼斯有部分黑人血统时吃了一惊。这惊讶并不真算什么了不起的真相揭露，也并不能赋予加文·威尔斯的执念和毁灭以完全合理的解释，但是我无论如何也无法想出还有何种方案来解决这一困境。

最让我感受深刻的，除了您对当地人、事敏锐的感受力，还有您对于自己对庞培之巅所见所感完全诚实的表达。这是一颗高贵的心灵对它充满爱意的凝视。

这就是您，也是我仰慕甚至嫉妒您的地方。

萨克斯

另外，您顺便也"逼真地"（这是当下的流行词）描述了出版业的面貌，这还是第一次有人做到。没有夸大，没有矫饰，精准而理性地表现了这个疯狂的世界。仅这一点，我就欠您的。

比金可能写出的任何小说都更有悲剧性的，是他自己的人生悲剧。

第六章
S.N. 贝尔曼、辛克莱·刘易斯
和其他人

难以用言语表达奥尼尔一家的悲剧对萨克斯造成了怎样的影响。可以肯定的是，他承受了巨大的伤痛。在这段令人伤感的时期，只要条件许可，萨克斯就借助辛勤的工作来转移注意力。这一阶段，有几位作家的稿件和友谊帮助了萨克斯，其中一位就是著名剧作家 S.N. 贝尔曼（S.N.Behrman）。就像在萨克斯身上经常发生的那样，作者和编辑最终变成了亲密的朋友，萨克斯被邀请分享了贝尔曼对于众多多姿多彩的人和事的好奇。

1944 年，萨克斯和贝尔曼一同处理剧作《邓尼根的女儿》（*Dunnigan's Daughter*）的手稿。在戏剧公会次年 12 月上演这个剧目之前，它需要大量的修改（舞台版上演不久，它被改编为电影）。1944 年 4 月，看完早期草稿之后，萨克斯给贝尔曼写了一封信。

1944 年 4 月 4 日

亲爱的萨姆，

我莽撞地闯入了天使们通常保持谨慎的区域，但为了您也为了我自己，我仍然想将自己对您这部未命名且显然未完成的剧作的阅读感受记录下来。不必说您也知道，以目前的样态，它尚未完全成形，也没有清楚地表达您的意图（或者说漫溢在整部剧中的那些意图）。

我知道，您将这些元素分散在各个页面中作为素材，最终会将它们整合为一体。怀着这样的认知来阅读，我认为可以提几条建议，或许会对您有所帮助。在我看来，首要的一点是，您必须决定这是谁的剧。这个决定几乎就像劈开戈尔狄俄斯之结，可以同时解决当前版本中主题过多的问题。当您决定了这部剧到底属于米格尔、克雷还是吉姆之后，就会克服目前主题冗杂的问题。想想看吧，您在一部剧中讨论的话题有学术自由、艺术家的诚实、法西斯主义与民主之间不可调和的矛盾、错误的因缘与家庭的困境。这些主题由人物之间发生的不幸事件来接续表现：吉姆和贺拉斯之间，吉姆和克雷之间，米格尔和克雷之间，克雷和费恩之间，克雷、费恩、沃尔多和泽尔达之间。我确定，您可以把其中一个矛盾作为您这部剧作的基础，其他的冲突从旁辅助，作为它的上层建筑。一旦如此，我相信目前模糊的轮廓会被更加清晰的结构所取代。

上面说的都太笼统了，也太自以为是了。我承诺过您会开诚布公，所以说了上面那些概括性的想法之后，我欠您更具体的解释。也许，通过对每一幕的评论，我可以让您明白我的意思并感受到我的诚意。希望下面的意见会对您有一些价值。

第一幕，吉姆和泽尔达陈述了一个命题。这两个人物更像是等式两端的符号，而不是真正的人类实体。这位挥舞着学术自由大旗的大学教授同时也是一个人，不应该只是争执另一端竖起的一面旗。想想看，萧伯纳会怎么写吉姆，还有泽尔达，难道不是另一个迷你版本的《少校芭芭拉》吗?！我们已经过了那样的一个阶段，即只需要一个自由主义立场和一个坚定奋斗的灵魂便可以将角色塑造成社会主义者，仅仅作为权力规则的反对者而存在。

您对贺拉斯的塑造就像玩老千，给他一个大学校长的身份，他唯一存在的价值就是聚焦于学术自由这个问题。

随着米格尔的出现，这部戏终于有了真实生活的样子，您似乎在暗示，这个人物将统领后续的所有发展。从第25页开始，您对套路的颠覆表现出了卓越的才能。在诙谐的对话之下，米格尔本质上的勇气和费恩对理解她所处困境所做的努力，揭示了他们正在滑翔的表象之下的实质。

接下来是沃尔多对他异常境况的解释，文字不再有之前的勃勃生机。

这一幕剩下的部分也是阐释性的，让我开始盼望米格尔的回归。

第二幕。第二幕中使用了一个我认为您必须放弃的技法。有越来越多的书稿都利用了对时间元素的调度，使戏剧高潮的爆发集中于一点，在这部剧中是12月7日下午。这已经变成了一个模板。我虽然没有能力提出替代方案，但我必须指出您使用这样一个已经变成众多平庸作家惯用套路的手段是危险的。

整个第二幕，我都觉得需要萧伯纳式的写作才能。否则，我们就只能拥有对行动的叙述，而不是意志、观点、性情和偏见的冲突。当然了，我永远都可以建议用您特有的犀利对话来表现这一切。我敢肯定，经过重写，这一幕会变得更加锐利。

第三幕。最后一幕让我感到失望的是米格尔，以及他所代表的一切，都逐渐弱化为一个次要角色。我们只得到了对父权和夫权的反抗。我不由感觉，这一幕不过是个注解，提示了您最终将要表达的内容。交织的多个主题没有集中于一个中心，这就回到了我一开始说的，也就是，您必须找到这部剧的核心。当您这样做的时候，所有分离的元素就会各归其位，您将能够在散落各处的主题中找到最关键的那一个。

上帝啊，不管怎样，我上面说的那些话听上去都像是吹毛求疵、自以为是、厚颜无耻。在所有人当中，我最希望您能够理解，我阅读初稿的动机是希望能够对您稍有帮助。如果我说了那么多，能够为您提供一些解决问题的灵感，那么以我的诚恳来冒伤害您的风险便是值得的。

您所写的一切都能看出作家之手的天赋所在。我永远希望那只手是确切、机敏和坚定的。

在奥尼尔悲剧带来的那段痛苦的日子里，萨克斯身边还有贝尔曼的另一部手稿，是著名艺术品交易商杜维恩（Duveen）的传记。这部作品最终在《纽约客》上连载，大获成功。

后来，萨克斯编辑了贝尔曼带有自传性质的《伍斯特纪事》（*The Worcester Account*），于 1954 年出版。那之后是贝尔曼为马克斯·比尔博姆 ① （Max Beerbohm）写的传记《马克斯的肖像》（*Portrait of Max*），出版年份是 1960 年。编辑比尔博姆稿件期间的通信有助于我们了解他们之间亲密的合作关系。1954 年 1 月，贝尔曼正在意大利的拉帕洛采访比尔博姆，在信中，他表达了收到萨克斯来信的喜悦。他也提到，萨克斯对比尔博姆之睿智的称赞使老人非常高兴，与此同时，他自己对于老人衰弱而孤独的生活状态感到难过。四年之后，萨克斯写信告诉萨姆自己关于那部传记的评价。

现在，离我收到打印稿不到 24 小时，我必须告诉您，您在氛围和细节选择上正越来越接近于我们二人心目中马克斯的印象派肖像。在这四十六页试验性稿件的每一页中，您的文字魅力和独特风

---

① 马克斯·比尔博姆（Max Beerbohm，1872—1956），英国散文家、剧评家、漫画家。

格都彰显无遗。哪怕目前这些素材只是粗选，也确然是丰富的。

我仍然强烈地感觉这部稿件需要扩充。当下，它只是暗示了它自己的可能性，但我意识到，一旦您在这尚未定型的骨骼上加入血肉，它就会开始活动、呼吸，获得属于它的生命。

泛泛地说些感觉对您来说毫无建设性。除非我可以具体解释，否则您不会明白我究竟是什么意思。所以，不管我的意见是否中肯，请允许我一页一页地提出问题和建议。有些或许有道理，有些或许大言不惭，您尽可以接受或否决，但至少它们可以作为我们以后正式商讨的提纲。下面开始：

第1页。我认为应该对马克斯和赫伯特①的背景做更多介绍，这一点可以通过补充朱利亚斯（Julius）、康斯坦蒂娅（Constantia）和伊丽莎（Eliza）②的细节来实现，多少类似于你对杜维恩的祖先所做的描写。

同样也是在这一页，是否可以对马克斯关于"戏剧专栏作家"的态度进一步阐述，以及他为何不肯屈尊将他的银匕首投向他们？

第2页。是否可能加入特里出演《人民公敌》（*An Enemy of the People*）时美国的普遍气氛，特别是芝加哥的？马克斯对其兄弟的演技的评价已经很清楚了，但是对于赫伯特和他出演的那部戏呢？

第3页。哈利·潘恩（Harry Paine）对马克斯的攻击暗示了他对《伪饰之辩》（"In Defense of Cosmetics"）的反应，但您是否能够给出关于这篇文章本身的足够信息，以便读者能够明白他的

---

① 赫伯特·比尔博姆·特里爵士（Sir Herbert Beerbohm Tree），比尔博姆同父异母或同母异父的兄弟。——原书注

② 他们分别是比尔博姆的父亲、他父亲的第一任妻子和第二任妻子，也就是他的母亲。——原书注

攻击是为了什么？

第 4 页。我不确定用一两句话来介绍《黄皮书》(*The Yellow Book*)是否合适。毕竟，它有比较重大的历史意义。在这一页上，您确实对比尔博姆的那篇文章进行了介绍，但我想，如果加入一些马克斯自己的评论可能会更有助益。①

第 5 页。斯科特·菲茨杰拉德（Scott Fitzgerald）和奈德·谢尔顿（Ned Sheldon）的名字仿佛悬浮在半空。除非您具体说明二者之间的某些相似之处，否则读者恐怕是看不出这一比较的意义所在的。另外，为什么不多说一点奥博利·比尔德斯利呢？

第 6—7 页。关于佩特（Pater）的尝试太棒了，让我想要读到更多。这宝石般的火焰应该燃烧得更旺一些。

第 7—9 页。关于威尔士王子的简短段落十分犀利。

第 10—11 页。注意第 11 页倒数第 5 行和倒数第 10 行对"模仿的奇迹"的重复。勒加利埃（Le Gallienne）的部分不错。马克斯对西赛·鲁弗特斯（Cissi Loftus）并不狂热的爱恋值得您更多的评论。

第 13 页及以下。在此，我们遇到了特纳（Turner）书信的问题。这些信件对整本书至关重要，我们必须讨论一下如何才能得到授权。特纳对于创作小说的执迷令人扼腕，马克斯对他的纵容给了您一个机会，让您得以用您无与伦比的方式来讲述诚恳却缺乏才能的写作者做出的蠢事。

----

① 19 世纪末见证了英国文学逐渐摆脱了维多利亚时代的僵硬传统，开始接受写作中的现实主义和自由主义，尽管在当时的英国文学中表现尚少。1894 年，出现了一本叫作《黄皮书》的期刊，由亨利·哈兰德（Henry Harland）主编，奥博利·比尔德斯利（Aubrey Beardsley）任艺术总监。黄色封面的灵感来源于韦斯勒（Whistler）在画作中对黄色的频繁使用。虽然第一期使英国公众大受刺激，但仍然有很多人喜欢它的内容，特别是马克斯·比尔博姆的那篇《伪饰之辩》。——原书注

关于康诺沃小姐（Miss Conover）的爱情生活，您能多写一些吗？这个精彩的部分在第20页突然陷入预势。

谈谈她对鲁德亚德·吉普林的终生厌恶怎么样？这一点不容错过。

第21页。杰斐逊的帽子带来的语病呢？他仅仅是把帽子扣在头上？

因为马克斯认为《软帽子》（Trilby）是垃圾，导致赫伯特差点儿错过出演这部戏的故事算某种逸闻趣事，为这幅印象派肖像画增色不少。接下来关于约翰·雷恩（John Lane）和J.G. 瑞斯瓦尔德（J.G. Riswald）的叙述意蕴丰富，马克斯对于所谓"成功"的蔑视也具有启发性，正如所有关于漫画的表述一样。

我们可以在"爱德华的犹太朋友们"（第33页）这部分用上一些渐弱演奏法吗？

第34页。我不确定对罗斯福和柯立芝的暗指是否应该放在这里。这一点我们以后再讨论。

第35页。你关于特纳的任何描写都是有趣和具启发性的。不过，没有信件作为佐证，叙述便缺乏根基。我们必须把那些信放入书中。

接下来关于奥斯卡·王尔德和莱韦森一家的部分也十分有趣。事实上，每当你旁逸杂谈时，整幅肖像就变得更生动了。结尾处关于康斯坦丝·柯利埃（Constance Collier）的故事也是如此。

或许以下是我最想强调的：你对趣闻逸事的使用是只有你才能做到的，你用它们刻画出了马克斯和他相识了解、为之画像、付出热爱和无奈忍受的人们。

通过以上表述，我有没有说明白我的观点，即这部手稿需要扩充和细化？你可以加大它的篇幅，因为素材是足够丰富且有意义的。我乐意打赌，你的"旁白"随时可以媲美马克斯本尊的创作。别犹豫，请放手去写！

正如我一开始说的，这封略显冗长的信只是一份备忘，在我们见面以后可以充当讨论的提纲。这封信在一台给我造成很大困扰的打字机上仓促完成。很多按键都卡住了，难以自动归位。我本来就对如何清楚表达自己的意思颇为踌躇，如今更是雪上加霜。不过，你必能读出这字里行间的语义，也能原谅这该死的 b b bbbb（这个字母键最不争气）和我。

满怀爱意

可惜，萨克斯没能看到这部手稿成书，它在他去世之后才出版。

直到 20 世纪 20 年代，辛克莱·刘易斯一直在持续地创作小说和故事，但并未引起特别的关注。后来，他决定写一部小说，以他对中西部一座小镇上的人们及其生活的观察为基础。这就是《大街》(*Main Street*)，他在其中对上述主题进行了毫不留情的尖刻表达。这部作品引发了巨大的争议，被广泛阅读并被翻译成十几种外语。几乎是一夜之间，辛克莱·刘易斯就变成了世界知名作家。20 世纪 30 年代，他被授予诺贝尔文学奖，成为第一个获此殊荣的美国人。

《大街》之后，是另外几部引人思索的作品：《巴比特》(*Babbitt*)、《阿罗史密斯》(*Arrowsmith*)、《埃尔默·甘特里》(*Elmer Gantry*)、《孔雀夫人》(*Dodsworth*) 和《安·维克斯》(*Ann Vickers*)，出版方都是道布尔迪。他那时的编辑是哈利·莫尔 (Harry Maule)，这是一位真正的绅士，辛克莱·刘易斯十分喜欢他。1940 年，莫尔加入兰登书屋，辛克莱·刘易斯追随而至。之前，萨克斯就与辛克莱相识，如今，在遇到写作上的重大挫折和其他生活上的麻烦时，辛克莱开始转而向萨克斯求助。

辛克莱告诉萨克斯，他打算写一部小说，主人公放弃了中西部某大学的教职，投身于为某个高贵事业筹集资金的活动中。这位主人公认为自己磁性的声音颇具说服力，特别是对女士们，但很快，他就陷入各种诈骗行为之中。这就是《吉顿·帕兰涅斯》（*Gideon Planish*）中的人物形象。在1942年11月22日的日记中，刘易斯写道："本周就能完成；从前天开始的三周以后，我就能回到纽约的家中了。"他将手稿寄到兰登书屋，和萨克斯一起将其加工成最终形态。马克·肖勒（Mark Schorer）有机会接触到刘易斯的私人文件、日记和通信，由此写出了最具权威性的刘易斯传记。他在传记中写道：

> 这一时期，语言问题变得尤为有趣，因为如今他特别强调要听到自己的文字。他在兰登的编辑是萨克斯·康明斯，在出版界和作家们心中是出了名的好人。刘易斯要求康明斯把手稿大声读给他听。当耳朵告诉他某些文词排列不对劲时，他就会作出修改。

圣诞节前不久，萨克斯到多赛特酒店留了一本《安娜·卡列尼娜》给刘易斯。圣诞节当天，刘易斯写了一张便条给萨克斯："亲爱的萨克斯，我难以表达收到《安娜·卡列尼娜》有多么高兴。这真是一份珍贵的礼物！您在《吉顿·帕兰涅斯》上花费的心血简直救了我的命，我必须告诉您我的喜悦和感激。最诚挚的新年祝福送给你。您一如既往的朋友，辛克莱·刘易斯。"

《吉顿·帕兰涅斯》是1943年4月出版的。甚至在刘易斯开始写作《吉顿》之前，另一部小说，背景设置在明尼苏达，就已经在他的脑中成形了。他暂时搁置了这个思路，然后，1944年5月，在德卢斯（Duluth），他重新开始思考。很快，新的小说——《卡西·廷伯莱恩》（*Cass Timberlane*）成形了。这是刘易斯的第十九部长篇小说，以毫无惧色的现实主义，描绘了中年法官廷伯莱恩和他年轻妻子的婚姻问题。手稿完成后，刘易斯把它带到纽约，和萨克斯一起修订了很久。1945

年秋天，《卡西·廷伯莱恩》出版了。

刘易斯在中央公园西街300号一套装潢精美的公寓住下。尽管他在纽约有许多朋友，但大多数时间，他都独自一人待在他漂亮的家中；其中又有许多次，他会打电话给萨克斯，催促他去家里。他们在一起下棋，这是刘易斯刚刚学会的。有时，萨克斯会故意输给他，每当这种时候，刘易斯就会在房间里踱步，沾沾自喜地对萨克斯说："见鬼，谁告诉过你你会下棋的？"

早年，刘易斯关注的是劳工和社会问题。近期，他将更多的注意力转移到种族歧视。在德卢斯，他特意结识黑人社区的领袖，邀请他们来自己家中。他争取他们的信任，恳请他们畅谈各自的麻烦。同时，他也在明尼阿波利斯的国家历史博物馆做了大量调研，与黑人教堂的牧师和城市联盟（Urban League）的成员交谈。做了这些准备之后，他着手创作一部新的小说，也就是《王孙梦》（Kingsblood Royal）。这部小说很快成形，仅用五周，刘易斯就完成了初稿。

接下来又是一段不安定的时期。刘易斯放弃了德卢斯的住所，到新英格兰地区置办了新的房产，面积很大，就在马萨诸塞的威廉斯敦城外。他按照自己的心意进行了重新装修，然后就开始盼望着朋友们来访。有些朋友短暂停留，有些住的时间长些，但无一例外，每当他们离开后，刘易斯就会感到孤独难耐。可怜的刘易斯！这是一个饱受折磨的灵魂！他从一个城市搬到另一个城市，一栋房子搬到另一栋房子，却始终找不到一个角落让他有家的感觉。

9月下旬，萨克斯到威廉斯敦住了一个礼拜，和刘易斯一起修改《王孙梦》。同往常一样，他们对手稿进行逐字逐句的审视。完成后，刘易斯和萨克斯一起回到纽约。手稿付印，于1947年5月出版。这本书被文学协会（Literary Guild）选中，这自然让刘易斯十分高兴。

刘易斯的下一部小说《寻找上帝的人》（The God Seeker），建立在他对宗教文本和明尼苏达历史的研究之上。1948年9月，他带着手稿来到纽约，和往常一样同萨克斯一起工作。1949年，这部小说付印。

1948年10月，他去了意大利。他从那里给萨克斯寄了一个罕见的小陶瓷，附有这张纸条：

1949年6月

亲爱的萨克斯，

　　您这位古典主义者，听到这个来自意大利的不起眼的小物件有两三千年的历史后可能会高兴。这是伊特鲁里亚陶器，是罗马的皮尼亚泰利王子（Prince Pignatelli）的有限藏品之一，发掘于他的蒙特鲁恩迪城堡（Castel Monterundi），在他去世时破损。您可不要用它喝可口可乐。

瑞德（Red）

可口可乐是辛克莱厌恶的许多东西中的一个。每当他看到可口可乐的招牌在欧洲的大街小巷招摇，都会忍不住骂人。

夏天，刘易斯回美国短暂居住了一段时间，9月坐船重返欧洲，这一次是和他的弟弟一起。兄弟俩去了很多地方旅行；后来弟弟去了英国，辛克莱则决定在佛罗伦萨住下。可是，不管走到哪里，他的心都被孤独的阴影所笼罩。有一次，有人听到他喊道："哦，上帝啊，没有人像我一样悲惨！"

精神上的低落使他的健康状况迅速恶化。他借助酗酒来寻求解脱，但这加速了他的全面崩溃。1951年1月10日，他在罗马的一家诊所骤然去世，医护人员都没有预料到。离开这个世界时，他被陌生人包围，一如他人生中的大多数时候一样孤独。

20世纪50年代早期，萨克斯编辑了一系列面向大众读者的科学书籍，书名和作者分别是：《基础天文学》（*Basic Astronomy*），斯沃莫尔学院的彼得·范·德坎普教授（Peter Van de Kamp of Swarthmore）；《基础生物学》（*Basic Biology*），马凯特大学的 G. 卡斯登·塔尔梅奇教授（G.Kasten Talmadge of Marquette）；《基础精神病学》（*Basic Psychiatry*），宾夕法尼亚大学的爱德华·埃米斯·斯特雷克教授（Edward Ames Strecker of Pennsylvania）；《基础心理学》（*Basic Psychology*），史密森学会的莱昂纳德·卡迈克尔教授（Leonard Carmichael of the Smithsonian Institution）。萨克斯一贯以开放、求知的心态面对此类选题，坚持书中所述一切必须得到清晰的解释。作为额外的收获，他也借此拓宽了自己的知识容量。

约翰·奥哈拉（John O'Hara）的书从另一个世界而来。作为新闻记者，奥哈拉习得了小报报道的所有粗鄙，他敏锐的耳朵捕捉到了口语表达中的所有细微差别。这一特质对他来说是很适切的，因为他最大的优势便是浮夸而机敏的对话。他的处女作《相约萨马拉》（*Appointment in Samarra*）就取得了巨大的成功，接下来的几部作品——《巴特菲尔德 8 号》（*Butterfield 8*）、《乔伊伙计》（*Pal Joey*）、《废铅字箱》（*Hellbox*）也是如此。奥哈拉用《纽约客》的信纸写给萨克斯的一封信，是来谴责他的。

> 我计划周三来纽约和特莉·黑尔伯恩（Terry Helburn）吃午饭，她付过账之后，我会拿一些需要重新打字的东西来。在那之前，我想我应该能够按照原来的双倍行距完成五百页（现在还差十七页）。您能帮我做的是这个：我不确定第一次打字是在什么地方结束的。我记得是在原始手稿第 385 页的顶部，但我也可能记错。所以，我想请您看一下手头的稿子（三倍行距的那份）最后一句是什么，然后把那句话拍电报告诉我。我自然是不想把那份双倍行距的稿子全部拖到纽约去的。
>
> 您最好把眼睛里外科医生般的目光去掉，因为如今还远远没

到我对终稿进行大幅删减的时候。从现在到提交排印稿，还会可悲地进行许多添加。您看到终稿时会大吃一惊的。稿件1号中那些您认为应该删掉的微不足道的人物，会大量在稿件2号中涌现。我认为不会有批评家足够敏锐，能注意到这一点，但在这本书中，儒勒·罗曼斯（Jules Romains）给我的影响最深，超过其他任何作家。我倾向于认为他是我们这个时代最伟大的小说家。不过，哈里斯堡毕竟不是巴黎，我打算把这本书压缩成一卷，您听到这个应该会如释重负。

告诉贝内特，我采纳他的建议，在我的新车里拍了一张照片。贝尔给我拍的，如果一切顺利，我周三去见您的时候就可以把照片拿着。不过，如果他想把这张照片用到《信风》（*Trade Winds*）上，图注请不要写："这就是兰登书屋回馈作家的方式。"我不得不靠写杂志文章来为这辆新车付钱，尽管我在其中强烈暗示兰登书屋会慷慨地把它作为奖励送给我。

这部小说的名字叫《向怒而生》（*A Rage to Live*）。我拿这个名字去征询了所有人的意见，从罗斯玛丽·贝尼特（Rosemary Benet）到埃里克·哈奇（Eric Hatch）的母亲。相信我，一大堆人。有些人起初不喜欢，但几天后也改变了主意。这个书名最好的地方，或者说最好的地方之一，正如罗斯玛丽指出的，是它对简单单词的不凡组合。最好的地方在于它——还有包含这个短语的整首诗——对于我的小说非常贴切。另一个最好的地方在于我喜欢它。事实上，尽管我的书名通常都非常好，但人们不会只看书名就买书，他们更关心的是作者的名字。我知道我自己就是这样。我同样也知道我该去睡觉了。

希望周三能见到您。

> 您的，
> 约翰

这个书名来自亚历山大·蒲柏的《道德论》(*Moral Essays*)。

萨克斯开始阅读手稿后，被许多段落的淫秽表达惊呆了。他请奥哈拉注意这个问题，并敦促他进行删改。萨克斯提醒他，纽约遏制犯罪协会的约翰·S. 萨姆纳（John S. Sumner）正在巡视并旗帜鲜明地开展针对"颜色变异"的书籍的运动。萨克斯的意见激怒了奥哈拉，他嘴里咒骂着，一把抓起萨克斯用作镇纸的一块方形大理石，朝萨克斯扔过去，还好萨克斯及时避开了。几天之后，奥哈拉像什么事情都没有发生过似的来到萨克斯的办公室，留下一支金铅笔做礼物，还有一张小纸条，上面写着："谢天谢地，我还在说话。"

毫无疑问，萨克斯对奥哈拉的警告在今天的氛围中看来是可笑的。但事实上，当时奥哈拉不得不离开纽约一段时间，以避免被逮捕。

尽管奥哈拉和萨克斯又继续合作了一段时间，但他们之间无声的尴尬最终导致了二人分道扬镳。那之后，萨克斯再也没有碰过奥哈拉的书。在普林斯顿定居之后，奥哈拉曾对记者说过："你看，我现在安定一些了，不过这不意味着我不会偶尔爆发一下。"

当然也有一些更愉快的合作。萨克斯珍视的作家中，有一位是泰德（西奥多）·盖泽尔（Ted［Theodore］Geisel），笔名苏斯博士（Dr. Seuss），是闻名全国的童书作家。自从兰登书屋开始出版《霍顿孵蛋》(*Horton Hatches the Egg*)、《国王的高跷》(*The King's Stilts*)、《如果我来经营动物园》(*If I Ran the Zoo*)、《麦克埃利格特的池塘》(*McElligot's Pool*)和《戴高帽子的猫》(*The Cat in the Hat*)这些可爱又有趣的书，他就与萨克斯成了搭档。在写给我的一封信中，泰德这样评价萨克斯："他很可能是唯一一教给过我任何东西的编辑。对于他给予我那些小书的关注，我受宠若惊，要知道，他同时还在编辑威廉·福克纳的大部头。"

接下来还有与作家、书评人弗兰克·沙利文（Frank Sullivan）的愉快交往。那是一个多么智慧而魅力十足的人啊！还在利夫莱特工作时，萨克斯就编辑了沙利文的多部书稿，包括《花椰菜与旧蕾丝》（*Broccoli and Old Lace*）。几年之后这本书出版时，拉塞尔·克劳斯告诉沙利文，他和霍华德·林赛（Howard Lindsay）共同创作的剧本《与父亲生活》（*Life with Father*）获得了成功，现在他们要试着做制片人了！沙利文在一封信中讲了这个故事：

> 我告诉他，他和霍华德都疯了。他说，反正这部戏就是关于布鲁克林的两个疯女人的。我问他戏的名字是什么，他回答，叫《砒霜与旧蕾丝》（*Arsenic and Old Lace*）。我说，哦，太棒了！既然如此，请为我在首映式上留两张过道票，因为你偷了我的《花椰菜与旧蕾丝》的半个书名。我是在开玩笑，但我觉得可怜的拉塞尔真的有点儿尴尬了。结果就是，林赛和克劳斯给了我《砒霜》的大约五百八十美元股份，最终合计收益为一万美元。在此之前和之后，我再也没有中过那样的大奖。

第七章
编辑、幽灵写手和码头工

萨克斯尽量避免的文学生活的一个方面是鸡尾酒会：嘈杂的环境，人们在酒精带来的轻快心情中发布新书。有一次派对，我们到达后不久，萨克斯就把我拉进角落，悄悄说："我们回家吧！"就在那时，有一位手持鸡尾酒的迷人女士翩然而至，问他："您为什么藏在角落里？您是作家吗？""不。"他的回答简短得无礼。女士没有放弃，追问道："那您是做什么的？"冲动之下，他信口答道："我是做清洁和修理工作的。"迷人的女士扭头就走，大概会去向女主人抱怨："这里怎么会有那种人？"

尽管萨克斯这话是开玩笑的，他却也道出了编辑工作的实质。书籍所需要的协同合作远超公众的认知。书籍的质量，它们对读者造成的印象，通常都取决于一位作家的编辑是否尽到了"清洁和修理"之责。

《周六文学评论》曾经这样评价萨克斯，说他是一位能够"用手中的蓝色铅笔击打顽石，使其喷涌香槟"的编辑。然而，虽然对新稿的大量修改和润色几乎足以占据任何一个人所有的工作时间，这却只是萨克斯工作的一部分。

萨克斯多年来一直负责现代文库项目，他必须广泛阅读，才能决定哪些书目应该被收入这个书系。除此之外，他仍然找到时间做了大量编辑工作，既包括现代文库的选题，也有其他的。同时，他也为自己编辑或没编辑过的一些书，甚至还有其他出版社出版的书，写介绍和前言。他写过介绍的书包括：《罗伯特·勃朗宁诗歌和戏剧选》（1934年）、《查尔斯·兰姆作品和书信全集》（1935年）、布莱士·帕斯卡《外省人信札》（1941年）。他编辑了斯库里布纳的两卷本野外版《尤金·奥尼尔戏剧集》（1935年）并为其作序，尽管序言的署名是金。1934年初，金被邀请为书写序，他拒绝了，但同意了唐纳德·克劳弗尔的建议，请萨克斯代笔，每卷一篇，介绍所收录作品的信息，最后金来签名。这一计划在克劳弗尔和当时在斯库里布纳当编辑的麦克斯韦尔·珀金斯（Maxwell Perkins）的一系列通信中得到了确认。萨克斯同样为《东航加迪夫》写了一篇说明文字，也是金署名。另一部由萨克斯编辑并作序的奥尼尔作品是军队便携本《尤金·奥尼尔戏剧选》（1945年）。其余由萨克斯编辑和写作序言的书籍包括《华盛顿·欧文作品选》（1945年）、威廉·福克纳的《献给爱米丽的一朵玫瑰花》（1945年）、《罗伯特·刘易斯·史蒂文森作品选》（1947年）、《乔治·华盛顿主要作品集》（1948年）、《莫泊桑故事集》（1950年）。萨克斯同样也和罗伯特·W.林斯科特（Robert W. Linscott）一起编辑了四卷本《伟大的思想家》（*The World's Great Thinkers*）。

就好像这些工作还不够多似的，在1947至1950学年，萨克斯还找到时间做了一系列名为"图书出版的编辑实践与准则"的讲座。每学期结束时，萨克斯不会让学生们参加常规期末考试，而是邀请他们来我们位于纽约的公寓参加聚会。自然，聚会上会讨论图书和出版行业。

我还记得在1950年的一次晚间聚会上，有人问了萨克斯下面一个问题："您怎么看待如今的大众阅读？"萨克斯的回答首先围绕着战后世界的动荡展开。

它改变了我们思考的方式，给了我们新的价值体系。出版人无法再用一份由幻想书、福音手册和爱情故事组成的书目来蒙混过关。公众的兴趣已经转移到富含信息的书籍，它们反映了这个变化的世界的思想和精神。读者需要大量事件亲历者的记录和专家对此的解读。想想看公众是多么热切地阅读《柏林日记》（*Berlin Diary*）以及约翰·冈瑟（John Gunther）、埃德加·斯诺（Edgar Snow）和刘易斯·费舍尔（Louis Fisher）的作品吧。我们居住的世界要求每个人付出关注。显然，比起美丽的女主人公如何在三百二十页上解决个人困境，数百万的人对于俄国运动的结果更感兴趣。

对古典文学的兴趣是空前的！这也不难解释。柏拉图的《理想国》对于现今时代的人来说具有特殊的意义。帕斯卡的《外省人信札》至今仍然位列最伟大的信仰宣告文之列，同时也是争议写作的典范。蒙田的《随笔》和培根、穆勒、洛克、休谟、斯宾诺莎、威廉·詹姆斯的哲学为这个毫无理性的世界注入了理性之光。

最近，兰登书屋将马基雅维利的《君主论》和《论李维》收入一卷出版，销量可观。这也没什么值得惊讶的。当今世界已经证明了马基雅维利式的政治诡计和国际阴谋至少是短暂行得通的，那么读者自然想去了解它的源头，思考可以如何应对。

似乎我强调了太多古典主义，但事实上，我绝没有忽略主题书籍——对当下事件的评论和解读，诗歌，散文，故事，关于戏剧和艺术的书，教材和实用手册，还有真正一流的童书。

提到古典主义时，我又想到，要对抗极权主义或践行民主，我们都必须先了解推动二者的幕后力量，而没有什么比古典文学对它们的表现更清晰的了。

想想亚里士多德这一了不起的案例吧。去年春天，兰登书屋出版了《亚里士多德主要作品集》。随后，亚里士多德的名字两千三百三十四年以来第一次出现在了畅销书榜单上。

《乔治·华盛顿主要作品集》出版后，萨克斯收到了麦克米伦出版社年轻的助理编辑詹姆斯·A.麦肯纳（James A. Michener）的一封信，信中表达了他对这本书的欣赏。在麦克米伦做编辑的时候，麦肯纳写了《南太平洋的故事》（*Tales of South Pacific*），并因此获得了1947年的普利策奖。给萨克斯写信后不久，麦肯纳开始创作他的第一部小说《春之火》（*The Fires of Spring*）。完成之后，他再次写信给萨克斯，用他的话来说，想请他看看这部"粗陋的草稿"（cold turkey）。萨克斯亲切而热情地给他回了信，他们的友谊自此开始。

某个周日，麦肯纳从宾州的多伊尔斯敦（Doylestown）开车来到普林斯顿，我们在这里租了一栋房子消夏。他开了两个小时车，刚好来得及吃早饭。接下来，两个人不受打扰地工作一整天。最终，这本书由悉尼的戴默克（Dymock）公司出版。

不过，麦肯纳仍然没有辞掉麦克米伦的工作。他进退两难，下不了决心辞职专事写作。从他1947年6月2日写给萨克斯的一封信中可以看出，他是一位目光独到的编辑。在这封信中，他评价了萨克斯给《罗伯特·刘易斯·史蒂文森作品选》写的介绍。此时，两个人的角色进行了互换，萨克斯变成了作者。

我最喜欢您自第24页开始的总结。它思想深刻，提供了一些很好的判断。我高兴地看到您对史蒂文森创作的各种体裁都进行了评论。我同意您对于散文的评价（它们更多的是缓和而非挑起争端）；认为您对于小说太乐观了；完全同意您对短篇的评价；觉得您对《一个孩子的诗园》（*A Child's Garden of Verses*）有欠公允。我并不是A.A.米尔恩（A.A. Milne）的爱好者；我绝对相信，所有花园地下的所有小仙子都应该按照皮尔夫人（Lady Peel）在其血腥童谣中主张的方式来描绘，而且我也并不是非常喜欢《诗园》，但我仍然认为它比您毁誉参半的评价所断定的更有价值。我发现他的旅游书非常枯燥，无法认同您赋予它们的优点。

您的文章非常有说服力。显然，您的写作表现出操控打字机键盘的头脑是多么思维缜密。我喜欢这篇文章的风格，也相信大多数读者会同意我的判断。有时，您对"大词"的使用让一些句子语意蹒跚，但通常情况下，您对词汇的组合与调遣都是最适宜的。

您对史蒂文森的刻画不落窠臼，贴合时代，有助于人们对他作品的研究和欣赏。但我确信，真正的崇拜者会认为您是在一本正经地开玩笑。我想，您非常好地定位了"神话"（我很愿意看到更完整的），为我们认识真正的史蒂文森提供了线索（再一次，我会乐于看到第 7 页最后一段的延伸和扩充）。通过您的文字，我看到了一个与我之前在苏格兰各处所听闻的都不一样的史蒂文森。很奇怪，他更像是一个世界人——比起在爱丁堡和学术圈里被记住的那个高瘦的身影，他更像是法国人、美国人和萨摩亚人。

关于奥斯伯恩太太的内容出乎意料。我真希望您能谈一谈与此相似的鲁德亚德·吉卜林，他的美国太太绝对是他生活中的活力源泉，至少是在他旅居美国期间。事实上，您关于史蒂文森在美期间的整段叙述都可以进一步扩充并仍然让我读得津津有味。

最后，我觉得我可能发现了两处小错误。近期发布的劳埃德·奥斯伯恩（我没想到他直到两周前都还健在）的讣告上说，是他绘制了金银岛的地图，把它拿给意兴阑珊的史蒂文森，才给了后者灵感，或许还有创作的动力。我不确定您是否说过是史蒂文森自己绘制了地图（我找不到确切的位置了），但我确实有印象您做过这个推断。

在第 21 页上，您对复杂句式的爱好使您犯了一个小小的地理错误。"……在萨摩亚岛上乌波卢（Upolu）的森林里……"是没有什么地理上的意义的。因为乌波卢就是这个岛屿的名字，而萨摩亚岛是不存在的。那是不幸被两个政府管理的一组群岛。乌波卢是群岛中第二大和最重要的，它和第一大岛萨瓦伊（Savaii）一起，归属新西兰政府。相较之下小得多的土土伊拉岛（Tutuila），当然，在我国海军的管辖范围内。

关于选篇，仅《弗丽莎海滩》(*The Beach of Falesa*) 就使整本书有价值了。我以前从来不知道史蒂文森还写了这部。

萨克斯说服麦肯纳相信自己有真正的写作天赋，一定要专事写作。后来，麦肯纳确实放弃了麦克米伦公司的工作，成为兰登书屋的作者。此时，萨克斯已经相信自己只能首先是编辑，偶尔才是作者。多年以后的 1958 年 5 月，萨克斯在普林斯顿大学纳索俱乐部（Nassau Club）的演讲中，描述了自己作为幽灵写手的生活。从许多方面来看，他的幽灵写作仍然与他的编辑工作相距不远。

毫无疑问，你们已经多次听过以"我站在诸位面前"开始的演讲。这么说或许有些奇怪，但这次，面向诸位的不是我，而是一个幽灵。请不要惊慌，我向你们保证，真实的我——不管那是何种身份——都足以让银行的扎克尔先生兑现我的支票，或者让耶曼太太为我赊酒。我缴税，持有自己的驾照，与纳索俱乐部和警察局的许多人都有点头之交。

然而，另一个我——我羞愧地隐藏至今的那个我——过着他自己的古怪日子。今天，我满怀懊悔地将他的罪行公之于众。那个我是一个幽灵，他代表了其他活着和死去的其他幽灵。他们在恐惧中移动，害怕被发现和暴露。不过，这个幽灵真正独特之处在于他害怕地失了神——正如俗话所说的，而他所代表的那些人并没有。

我忏悔，我曾经是一个幽灵，先是支配，继而被支配；这个幽灵短暂占有一个人的自我，又被粗暴无礼地赶出来。对于那段过去的生活，我诚惶诚恐，害怕自己被发现，被曝光，被惩罚，因为我是一个写作的幽灵——一个幽灵写手！

我是怎么变成一个罪孽无数的幽灵写手，后来又成为一个幽灵荣休者的呢？

答案很简单——饥饿！腹中的空虚和精神上的噬咬，后者的动因起源于对写作的渴望，对文字的热爱，对他人思想的无法餍足的好奇，以及对匿名的热忱。所有这些合力带来了加诸我身的诅咒。

就像所有的罪恶一样，幽灵写手的罪一开始也是微小的。比如，替不愿学习的有钱同学写英语作文，为无法将其热望和美梦付诸笔端的年轻人写信给女孩们。那时，我喜欢把自己想象成西哈诺·德·贝热拉克，只是没有令人瞩目的大鼻子。

我帮忙写作了一部心理学教材，准备了一本关于大自然疗愈资源的小册子、一位牧师的布道词和一名律师的诉讼提要。我变成了科学家、探险家、治疗师、运动员、神秘主义者、侦探和情人，以一种行为将他们集于一身。奔涌的词句带来了刚刚够我支付阁楼公寓的租金。那时的我躲在一连串的假名背后。看到这些假名变成铅字，我那可耻而多产的大脑创造的世界由此得以扩展。

当拒稿信的数量超过接收函时，我为自己找了一名经纪人。关于经纪人，我那时候只知道他们栖息在文学世界的边缘，知晓其秘密，交易其遗憾。他们为自我之渴望与口腹之虚空配对，从这渎神的组合中找出想要表达自己却缺乏能力的人，还有他们的幽灵。这些人以彼此为食。

不用多解释，经纪人便已明白我的来意。他一边在一大沓卡片中翻找，一边说我希望不大，仿佛他是个算命先生似的。终于，他抽出其中一张："或许你可以试试这个。"

他提到了一名电影明星的名字，她韶华不再，却仍扮演年轻角色；在银幕上，她能够让自己看上去始终年轻。像当时的所有美国人一样，我记得她的脸庞、神态和那双脉脉含情的大眼睛。

"你要做的是解释她为何能够扮演这些年轻的角色并令人信服，"经纪人说，"我完全不明白这位老奶奶是如何做到的。她自己也不知道。用 2500 个词解释这件事，今晚 9 点之前交给我。你知道的，扯些诸如纯洁、无辜之类的字眼。报酬是 5 美元。"

我拿着装有女影星照片的信封离开了经纪人的办公室，回到住处，把那些光面冲洗的照片摊在床上。

我有 5 个小时来写那 2500 个词，也就是每小时写 500，不管它们是长词、短词，还是冠词、介词、连词，甚至"垂直代词"——26 个字母中的最瘦削者，有时却意义重大——都能构成 1 分钱的 1/5。一个接一个，这些词惶恐地落下，但一旦各就其位，它们便凝聚起来，组成还算稳固的整体。

我翻看着照片。能看得出来，这位女明星年轻时很美，但她的青春早已一去不返。是什么赋予她扮演孩童的能力？她——此时，是我——如何能够把握做孩子意味着什么？身为中年妇女却去演绎豆蔻少女，会有何种感受？

换个角度，一名中年男子去扮演青葱少年是何感受？我曾经年轻过；我知道年轻的滋味。我长时间地试图从女性的角度去思考却一无所获，于是我剃须净面，希望能够有所收获。

6 点钟时，我坐在了打字机前，颤抖而冒汗，担心自己无法创造——哦，是"扮演"——一名女影星。我搜索着第一个词。我犹豫着要不要从莎士比亚、弥尔顿、巴尔扎克或托尔斯泰那里借些字句来用。绝望中，我趴在打字机上，让那冰凉的金属贴住额头。7点钟，我直起身体。一定要写些东西出来。我以那位女星的口吻开始打字。"只有一种女人永远不会衰老，那就是恋爱中的女人。我的一生都沉浸在爱意中——对人的爱，对地方的爱，对大树、小鸟、天气、音乐的爱，对低垂的明月下拍岸浪花的爱。"诸如此类的废话从我的打字机中涌出。

9点钟时，我去了经纪人的办公室，把2500个词的稿子交给他。他读完后，伸进口袋掏出一张五美元递给我。

"还不错，"他说，"需要活儿干的时候再来找我。"

两个月后，我看见自己的文章出现在一本全国发行的女性杂志上。我得知女明星为其"自白"所获得的报酬——750美元。也就是说，按照常规的10%的佣金标准，经纪人得到了75美元。而我，作为这篇文章的写作者，只得到了5块钱。

从我"扮演"一名中年女影星的那晚起，我开始能够好好吃饭，及时付房租。我仍然神志清醒，并且比以前更有偿付能力，但就像任何生意人一样，我偶尔也会有亏本的买卖。比如说，哲学博士那件事。那位博士需要一篇论文来得到学位和中西部一所大学的教职，但他关于《乔叟和薄伽丘在写作上的相互作用》一题所做的笔记杂乱无章。如果我能从这些混乱的笔记中理出头绪，写出4.5万字的文章，并做到体例规范，引用、注释齐备，就能获得500美元的酬劳。我怀抱着多年来对学术的向往和热忱，干劲满满地投入了工作。公共图书馆就是我的大学，馆员就是我的导师。我艰难地磨出了论文，又在其中装饰了大量参考文献和括注以示我的渊博，到最后甚至我自己都相信我有学术天赋，终将在一条脚注中得到永生。

论文被完成、提交、接受了。我的雇主获得了穿戴学位服的资格。可是，当我索取报酬时，却只收到了他的嘲笑。"来找我要钱啊。"他让我有种就去告他。我咨询了一个律师朋友，我曾为他写过诉讼提要。律师的回答是："不可能的，你毫无胜算。你参与学术造假，上了法庭也是过失方。忘了这回事吧。"

好吧，既然从我巫术的坩埚中配置的药水可以瞒得过那些博学的文科博士学位授予者，难道还没有能力自己炮制一本书吗？那会更加像真正的写作。我甚至有可能从中赚到足够多的钱，把自己的身份买回来。

我让我的经纪人知道，或许我可以"扮演"一位作家，他有精彩的故事，却缺乏足够的讲述能力。

那位作家勇于冒险，热情活泼，从不安分守己。他数次环游世界，他的猎物从女继承人到老虎，应有尽有。他飞过喜马拉雅山，在海床上行走，某天清晨醒来发现一条眼镜蛇盘在枕边。他在与一位亚洲女士的交往中失去了半只耳朵，因为他要抛弃这位女士，独自远行。除了耳朵残缺，他是个完美的生物样本。这是一个不知恐惧为何物的人物。听着这些故事，我忍不住耸耸肩膀。我讨厌蛇，害怕女人，从未与野生动物密切接触；除了在百老汇射击游戏摊上玩过几把，我也没开过枪。我想把这位作家的故事写下来，于是我接受了工作。

这些故事让我着迷；我坐下来，用文字描述那些在丛林中度过的夜晚，激动地浑身发抖。爬行的动物，匍匐的动物，疾飞的动物，潮湿、柔软、滑溜溜的动物……它们都不属于我。我是个城里人。写完眼镜蛇那部分之后，我做了噩梦。我尖叫着，从床上一跃而起，摔落床下，蛇的毒牙仿佛还扎在我的手腕上。但是在纸上，我用意志力命令毒蛇离开。

出版商对我的稿件很满意。作家本人感到高兴的同时又觉得有趣。"你让我看上去像个英雄，"他说，"如果考虑胜算的话，我大多数情况下并没有危险。"我告诉他，为了让读者感同身受，我把自己的恐惧注入了这本书。我该如何向他或任何人解释，就算是幽灵，也会害怕他自己的影子呢？

这本探险书的成功使我跻身第一流的幽灵写手之列。这一档的写手使政客们具有政治家的格局，赋予金融和实业以哲学的智慧。我发现，没有人能够诚实到不把我的才华据为己有。抽象的东西似乎是公有的，任何人都可以声明自己对它的所有权。我意识到了这样一个简单的事实——一个人将另一个人的思想冠以自己之名，却不认为这是偷窃。这一点让我无奈。

不管我们这见不得光的一群人是否质疑自身的道德伦理，我们都很清楚这一行的等级差别。对于有能力影响和塑造大众思想的那些更优秀的灵魂，我们只能投以羡慕的目光。在这匿名兄弟会中，有人会被邀请"扮演"国家或国际领袖，从而有机会巧妙地引导这些大人物靠近我们自己关于人类福祉的乌托邦梦想，对此，我们是怀有敬意的。

这样的机会意想不到地到来了，我得以接近世界舞台上的一位显要人物，到达自己在本行业的新高度。某国大使馆的一位随员把我叫到他位于华盛顿的办公室进行面试。这位一丝不苟的职场人士说话一口牛津音，带着中间人之中间人的谨慎。他没有做出任何安排和许诺，只有小心翼翼的试探、展望，留足退路。

他口中的"上级"，是一位前任首相，深受本国政府和人民爱戴，享有其所能被给予的最高职务和待遇。他向我保证，这位前首相的功绩和影响力不该再局限在本国范围内，而是应该在世界舞台上被知晓。他现在需要的是在美国人民面前来一次能够激发共鸣的亮相，该国人民尚未清楚地意识到他的伟大。

还有什么比来自这片自由土地的卓越政治家写作的传记能更好地实现这一目的？这位政治家应是出身寒门，最终得以在国会服务于人民。顺便提一句，这位自由之国的公仆可以借此机会在值得尊敬的文化圈赢得新的荣誉，为秋季选举蓄势。

真是一个完美无瑕的计划。我要做的就是以一名从未谋面的政客的名义，为某个我一无所知的人写一部传记。据说，以此开始是有好处的，我可以不受任何对于写作对象或作者的偏见的影响。

那位国会议员，我的作者，由此变成了一般意义上的"客户"。对我而言，他跟那位著名女影星、大麻瘾君子、探险家，或其他任何我所"扮演"的第二重人格没有任何不同。就此进入国际事务的大舞台激发了我的想象力。

使馆随员交给我一大堆各语种的媒体简报。我那位远在天边的主人公的职业生涯就记录在这一卷接着一卷的事件纪要中。这些卷宗完整、无删减地体现了他的成就，同时小心翼翼地"编辑"了他的过失。在这颂词的集合中，我找不到一句负面评论。我把这堆庞杂的材料理出头绪，拟出了大纲。这部传记始于主人公的童年，终于其事业的巅峰——主导建立主权国家的一个多边政府机构，即多年后联合国的雏形。这是一个大胆的、革命性的创举。单这一点就让我认为自己正服务于一个美好而有意义的事业。

出于我们这一行惯有的灵敏和好奇心，我开始搜索这位世界造福者的一些鲜为人知的信息。我想要探明他是如何确立为人类福祉献身这一人生目标的。然而，我失望地发现，他在少年时被控强奸，青年时背叛了挚友，作为公职人员辜负了人民。我试着说服自己，人无完人。一部批评性的传记只会损害它想要达成的更高目标——人类的政治团结。

我将法律判罚的罪行处理为年少冲动；我向那被背叛的挚友写了催人泪下的致词；我花了大量笔墨去解释他对人民的背离，使我们的主人公看上去更像受人爱戴的约翰，而非加略人犹大。

传记出版了。它登上报纸头条，激起了社论作者们关于"新世界政策”的讨论。评论家中的一位预言者宣称，这本书预示了"负责任的世界公民"的到来。那位直到成书才第一次看到内容的作者，被盛赞为"富于创见的政治家"，并在几百本书上签了名。作者出国访问，从我的前首相主人公手中接过了代表该国最高荣誉的绶带。

我的幽灵生涯终于加冕。这是我事业成就的巅峰。我已经到达行业阶梯的顶点。我是幽灵中的翘楚，影子中的王者。

在这个我假他人而活、他人借我而生的世界中，我已经没有更高的目标可以达成。如今摆在我面前的只剩那伟大的自我实现。现在，我可以承认自己的身份；现在，我可以倾吐自己的忏悔；现在，我可以写我自己的书。我在银行账户上有存款；我熟悉一百种风格和一千种情节。是时候创作我自己的杰作了。

我收集材料，整理笔记，勾勒章节。我坐在打字机前，准备开始。

就在这时，我开始寻找在新书中将要代表的那个人。我在头脑的丛林中寻找我自己。

可我不在那里！

我是个幽灵，由我所"扮演"的男人和女人的记忆组成的幽灵。我曾在他们的头脑中短暂停留，我曾跟踪他们的生活、设下陷阱并用文字巧妙地将其捕获。

至于我自己是谁，"我"，早已不再，消融、散落于我所占有和假扮的人群之中。如今，"我"不剩分毫。我已经放弃了自己！

如今，我真的害怕了，因为我不再知道我是谁。

我站起身，离开打字机，给一位文学经纪人打电话。"我有一本很棒的书要写，"我说，"你知道谁愿意当它的作者吗？"

20世纪40年代末，巴德·舒伯格（Budd Schulberg）住在宾夕法尼亚的巴克斯县，他常常开车来普林斯顿，向萨克斯征询关于写作和个人事务的意见。他们两人相识于1933年，当时巴德来到兰登书屋，手中拿着几个故事，故事的主人公都是一个名叫萨米·格里克的好莱坞骗子。萨克斯从中看到了小说的潜力，敦促巴德将这些故事进行扩充。萨米无疑是个可鄙的人物，毫无廉耻可言，见不得光的事情做了一桩又一桩，然后跑到好莱坞，在那里混得风生水起。巴德最终完成了小说，当然就是我们都知道的《直上青云》(*What Makes Sammy Run?*)。书中，巴德尖锐地批评了萨米这一不良样本以及他所在的环境。这部小说是对美国生活丑陋面的严词控诉，畅销一时，开启了巴德作为成功作家的职业生涯。

1953年的一天，巴德来到普林斯顿告诉萨克斯，他打算创作一部小说，以腐败的、帮派林立的纽约码头区为主题，在那里，暴力构成装卸工日常生活的一部分。巴德计划在小说中揭露无情剥削码头工人的老板们的暴行。接下来便是在许多个周末进行的讨论。巴德说话的时候，萨克斯在一旁做笔记。这些讨论不仅会占据周六大半天，而且经常会持续到周日。我难免好奇舒伯格有没有意识到这对萨克斯是很大的精力消耗，毕竟他已经在办公室忙碌地工作了一周。

巴德完成《在码头》(*On the Waterfront*)的初稿后，萨克斯敦促他修改、润色，以便可以尽早付印。与此同时，小说也售出了电影版权。

在兰登书屋，贝内特·瑟夫和唐纳德·克劳弗尔听到消息后，热切表达了希望书能够跟电影首映同步上市的意见。可是此时巴德却不见踪影。他不知去了哪里，电话和电报都找不到人。最终，萨克斯久经辗转才在佛罗里达找到他，把他带回了普林斯顿。

一连数日，两个人埋头工作。在稿件处理完毕、能够下印之前，萨克斯都没有再让舒伯格离开自己的视线。后来，在1956年3月28日的一封信中，舒伯格将电影剧本与书稿进行了比较。

电影剧本是一只滑稽的动物。某种意义上说，它有活的骨架。一旦你给它填充了过多血肉，它就会变得过于冗长……古怪之处在于，人们在电影中能够接受的东西，放到小说里却是行不通的。你或许记得，在《码头》的电影剧本中，我最初写了一些场景，表现神父沉思码头上发生的事件并最终下定决心采取行动。但是施皮格勒（Spiegel）和卡赞（Kazan）都表示反对，因为这需要太多镜头。卡赞向我保证，只要打定主意的神父出现在码头上就足够了。我不得不承认，在电影里，这样做是没有问题的。没有人提出异议，也没有任何一位评论家质疑为何神父突然之间对自己的宗教责任有了新的认识。或许这跟融入和淡出这种拍摄手段有关。用这种方法转换到新场景只用几秒钟，但观众似乎能接受这几秒钟之内发生了许多事情。这是一个有趣的现象。似乎20世纪的观众已经完成了自我规训，可以接受这种新的技术-艺术手段。不知为什么，他们能够自行填充其中的空白。

书稿最终完成了。清样到达后被仔细审阅，特别是要检查码头上的"黑话"是否正确。前期已经耗费了太多时间，这件事容不得任何耽误了。兰登书屋失望地发现，电影即将上映，书的出版却还遥遥无期。

曾有一名装卸工，在巴德写作时帮他确认了关于码头的一些可靠信息。为了加快速度，萨克斯觉得此时最好向这名装卸工求助。如果审稿时对码头的情况或在那里使用的语言产生疑问，装卸工无疑可以提供答案。

一天上午，萨克斯从办公室打电话来，告诉我他将带巴德一起回家。"屏住呼吸，"他加了一句，"装卸工也来！"他接着解释道："同事们的好奇心太强了，我们在办公室不停地受到干扰。跟装卸工一起回家的话，稿件很快就能处理好。"

毫不夸张地说，这个消息让我有些手足无措。一整天，我都忍不住去想那名装卸工会是什么样的人。他肯定是魁梧的，肩膀宽阔，一边能扛起一口大箱子。

　　他们三个人到家了。巴德介绍道："这位是布朗尼。"我看着眼前的人，一时竟不知道说些什么。布朗尼甚至连中等个头都算不上！他的脸——那张可怜的脸——看上去就像被人狠狠揍了十几次。塌陷的鼻子完全看不出曾经的样子；双眼也是歪斜的，显然也是由它们所经受的暴力所致。

　　我说："您好，布朗先生。"

　　"哦，"他飞快地回答，"别这样。叫我布朗尼。"

　　巴德和萨克斯把外套挂上衣架时，布朗尼站在客厅的门口看了好久，突然大声说："天啊，有这么个好地方！"巴德接过布朗尼的包，放进为他安排好的卧室，我则试着跟客人闲谈几句。晚餐已经准备好了，我们很快便坐到了餐桌前。布朗尼问饭菜是不是我亲手做的，然后告诉我们他自己很会做饭。

　　"我妈生了九个孩子，我是老大。总得有人帮她干点儿活。那时候在打仗，买东西要用配给券。配给券！"布朗尼不屑地笑了，"我是这么对付它们的。"他抓起他的餐巾，做了个撕碎的动作。他重复道："配给券！配给券对一群饿肚子的人有什么用？"

　　"那么，"我问，"还有什么办法能让一大家人吃上饭呢？"

　　"哦，夫人，这您就不知道了。你们看，我在码头上工作，我可是会学习的。每天都会进来很多板条箱子，里面装满了吃的。你们知道吗，牛肉几百箱几百箱地从阿根廷运过来？身边有这么多牛肉，我会让家里人空着肚子吗？我时不时就拿个半头牛。"

　　我惊呼道："半头牛？！可是，布朗尼，你是怎么拿走半头牛的呢？"

　　"夫人，"布朗尼说，"有空的时候到码头来，我会带你去附近的一座小天主堂看看。没有哪里比忏悔室更能藏东西了。"

晚餐后，他们都到书房去工作了，我走进布朗尼的卧室，为他把床铺整理好。没想到，床上摆着我见过的最高档的睡衣和长袍。商标是"苏尔卡"。"哇哦，"我想，"我都没法给萨克斯买这么好的衣服！"洗漱用具也同样精致，带有线条优美的黑色骨质手柄，放在打开的深绿色锦缎盒子中。一应用品都配得上绅士使用。我不难猜出这些东西是从哪儿来的。

已过午夜，我们都回房休息了，我突然听到走廊里传来蹑手蹑脚走路的声音。我担心是巴德或布朗尼突然需要什么东西，便飞快地披上睡袍，来到走廊。我看见布朗尼把手伸进挂在衣柜里的外套口袋摸索着。

"布朗尼，你还好吗？"

"是的，夫人，我在找这个。"说着，他把一个比钥匙包略大的皮质小盒子给我看。打开盒子之后，我看见圣母像上摆着的一串念珠。布朗尼说："我离了它就睡不着。我总是把它放在枕头下面。"

第二天早上，男人们又投入了工作，但他们很快就发现书稿的最后十页不见了。萨克斯打电话到办公室，才知道那十页稿子在他的办公桌上。他们请布朗尼到纽约跑一趟拿稿子。布朗尼是上午11点上的火车，算上可能有的耽误，6点钟之前应该能回来，再怎么着都赶得上晚饭。可是，晚餐时间到了，布朗尼仍然不见踪影。萨克斯和巴德急疯了，他们给所有人打电话，希望能找到布朗尼，但都一无所获。

大约晚上10点钟的时候，一辆出租车开到了房前，我看见司机扶着跌跌撞撞的布朗尼走到了门口。他向我打招呼："嗨，夫人！我想你了。"

我递给他一杯牛奶，希望能让他好受些。他喝了一口，马上吐了。

"天哪，夫人，我断奶以后就再也没喝过这玩意儿！"

萨克斯和巴德站在厨房的门边，看戏一样笑眯眯地瞅着他。

第二天上午，男人们已经进行到最后几页。我得空坐到钢琴前，练习雷斯庇基（Respighi）的一支改编乐曲，这支曲子源自 16 世纪一段轻快的琉特琴谣。布朗尼小心翼翼地走进房间，在离琴最远的角落坐下。弹奏暂停时，我问布朗尼喜不喜欢这支曲子。他走过来，轻轻地把手放在我的头上："啊，当然，夫人，圣母也弹不了这么好。"

稿件看完了，巴德和布朗尼该离开了。他们坐上车，车快拐出门前车道时，布朗尼把脑袋探出车窗，冲我喊道："我会给您寄法国内衣的！"

大概一周后，码头上的神父到萨克斯的办公室拜访。"我不知道布朗尼遇到什么事了，"神父说，"他竟然告诉我他要学弹钢琴。"

第八章

阿德莱·史蒂文森、W.H.奥登
和其他作家

1952 年，当杜鲁门总统宣布他将放弃连任竞选时，他的幕僚和民主党的领袖们都表示失望。他们施加的压力无法让总统改变决定，因此民主党不得不寻找新的候选人。在民主党全国大会上，这一人选最终确认为阿德莱·史蒂文森（Adlai Stevenson）。史蒂文森曾以伊利诺伊州史上最高票数当选该州州长。在州长一职和联邦政府内的多个职位上，在国务院，以及任联合国大会代表期间均表现卓越。

史蒂文森的竞选令人印象深刻。他超群的雄辩、清晰的思维、敏捷的反应、对常识的直率呼吁，都使他在政治演说舞台上独树一帜。他的演讲被以最快的速度结集成册，全国分发。约翰·斯坦贝克为这本册子作了序。

尽管史蒂文森竞选失利，他作为政治家和智者的形象却丝毫没有被损害。他演说词中强大的道德感染力使许多人觉得这些演讲富有历史价值，应该成书以传世。萨克斯被邀请与史蒂文森州长一同完成这一工作。1952 年 12 月 28 日，我们的儿子尤金和女婿威廉·R.贝内特开车载萨克斯到了拉瓜迪亚机场。深夜，萨克斯到达斯普林菲尔德，并于次日上午在州长府邸得到了热情的欢迎。二人开始工作。他们每天工作十五个小时，只偶尔停下来交谈、吃饭和喝茶。几天之内，萨克斯就完成了三十四篇演说词的编辑工作。

萨克斯回到纽约四天后，演讲集就付印了。前往巴巴多斯短暂休假之前，州长拿到了长条校样，他可以在上面做最后的修改并撰写序言。那之后不久，州长开始了长达两个月的环球旅行。4 月 13 日，书印好了，萨克斯立刻通过航空邮件寄了一本样书给身在马来亚的州长。回复是这样写的："尚无暇阅读，请您见谅。若没有您的帮助，这本书不会问世，对此我将永怀感激之情。"

次年，也就是 1954 年 6 月 16 日，普林斯顿大学向史蒂文森州长授予了荣誉学位。典礼结束后，州长来到我家，与萨克斯亲切叙谈。第二天，萨克斯带他去拜访了我们的老朋友和邻居，爱因斯坦教授。关于这次会面，萨克斯做了简单的记录。史蒂文森问道："爱因斯坦教授，请问您可以用数学上的概率论来预测世界冲突的发展趋势吗？"对此，爱因斯坦幽默地表达了他对于世界和平的人道主义关注。告别时，史蒂文森说："我还想感谢您支持我的竞选活动。"爱因斯坦答道："你知道我为什么支持您吗？因为我对另一个人更没有信心。"史蒂文森哈哈大笑起来。

如果说史蒂文森的演讲集的出版称得上神速，由芝加哥大学的理查德·麦基翁（Richard McKeon）教授主编的《亚里士多德导论》（*Introduction to Aristotle*）则是一个漫长而艰辛的过程。早在 1940 年夏天，麦基翁就写信告诉萨克斯他将要完成这本书。他同样也在信中质疑了萨克斯对柏拉图的了解。

　　您对于未删节的柏拉图全集（乔伊特［Jowett］的《柏拉图对话集》，兰登书屋 1937 年出版）的吹嘘令我惊讶，特别是您补充道，您认为自己不会"因为没有收录存疑的作品"而受到批评。您或许出版了完整的乔伊特，但绝对不是完整的柏拉图。虽然我没有仔细读过贵社版本，但仍有一些批评之言要给您。通常，我会以阅读《书信七》来开始我对柏拉图的讲授：几乎所有学者都认为这封信是真实的，有些学者认为全部十三封信都是真的，但我不记得乔伊特翻译过它们。我记得乔伊特翻译了一些可疑和虚假的对话，所以您很可能有《默涅克塞诺斯》和《小希琵阿斯》。有些学者认为《厄庇诺米斯》是真的，不知您是否收录。我梳理头脑中那些不确定的书名：《克莱托普芬》《大希琵阿斯》、两卷《阿尔喀比亚德》《希帕库斯》《情敌》《忒阿格斯》《米诺斯》……您应该明白我的意思了。我想，对于两千三百页的亚里士多德全集，我也能举出同样的例子。

对此批评，萨克斯当然不会不回应：

请允许我解释自己之前说的完整的、无删节的柏拉图。我应该更准确地将其表述为完整的、无删节的柏拉图对话。跟学者对话时，再怎么严谨都是不为过的。因为书名和篇幅的限制，我们不得不选择放弃书信。而且，据我们所知，这些书信并不是乔伊特翻译的。如果您翻开第二卷，就会在第715页和第775页上找到《小希琵阿斯》和《默涅克塞诺斯》。

到了10月底，一校样来了，教授开始添加逐页标题。

我记得，按照我们之前商定的，在偶数页和奇数页上都放书名、卷和篇章，比如"《形而上学》，卷1，第12章"。我记得每一页上都要重复卷和篇章，对吗？另一点要跟您确认的是论文名。我们最后确定的似乎是英文标题放在主要位置，拉丁名放在括号里，可是在校样中还是老样子，也就是标题是拉丁文，英文翻译在括号中。您想让逐页标题是英文的还是拉丁文的呢？比如，是Categories 还是 Categoriae？有一个相关问题是我改变了前言中参考文献的格式，全部采用了它们的英文名。在我看来，有三种可行的修改方法：（1）把每篇论文前面的标题从目前的样式变为英语；（2）保留现在的样式，把逐页标题变为英语；（3）逐页标题用拉丁文，然后要么把脚注改为拉丁语，要么保留原样。我觉得任何一种都可以，不过我还是更倾向于在重要的地方统一使用英语。请告诉我您觉得哪一种更合适。

我尚未收到前言手稿已送达的回执。希望您在收到我这封信之前就能收到手稿并告知我。

在另一个信封里装着几张光面照片，上面是我跟您提过的亚里士多德的两本出版物。请告知照片是否可用。前言剩下的部分，我会在二十四小时内寄给您。我不得不重写两三次，以使其易于理解，我希望它现在已经达到了这一目的。不知道您在此重压之下感觉如何？

回信立刻就来了：

我完全赞同把全书的逐页标题都改为英文，并且在偶数页和奇数页上重复章节序号。我们或许可以把 Chapter 缩写为 Chap.。也就是说，采纳您的第二条建议。我认为最好保留每部分开始的拉丁文标题，下方摆放英文斜体括注，就像我们一开始商量的那样。如此便不需要对脚注做任何改动。

看在上帝分上，您的前言到底要写多长？前几天收到的 131页基本上已经可以付印了，不过我仍然觉得里面的一些长句可能需要长跑健将的肺活量才能读完。无疑，我们可以从清样中看出哪些句子需要修改。

伴随手稿和校样的往来，我会继续给您写信。请抓紧时间阅读校样，不要让我等太久。

麦基翁教授给萨克斯回了信：

回信附上《亚里士多德导论》前言的校样。首先，我觉得书名页上的介绍太过简略，令人费解。只有看了目录，才能明白"总体和特别导读"是什么意思。所以，我建议采用稍微长一点的表述（可以把现有字号稍微调小），比如："带有全书导读和对特定作品的介绍。"这样并不会增加多少篇幅，但表意会清楚得多。

对于目录，我有类似的建议。现在的目录把强调的重点放在缺省的内容上，我不太喜欢这一点，也不喜欢在此情况下不得不使用的多重括号。我建议对目录的形式做如下更改：用"物理学，八部之二"来代替"物理学，第 2 部（第 1 部和第 2 至第 8 部缺省）"。同样，《形而上学》将变成"形而上学，十四部之一和十二"。最后，《政治学》是"政治学，八部之一和三"。这样，我们可以去掉"全本"二字的括号，改变完整收录的四部作品的样态。比如，"《后分析篇》全本"。我认为这样可以改进目录的形式，同时不改在目录中提示读者具体内容和缺省部分的初衷。

信是这样结尾的："前页和校样都没有问题，我认为这会是一本漂亮的书。"萨克斯告诉他的学生们，这同样也是一本成功的书。不过，从麦基翁写下"我已收到第一批校样"到寄还终校样的这封信，时间已经过去了整整六年。

萨克斯和哥伦比亚大学的亨利·斯蒂尔·康马杰（Henry Steele

Commager）关系非常好。康马杰的那本《透视美国》（*America in Perspective*）是萨克斯编辑的。书名最初叫"别人眼中的我们"，但康马杰认为这个名字太老旧，后来的"美国品格：海外视角"又被兰登书屋否决了，直到萨克斯想出了最终的书名。

书即将出版的时候，康马杰写信给萨克斯，提出了另一个选题。他认为这个选题在理论上或许会受到欢迎，但"在现实中会被拒绝"。

> 我之前向您提起过，莱斯特·沃德（Lester Ward）。我希望您愿意冒险出版一卷莱斯特·沃德的选集，这或许是个长期的投入。这本书最终能够进入兰登书屋的现代文库或当代经典。世人对他知之不多，兴趣更少，但出版——或者也可以说学术研究？——的乐趣之一正是重新发现某位重要的作者或重要的作品，对其进行再创造。我希望兰登书屋能够这样看待这个选题，将出版沃德视为造福公众的一件事——也的确如此，希望沃德最终能够自负盈亏，就像其他被忽视但最终使出版方得到回报的作者（比如凡勃伦）一样。在我那本讨论20世纪美国思想的新书里，我用了整整一个章节来讲沃德。我认为重新关注他的时候到了。只要您一声令下，我将立刻着手进行编选。

萨克斯回复道：

> 恐怕莱斯特·沃德的选题很难通过。要么我和您共属于一个落伍的时代，要么就是身边的人都太年轻了，不识生活的真相。不管怎样，对他们来说，莱斯特·沃德就相当于亨利·斯蒂尔·康马杰的别名。面对这样的反对意见，我们是无法成功的。我且暗中进行一些游说，看这个想法是否至少能够萌芽。

选集最终还是出版了，只不过出版方是另一家公司。同样被兰登书屋拒绝的还有康马杰所著的一本儿童故事集。教授引用了一些"典型评论"与萨克斯玩笑。

"这部杰作，"《坦帕先驱报》评论，"无疑是自《小妇人》以来最伟大的儿童文学经典。"

"康马杰综合了马克·吐温、路易莎·梅·奥尔科特、阿瑟·兰塞姆和格林兄弟各自最大的优点。"（《菲尼克斯报》）

"只有康马杰能写出这样一部作品；只有孩子们会读这样一部作品。"（《克拉里恩时代报》）

1947 年秋天，萨克斯收到了罗宾逊·杰弗斯（Robinson Jeffers）的一部新手稿，内含一首长叙事诗《双刃斧》（*The Double Axe*）和二十七首短诗，均创作于第二次世界大战时期。这部选集将是杰弗斯的第十四部诗集，诗人在其中主张完全的政治孤立。他认为美国参加"一战"是严重的错误，加入"二战"更是灾难性的。他坚称，美国并非被迫参战，而是被领导人误导了。

显然，从他写给贝内特·瑟夫的备忘中可以看出，萨克斯对于手稿的内容感到不安。

1947 年 10 月 13 日

致：贝内特·瑟夫

来自：萨克斯·康明斯

罗宾逊·杰弗斯的新作《双刃斧》提出了一些我们必须慎重考虑的政策问题。这些诗本身的语气和主旨本质上带有对人类的恶意。某种意义上来说，诗人的观点宛如悲观主义在死亡面前朝向黑暗天空的垂死号叫，其有效性值得无尽的探讨。杰弗斯的中心议题是：人类在宇宙中无足轻重且是大自然唯一的污点。无论赞同与否，我们都不能否认，诗人有权发表他对人类的最终论断，哪怕某些论断是幼稚的。

然而，我们必须从其他方面来检视他的悲观主义：（1）作为一名卡珊德拉式的预言家，他紧绷而狭隘的思路会带来什么影响；（2）我们能够容忍他针对美国，特别是针对罗斯福总统，发表的愤怒而不负责任的言论。第一点让他成为彻头彻尾的孤立主义者，第二点让他俨然一位充满偏见的诽谤者。

在一篇深思熟虑而又结构松散的前言中，杰弗斯的第二句话是这样说的："显然，我们的政府长期以来一直在推广战争——不像德国人那样使用威胁，而是用暗示、压力和个人许诺——而且将参与其中。"这便是在那些长诗和短诗中折磨他的那个主题的开场白：美国，在其领导人——特别是罗斯福——的带领下，投身于疯狂的权力梦想。

霍尔特·戈尔，一名战死的士兵，其鬼魂归来折磨他的母亲。在第 26 页，他说：

> 他（罗斯福）欺骗我们
>
> 深入战争，愚弄我们去做所有事情
>
> 只除了宣布并把军队派遣海外：但若我们流血，
>
> 我们将会疯狂。德国不会进攻
>
> 尽管我们击沉了她的船只，为她的敌人提供给养：
>
> 他刺激敏感的日本人，他们完成他想做的事。
>
> 看在上帝分上，
>
> 别假装我们必须战斗，既然我们在欧洲
>
> 还有朋友：我们又需要欧洲什么呢？

（请记住霍尔特是杰弗斯的传声筒）

第28—29页：

为高贵而忠诚的美国人民感到难过
他们被自身的忠诚所禁锢，被玷污，被剜伤，流出鲜血
来喂养瘫痪者的虚荣，使欺骗者和通敌者
发家致富。

再一次，在第47页：

毁灭的新娘。"好奇，"他说，"瘫痪的政客权欲癫狂的虚荣心。"

在第51页，罗斯福和东条英机相提并论，不偏不倚。

第57页：

……恳求上帝
原谅美国，这野蛮的搅局者，无智的破坏者；
原谅英格兰肮脏腥臭的旧罪。

第91页：

……人之蠢行，人之蠢行：
或是罗斯福的，如果他真的相信他涂抹在其血腥工程之上的
宏大叙述
丘吉尔在旁嗤笑。

有一首名为《幻想》的短诗（第 122 页）：

> 在那伟大的一天，男孩们把
> 希特勒和罗斯福挂在树上，
> 毫无痛苦，人像而已，
> 占据他们在历史上的一席之地；
> 罗斯福、希特勒和盖伊·福克斯，
> 兴高采烈的孩子们欢呼着，
> 没有仇恨，没有恐惧，
> 如今人们竟在筹划新的战争。

第 125 页（时间：1941 年 12 月）：

> 我们小心筹划多年挑起的战争。

关于他孤立主义的立场——第 126 页：

> 你同样知道，你自己的国家，尽管有海水守卫，
> 尽管一无所得，仍被那些命定的蠢货
> 投入了战争。

第 129 页《地狱中的威尔逊》（时间：1942 年）：

> 威尔逊谴责罗斯福"手中握了太多杀戮"，
> 唤他作骗子、阴谋者，称他（罗斯福）的存在
> 把天堂变成了威尔逊的地狱。

第 135 页《历史性的选择》，此处有孤立主义的明确声明：

> ……我们被
> 恐惧、欺诈和一位狡猾的领袖的夸夸其谈、甜言蜜语
> 所误导
> 蹚进了衰败欧洲的狂热梦想。甚至
> 当法国沦陷时，我们尚能够强迫和平；但我们选择
> 站边，喂养战争。

第 136 页《德黑兰》(德黑兰被视为"世界痛苦的随从"的一场阴谋)：

> ……俄罗斯
> 和美国；陆地力量和空中力量；大地是力量的
> 蓄养者——
> 但可怜的、充满希望和野心的德国
> 挤在这一堆里又是为什么?！
> (杰弗斯竟然同情纳粹，令人震惊)

第 137 页《古怪的权宜之计》(短语的重复对杰弗斯来说是最可恶的)：

> 疯子梦到了贞德和希特勒；瘸腿罗斯福的
> 虚荣……

第 139 页《一位平平无奇的新闻播报员》(顽固的孤立主义分子再

次开口）：

> 我们并非卑劣的民族，反而异常慷慨；但
> 我们被欺骗
> 一步一步，欺哄、恐吓、引诱，走入战争；体面
> 却又朴实的人民，被
> 他们认为可以信赖的人背叛：所有人的态度
> 如排水沟般臭不可闻。

第 142 页《那么多血湖》(又一次)：

> 我们被欺骗

第 143 页《中立者》：

> 我赞颂爱尔兰……
> 还有伟大的瑞士……和瑞典……这三国
> 保有欧洲几乎所有
> 残余的荣光。
> 我同样赞颂
> 阿根廷，因其骄傲而不愿同流合污，
> 但她的境遇略带阴霾。
> （此诗将使贝隆龙心大悦！）

第 150 页《战争罪行审判》。(致敬埃兹拉·庞德并扇我们耳光！)

第 151 页《荣耀时刻》。(杜鲁门便不会觉得被忽略，他同样来此

领受一记耳光）

> 想想小个子杜鲁门
>
> 那从波茨坦航兴而归的无辜人——欢天喜地
>
> 在甲板上雀跃，谈些鸡毛蒜皮
>
> 滋养星辰生命的可怕力量已被骗下天际
>
> 变成一锅乱炖。

　　就算最客气地说，我也只能将这部阴郁的诗集解释为暴露了大脑早期衰退的征兆。我无从得知这些对于时代的咒骂和针对罗斯福的疯狂的厌恶来自何方。以前，杰弗斯作品中森然的恶意确实也令我们惊奇，但它们至少掩盖在马、鹰和乱伦的面具之下。现在，他的恶毒集中到罗斯福一人和整个人类之上。

"人类注定要腐坏……他们能够触碰和命名的任何东西；只要能够得到，他们甚至会在晨星上拉屎。"第59页。

　　我认为，除了针对关于罗斯福和明显令人不快的孤立主义的内容向杰弗斯提出反对意见，我们别无他法。要是我们不能让他保持理智，就不得不坚持原则。如果他真的愿意删除那些段落，那么我们还可以出版这部诗集，足够隐晦，尚可取悦人数正在减少的杰弗斯拥趸。这本书让我觉得自己也变得卑微了！

　　两天以后，萨克斯给诗人写了一封信，信中表明了他对于杰弗斯政治观点的担忧，对诗歌本身只字不提。他之所以要强调信是他自己写的，主要是为了保护兰登书屋免受不能接受非主流观点的指责，但同时也是出于对诗人的保护之心。

加利福尼亚州卡梅尔

道尔庄园

罗宾逊·杰弗斯先生

亲爱的罗宾，

这么多年来——如今已经超过二十年——我一直是给尤娜写信，因为我相信，您会明白我的信是写给你们两个人的。一直以来，我都坦言您写下的每一个字对我来说都是重要和有意义的。自《沙色骏马》(*Roan Stallion*) 以来，在我有幸参与的一本接一本书的出版中，我的工作都伴随着您的友情。

此次，在任何人有机会阅读《双刃斧》的手稿之前，作为您的编辑，我理所应当地先人一步。我再一次感受到了您作品中那种根本性的力量，再一次忍不住感叹您在塑造具有颠覆性魅力的意象和符号上的无穷尽的创造力。霍尔特，这位阵亡年轻士兵的代言人，绝对是一个大胆的、令人生畏的形象。他的残酷来源于塑造了他的环境之残酷。

不过，我仍然感到不安和深深的担忧，在此我不得不向您坦诚相告。这封信完全是我的自发行为，我想在向贝内特或其他任何人提及之前先与您商议，我相信您能够明白我的动机。当然了，我指的是您在诗集中对罗斯福总统的多次抨击。显然，他无法为自己辩解，从这个角度来说，您的批评似乎便是不公道和欠缺品位的。然而，在我看来，更糟糕的是，这些尖刻的指控无疑会加剧错误人群的偏见，特别是那些怀抱着世上最恶毒的目的、不遗余力地败坏罗斯福总统名声的人。看到您一次又一次地攻击他，我真的感到震惊，就像这么做于您已经变成了某种强迫症般的冲动。在第 26 页上是间接的批评；第 29 页，"喂养瘫痪者的虚荣"；第 91、122、125、126、129、135、137 页（这一页上您又一次使用了"瘸腿罗斯福的虚荣"这样的表述）。还有其他，一页接着一页，直到诗集结尾。

坦率地说，我对此无法理解。这或许是因为我不像您一样对罗斯福和他所扮演的历史角色抱有这么深的厌恶，而且我也不相信您反复强调的，这个国家是被愚人和背叛者拖入战争的；我并不相信如果我们与世界割裂，就能有更好的国运。

如前所述，我完全是自发地写这封信的。我希望，为这本书和它将造成的影响考虑，您能够在我们排版之前对这些表述进行处理。我必须强调的一点是：请相信，我绝对无意干涉您进行自由的艺术表达的权利。这封信意在提出最友好的建议，希望您能被我坚决的个人观点说服。无论如何，在所有人当中，我最不愿意看到您与美国最反动的分子联系在一起。这是无法想象的！

请务必认真考虑我的建议，并像对待一位老朋友那样，回信给我，告知您的想法。

一以贯之
萨克斯·康明斯

1947 年 12 月 4 日

加利福尼亚州卡梅尔
道尔庄园
罗宾逊·杰弗斯先生

亲爱的罗宾，

不知为何，我一直没有收到您关于《双刃斧》的回信。我们正在准备春季书目，但在收到您的回信之前，我无法宣布它的出版计划。您可以近期回复我什么时候给我修改后的书稿吗？

我的太太和女儿费了很大劲儿才买到《美狄亚》的票，这足以说明它有多么受欢迎。我真心为您感到高兴。还有谁更配得上这样的成功呢？

良好祝愿

萨克斯·康明斯

1948 年 2 月 12 日

加利福尼亚州卡梅尔
道尔庄园
罗宾逊·杰弗斯先生

亲爱的罗宾，

我终于可以细读《双刃斧》的手稿了。我当然注意到了您的修改，它们几乎都给稿件带来了很大的改观。不过，仍然有两个地方让我不放心。我指的是第 25 页，您把这句诗

喂养瘫痪者的虚荣，发不义之财

改成了

喂养瘫痪者对权力的饥渴，发不义之财。

这样基本上没有任何改变。不知您是否同意改成下面这样：

喂养对权力的饥渴，发不义之财。

另外，我真心希望能够说服您删掉第136页上修饰杜鲁门的"小"这个字。在我看来，这个用来描述身材的形容词侮辱性很强，就像您用生理上的缺陷来描述一个人，比如"软骨驼背斯泰因梅茨"。这是故意刺人痛处。要知道，您的诗就算没有这个形容词也已经对其够不屑的了。

除此之外，我再也没有其他具体的修改意见，但在整体上，我仍然无法同意——强烈地不赞同——您对于近期世界时事和政治事件及其背后成因的解读。不管怎样，这只是观点的不同，不妨进行探讨。我绝对不同意您为贝隆所做的辩解——在第132页[①]上，您说"阿根廷，因其骄傲而不愿同流合污"，也无法赞同您在"历史性的选择"和"第四幕"中对孤立主义的维护。

我无法赞同您批评希特勒时的温和口吻，还有您对英国和美国及其战争领袖的严词苛责。因为这只是观点问题而且您的立场十分坚定，所以我们有道德上的义务来忠实地呈现它们。

为了避免有人对我们之间的分歧产生误解，我想到应该写一份出版方说明，放在书封勒口和书前页上，以此表明我们的立场。信后附上我写好的说明。请坦诚地告诉我您的想法。它能发挥的最好作用是诚实地表现我的观点，最坏的情况则是强调了那些本来不会被人注意到的段落。既然我们都愿意对自己的信念负责并要坚守立场，那么何不将它们公之于众呢？

出版方说明

《双刃斧和其他诗作》是兰登书屋出版的第十四部罗宾逊·杰弗斯诗集。在十五年默契、互信的合作中，每一部诗集的出版都加强了作者与出版方之间的亲密关系。为了尊重两者之间这种相

---

① 前文中提到这句诗是在第143页上，原书如此，应是作者笔误。

互依存的关系并保持全然的坦诚，兰登书屋觉得有必要公开表明对诗人在这部诗集中表达的某些政治观点的不认同。我们清楚地意识到作者有大胆、直率地表达其观点的自由，也意识到出版方的功用是让作者拥有最广泛的听众，所以，不管我们两方在原则或细节上是否达成一致，最重要的是，双方应对各自观点开诚布公。在思想的审判席上，只有时间才是最终的裁决者。

祝您和尤娜一切都好

萨克斯·康明斯

另：顺便问一句，您还没有提供献词。您准备放献词吗？献给哪位？

加利福尼亚州卡梅尔

道尔庄园

路线 1，信箱 36

1948 年 2 月 19 日

亲爱的萨克斯，

（1）如果您坚持，就把那句诗改成"喂养一名政客对于权力的饥渴"，不用以前的"瘫痪者"。我希望您再看到类似"恺撒的癫痫"这样的表达能够继续提出反对意见。或者陀思妥耶夫斯基的癫痫——尽管这毛病确实影响了他的才华，就像罗斯福的瘫痪一样，在某种程度上也为他的性格提供了豁免。这是我提到它的原因。

（2）至于"小杜鲁门"——这个形容词肯定不是用来修饰身材的，因为杜鲁门比丘吉尔和希特勒都要高（但他没有丘吉尔胖）。可是你必须承认，跟另外两个人相比，他在历史意义上是"小的"（也是"无辜的"）。不过，为了让您看看我有多乖，请把

"小"改成"哈里"（Harry）[1]，如果这件事真的对您很重要的话。

（3）至于其他的，恐怕我们没有完全达成一致。我当然同意希特勒应该得到更严厉的惩罚，但是您也知道，这个世界上已经满是咒骂他的人了。

（4）至于您建议的"出版方说明"，毫无疑问，它将让每一位读者关注政治而非诗歌，这将是可悲的。不过，假如这能让出版方心安的话，就放进去吧。真是这样的话，我也打算加入一小段我自己的"说明"，告诉读者，政治论断并非这本书的重点，而只是构成背景的一部分，是我认为的时代道德环境。也许可以用萧伯纳为《伤心之家》（*Heartbreak House*）所作的前言中的一句话来结尾——我凭借记忆，引用可能不太准确——"只有在全面战争中用心生活的人，不是作为军人，而是作为公民，**并且保持理智，才能理解这种苦涩……**"

（5）不——我想不出要把这本书献给谁。

您在信中说得很清楚，也足够公正，谢谢您。也感谢您没有抱怨脏兮兮的手稿——我没有时间重新打字。最近能够见到您让我很高兴；似乎今年春天我们都要去爱尔兰，希望能够再次与您相聚。

您的

罗宾逊·杰弗斯

1948 年 2 月 24 日

亲爱的罗宾，

首先，我想告诉您我有多么感激您信中表现的情谊。看到单纯的观点分歧不会影响我们多年来的友谊，我深受鼓舞。如果同

---

[1]　哈里·杜鲁门（Harry Truman）是杜鲁门总统的全名。

样的宽容能够存在于其他割裂整个人群的立场相左之地该有多好。不提那些道德伦理，仅仅您的信本身就足够让我欣喜。

我们商议好的修改已在书稿中体现，包括出版方声明；我等着您要加在自己"说明"后面的那一小段话。如果它能够在排版前写好，您就会在清样中看到；如果不能，我们就把它单独送去排版。请尽可能早些准备好，以便它可以如您所愿出现在说明的醒目位置。

盼望着今年春天能够见到您。向您和尤娜致以诚挚的祝福。

您的，

萨克斯·康明斯

1948 年 3 月 2 日

亲爱的萨克斯，

我记得手稿的第一页是"说明"，您能用随信附上的这一页来替换它吗？您可以看到，它和以前基本上是一样的，只多了一段话作为对您的"出版方说明"的回应。既然它已经有三段话了，我可以把它称为"前言"了！

诚挚的祝福，

罗宾

前言

《双刃斧》的第一部分是在战争期间写的，于战争结束前一年完成，它是带着伤痕的。不过，这部诗集并非主要是关于那严酷的蠢行的。它的重负，正如我之前的一些作品，是要表达某种或许可以称之为非人道主义的哲学态度，即将重点和意义从人转到非人；拒绝人类的唯我论，承认超人类的伟大。我们的种族似乎终于开始像成年人一样思考，而不是像个以自我为中心的婴儿或疯子。这个思想和情感的问题既不厌世也不悲观，尽管已经有两三个人如此评价过，而且有可能再次这么说。它没有任何虚伪，是一种在这难以把握的时代保持理智的手段；它包含着客观事实和人类价值。它提出将一种理性的疏离作为行为准则，而非爱、恨和妒忌。它消解了狂热的情绪和无谓的希望，但它推崇宗教本能，满足了我们崇拜伟大和欣赏美的需要。

书尾部的短诗是对这同一态度的不同表达。其中有一些以前发表过：三首在《诗歌杂志》(*Poetry Magazine*)，一首在《堪萨斯大学评论》(*University of Kansas Review*)，两首在《周六文学评论》(*Saturday Review of Literature*)；还有几首在近期的选集中。

放在这部诗集卷首的出版方说明是我欣然许可的，它代表了一种非常自然的观点上的不同。不过，我相信，历史（尽管并非大众历史）将最终赞同我的观点。哪怕是现在，也已很清楚，若是美国没有参加 1914 年的欧洲战争，整个世界都会变得更好；我认为，将会变得同样清楚的是，我们对第二次世界大战的干预起到了更糟糕的效果——甚至是糟糕得多。这一干预并非被迫，而是蓄意；早在珍珠港事件之前，我们就在制造战争，尽管不是在名义上，而是在事实上。不过，如今争论这些问题是徒劳的，而且就这本书而言，它们甚至不是那么重要。它们只是这本书思想和行动上的背景，或者说道德环境。

R.J.

1948 年 3 月 4 日

亲爱的罗宾，

十分感谢您把新的前言寄给我。我很高兴地看到您将自己的立场表达得如此清晰、准确。尽管我们意见不一，但坦率地表达各自观点绝对是应该的。看到读者对此作何反应将会是一件有趣的事。

祝福您和尤娜。

您的，

萨克斯·康明斯

与此完全风格不同的是威廉·卡洛斯·威廉斯医生的诗，他是萨克斯的另一位作者。自 1909 年起，威廉斯便在新泽西的鲁斯福德行医，之后多年间出版了二十余部优秀的诗集。他同样也写许多题材广泛的文章，评论了包括 T.S. 艾略特、狄兰·托马斯、卡尔·夏皮罗、埃兹拉·庞德、e.e. 卡明斯、卡尔·桑德堡和其他多位诗人的作品。在自传的前言中，他这样评价自己："我是医者中的作家，作家中的医者。五分钟、十分钟的时间总是能够找到的。我办公室的桌子上放着打字机，我要做的只是掀开盖板而已。我飞快地创作着。如果一个句子写到一半时有病人进来了，我会立刻合上机器——我是个医生呀！"

1950 年，兰登书屋出版了威廉斯医生的短篇故事集《微不足道》（*Make Light of It*），1951 年出版了《威廉·卡洛斯·威廉斯自传》。他的第四部小说《集结》（*The Build Up*）出版于 1952 年，《沙漠音乐与其他诗歌》（*The Desert Music and Other Poems*）和《文选》（*Selected Essays*）都是 1954 年。七十一岁时，他创作了《爱的旅途》（*Journey of Love*），于 1955 年出版。所有这些书的出版过程中，萨克斯都与威廉斯医生意气相投，合作愉快。

1953 年，艾森豪威尔执政初期，开启了美国历史上最艰难的一段时期。威斯康星的一个名叫约瑟夫·麦卡锡的共和党参议员指责美国国务院里充满了共产党和共产党的同情者。起初，无人理会他的指责，但麦卡锡并未气馁。他变得更加傲慢，四处发起攻击，不惜一切代价诽谤任何敢于挑战他的人。他攻击的对象包括迪恩·艾奇逊（Dean

Acheson）、乔治·C. 马歇尔（George C. Marshall）和 J. 罗伯特·奥本海默（J.Robert Oppenheimer）。大多数时候，他的指控都是无稽之谈。他的审讯技巧应该会赢得格伯乌和盖世太保的掌声。

当麦卡锡向《纽约邮报》的詹姆斯·韦克斯勒发起一系列攻击时，韦克斯勒进行了回击。韦克斯勒以清晰和老练的分析记录下了这场斗争和美国政治史上这不光彩的一页。付印前，手稿需要进行一丝不苟的审校。那时是 8 月 23 日，兰登书屋迫切地想在初秋出版这本书。为了加快进程，萨克斯建议韦克斯勒来普林斯顿待一天。

无情的热浪席卷了整个地区，但他们二人冒着高温，脸上挂着汗，投入工作之中。当晚，韦克斯勒离开时，我听见萨克斯说："别担心，吉米，剩下的交给我，明早我去办公室处理。"萨克斯用橡皮筋捆好他的笔记，放进公文包里。他在座位上坐了一会儿，一言不发。天啊，他看上去累坏了！

我催促他早点儿上床休息，尽管天气似乎热得让人无法入睡。他去进行睡前洗漱，我在起居室里听音乐。大约 10 点钟时，我轻轻走进卧室，看见萨克斯像是睡着了。大约一个小时以后，我突然听到他叫喊，声音听上去很奇怪。我跑到他身边，见他喘着粗气："我无法呼吸，胸口疼。"

我慌了，冲到电话边，给医院打了电话。

到医院后，我看着萨克斯被推进一个房间，移到病床上，立刻罩上了氧气帐。医护人员尽一切努力来阻止萨克斯的心脏受到进一步损伤。

清早，孩子们都过来了。我们站在病床边，突然注意到萨克斯脸色的变化。奇迹发生了。很快，萨克斯就睁开了双眼，开始向床边站着的人们投来目光。

萨克斯生病的消息很快传开了。第一个来探望的人是唐纳德·克劳弗尔。贝内特的电话和信件源源不断，兰登书屋的同仁们纷纷表达了他们的关切。电报、信件雪片般飞来，电话铃声时时响起。每一天，病房里都摆满了鲜花。一束花上附有阿尔伯特·爱因斯坦教授的慰问，他当时在德国。

原文为德语

（好吧，只有魔鬼才能让您稍微休息片刻。

衷心祝福，

您的，

A. 爱因斯坦

8 月 25 日）

还有来自比尔·福克纳的一封电报。

很高兴听到这个消息。我去年秋天就恳请您休息，或许现在您能够做到了。向多萝西问好。

比尔
密西西比州牛津镇
1952 年 8 月 29 日

　　让萨克斯老老实实待着可不是一件容易的事情。他老想从病床上爬起来，兰博纳医生为此不得不训了他一两次。在漫长的治疗期，我们想尽一切办法来给他解闷。不过，这段时间的强制休息确实让他恢复了气力。10 月的第一个星期，萨克斯回家了。

　　很快，我就开始注意到那些躁动不安的信号，听到了熟悉的碎碎念："真是虚度时光！我还有那么多工作要做。"我跟兰博纳医生交流了一下，他建议我们给萨克斯一本稿子，前提是我监督他一天只能工作一到两个小时。

　　我把兰博纳医生的建议转达给了唐·克劳弗尔，结果他偏偏寄给了萨克斯这样一部稿子：艾蒂安·吉尔松（Etienne Gilson）的《中世纪基督教哲学史》（*The History of Christian Philosophy*）。稿子上附了一张小纸条："这部稿子能让你忙很久、很久。"

　　看到稿子时我惊呆了——七百页打印稿加四百页注释。上帝啊！这简直是不可能完成的！我问萨克斯："这本大部头就不能等你完全恢复健康之后再做吗？"为了劝他不要立刻开始，我又说："你对基督教哲学一窍不通。"萨克斯看着我，平静地回答："我正在学呢。"

　　新年刚过，1 月 4 日，萨克斯就回到了办公室，埋首于他病休期间堆积的工作之中。在家的时候，他就已经完成了《一则寓言》（*A Fable*）的第一遍编辑，当时比尔·福克纳和我们一起待了几周。现在长条样开始排了，1 月 8 日，萨克斯把其中的一百一十八页带回了家。

　　萨克斯重回以前的工作节奏，这让我十分担心。每当我劝他稍微放松些，他总是敷衍："我会的，我会的。"

　　在日常繁重的编辑工作中，萨克斯总是希望能在眼前堆积如山的

8 Elmsley Place, Toronto 5. Ont. Canada.
December 27, 1954

Dear Mr Saxe Commins

I thank you for sending me the review written by Miss Virginia Kirkus. I did not know that there were professional pre-reviewers. America will never finish to surprise me! Anyway, Miss Kirkus did a very good job. I only think she slightly overstressed the Catholic/Protestant angle. Protestants will find practically no controversy after page 20, and even before, it is less controversy than honesty in stating one's own position.

Everybody is delighted with the book and I can assure you that, without a single exception, all those that received it are singing your praises. As to the content, it will take readers more time to form an opinion about it.

Thanks also for your good wishes. Please accept mine in return, and rest assured of my sincere and constant gratitude. I am realizing more and more clearly that, without you, the book would not exist.

Sincerely

El. Gilson

P.S. I am paying the invoices as they come. So far, I have only received five invoices, but more books have come.

艾蒂安·吉尔松于 1954 年 12 月 27 日写给萨克斯的信，信中提及吉尔松的《中世纪基督教哲学史》

156

手稿中沙里淘金，找到值得他去精制、提纯的好作品。唉，他虽然知道作者在这些书稿中倾注了多少热情、辛劳和期望，却也不得不遗憾地拒绝大多数稿件。

对于被接受的稿件，这还只是开始。仔细通读书稿之后，编辑或许会发现有些部分需要压缩，有些段落甚至章节需要删减或重写。收到修改意见时，哪怕只是想到要在自己的书稿中"动手术"，作者往往也是不情愿的。这时，编辑就要耐心地指出，这样的删改不会损害作品，只会使其受益。

萨克斯编辑欧内斯特·格里宁（Ernest Gruening）的《阿拉斯加》（*Alaska*）的经历足以说明编辑-顾问的任务有多么繁重。格里宁曾任阿拉斯加州长十四年（1939—1953），其政治背景和经验都使他有资格为这块广袤土地书写历史。格里宁州长罗列的材料卷帙浩繁，使他的行文举步维艰。"在目前的状态下，"萨克斯说，"这部稿子读着像《国会记录》。需要按顺序进行精简。仅凭通信很难把修改意见表述清楚。"

因此，萨克斯拖着沉重的手稿，于1954年1月初去了华盛顿特区，退休了的格里宁州长居住于此。他跟州长在一起待了一天。令萨克斯失望的是，州长从一开始就排斥任何形式的删减和改动。萨克斯组织着他的论据，指出了多处重复、冗长的辩论，还有应该移至书尾的一页接着一页的脚注。但州长丝毫不为所动！尽管州长的顽固让萨克斯很伤脑筋，但他绝不是一个轻易放弃的人。离开时，他仍寄希望于格里宁能够重新考虑他的建议。他觉得这会是一本好书，但目前它太复杂、太混乱、太长。他强烈建议州长突出标记阿拉斯加发展历史的三个极具戏剧性的时期：发现，被美国购买，克朗代克淘金热。

接下来的几个月里，萨克斯一直跟格里宁州长保持联系。他们之间有大量沟通，商定某处删除、段落调整或注释的摆放。书稿最终去排长条样后，州长坚持再加入五个不可移除的内容：三张渔业产量表和两张等温线图。我不知道州长如何看待出版后的成书，但我知道评论家对此书一致称赞。下面引用几则：

> 尽管有强烈的政治意味，这本书作为一部地方史著作仍是无与伦比的。

—— 《外交事务》，1955 年 4 月

> 结构精当，涵盖阿拉斯加截至 1954 年的政治、经济发展。

—— 旧金山《纪事报》，1955 年 1 月

> 有血有肉，充满力量，三十年间的阿拉斯加主题书籍无出其右。

—— 《美国季度书评》，1955 年 3 月

萨克斯不仅身体劳累，同时也深深担忧当下出版界的风向。在他看来，出版已经变成一个高压行业，强调大体量、高重印率，要确保盈利，却越来越不重视编校质量。也正是在这一时期，人们开始广泛担忧小说的衰落。国际笔会向萨克斯、马尔科姆·考利（Malcolm Cowley）和约翰·赫西（John Hersey）发出邀请，请他们分别作为编辑、评论家和小说家，在一次会议上发表自己对此的看法。讨论十分热烈，激发了众多思想的火花。概括而言，大家一致认同文学品位和主题的快速变化使大众图书难以长销，市场上充斥着只有瞬间价值的图书。

尽管这些都是真的，诚如今天的出版业一样，兰登书屋仍然在同一年（1955 年）出版了 W.H. 奥登的《阿喀琉斯之盾》（*The Shield of Achilles*）。这本书很难说是面向变幻无常的大众市场的。萨克斯得以忘记出版业的悲伤现状，起码是暂时，热情地投入到奥登这部由二十八首诗歌组成的诗集中。

"我必须一遍接着一遍地重读奥登，"萨克斯在他的笔记中郑重声

明，"只消看一眼，就能知道这部诗集狂野恣肆、典故迭出、妙趣横生、才华横溢、引人入胜、激发想象。组成它的三部分就像交响组曲的三个乐章。第一部分（"牧歌"）是一组田园诗；第二部分（"在光影中"）难以捉摸而又变化莫测，仿佛一首谐谑曲；第三部分终章（"神圣此刻"）具有虔诚的宗教意味，深沉，时有自嘲。"萨克斯接着说："毫无疑问，在所有在世的诗人中，奥登是最有才华的一位。只要他想，就能做到完美无瑕，唯独可能犯错是在过分炫技之时。读者并非记住他的诗，而是被震撼、被震慑，甚至有点被惊泉。一层层剥开去，会剩下包含坚实思想和意图的内核。"《阿喀琉斯之盾》获得了国家图书奖诗歌奖；次年，奥登被牛津大学授予首席诗人的荣誉。

奥登前几本在兰登书屋出的书也是萨克斯编辑的。他为人谦逊（一次，他拜托萨克斯告诉船运部的玛莉·梅尔罗斯，"我的名字是威斯坦，不是威廉"。），但对于自己的诗作总有明确的想法，不仅关于诗的内容，也包括诗的印刷形式。"关于《当下》(*For the Time Being*) 的章节名字体，"在 1944 年 6 月给萨克斯的一封信中，他这样写道，"我还是坚持原来的观点。并非我没有认识到这个字体是经过精心设计的，因为事实的确如此，可这是个原则问题。你不会把这个字体用在，比如说，'板鳃亚纲鱼类肝脏的胚胎发育学'上，那么为什么要用在诗歌上呢？我坚持认为，'具有审美'的书不应该被归为一个特殊的门类。事实上，这个国家的文学课几乎都是由女性来教授的，这已经带来了足够多的麻烦，我们不应该雪上加霜。我非常希望你能够使用更简洁直接的风格。"

萨克斯同意了。

三个月后，奥登提出了对于《诗集》(*Collected Poetry*) 的一些建议和修改意见。

随信附上前言的一段附言，以及另外的两首诗……

哦，是的，我还想在《战争时期》（"In War Time"）里作一处改动，也就是书中的第二首诗（"突然登上她摇摇欲坠的车轮"）。在最后一行，将 Be somewhere else. Ourselves，for instance，here，tonight 改为 Be somewhere else，yet trust that we have chosen right。

您可以帮我改过来吗？

另：这部集子无意中成了取名不当。本来计划去年4月出版，也就是在《当下》之前，可是由于纸张短缺而未能如期印刷。

又另：如果您正在准备《当下》的重印，有可能的话，请改正第 128 页第 3 行的一处错误，"looked" 应为 "locked"。

萨克斯依照作者的嘱咐对诗句做了修改，但对书名进行了争取。

1944 年 9 月 19 日

宾夕法尼亚州斯沃斯莫尔
奥博林大道 16 号
威斯坦·奥登先生

亲爱的威斯坦，

我急于回您的信。首先，两首新诗《良地》（"A Healthy Spot"）和《罕见的简单》（"Few and Simple"）已经放在了合适的位置。第一首放在了《造物》（"The Creatures"）和《呼噜》（"Pur"）之间，第二首放在了《流亡者》（"The Exiles"）和《抒情诗》（"Canzone"）之间。我想，这两首诗是新创作的，因此在目录中把它们作了星标。如若并非新作，请告知，我会把目录中的强调符号删去。

《战时的派对》（"At a Party in War Time"）的最后一行已作修改，改后为："Be somewhere else, yet trust that *we have chosen*

160

right。"

我也赶在下印之前，将《当下》第 128 页第 3 行中的"looked"改为"locked"。

下面，我想对前言的附言提出一些疑问。希望您不要介意我说它是不妥当的。既然这部诗集是在《当下》之后出版的，读者很自然地就会问，它为何不能收录《当下》中的一些篇章呢？在我们有足够的时间来修改的前提下，将书名判为"取名不当"是个严重的错误。我们可以将许多事情归咎于纸张短缺，但似乎不应该让它承担我们自己的疏漏。或许，我们可以把《当下》中的一些选篇和一篇《圣诞演讲》用作《战时》的第八部分，放在十四行诗的后面。请立刻让我知道您的决定和处理意见，因为我马上要开始排版了。

我想，由我们双方来分摊改版费用是比较合理的做法。兰登书屋承担 46.38 美元，您承担 46.47 美元。这就意味着从您这次的版税中减去 13.41 美元，剩余费用进行均分。不知您意下如何？

接下来的几个月里，萨克斯和奥登进行了一系列书信交流。9 月 20 日，奥登希望"排版工人能够破解我的笔迹，它们即使在我写得最规整的时候，对于在打字机时代成长起来的一代人来说也是有难度的"。他接着说："恐怕您不能把《当下》中的任何诗作收到新集子中去，它并非选本，而是我希望在《当下》之前进行收录的所有作品。这也是我将其命名为《诗歌 1928—1942 年（或 1943 年）》的原因之一。去年 4 月遇到的问题是，很难解释为何在一本新书之后又出一部《诗集》。虽然您认为无伤大雅，但我觉得如果我们采用第二个书名，就有必要在前言中对此有所交代。"

亲爱的威斯坦,

　　我仍然认为不应该在书名中加入时间。没有任何比在书名页上加入确切的时间更容易让一本书在一季之后便过时的了。我希望的是,《诗集》能够一直一直卖下去。

　　何不把它简单地定名为《W.H. 奥登诗集》,完全省略时间呢?"集"(collected)这个字本身就意味着选择、删除,也意味着为了全书的结构而有意将一些或长或短的诗排除在外。

　　既然它本身已经最好地体现了您对于作品的选择,我倾向于就用这个书名。距离书真正下印还有很长时间,还有时间改变主意。我们不妨再斟酌,等想出更好的书名时再做决定。

　　　　　　　　　　　　　　　　　　　　祝一切顺利,

　　　　　　　　　　　　　　　　　　　　萨克斯·康明斯

1944 年 11 月 7 日,随着出版的推进,奥登写信给萨克斯:

　　谢谢您的来信和封面文案。我个人强烈反对放任何引用,除了在读这些文字时感觉尴尬(读任何人的吹捧之词都让我有同样的感觉),我不相信它们对诗歌的销售有任何影响,起码对已经出版了三本书的人来说没有什么用。在报纸广告上刊登这些话或许有用,但放在书封上是徒劳的。

　　我想要的文案很简单:

　　"本书收录了奥登先生迄今创作中想要留存的所有诗作。"

　　希望您能同意我的看法。

两个月后,奥登再次致信:

我请专人将校样递送给您，希望它已安全到达您手中。

我想，您现在应该正在处理献词页（上面有四行题词），各部分之间应有页面。

我想要的书名是《诗歌 1928—1945 年》。"集"（collected）这个词有种终结的意味，而我并不希望真会是这样。

对此，萨克斯如此回复：

> 1945 年 1 月 22 日
>
> 亲爱的威斯坦，
>
> 我已收到校样，片刻不敢耽误，立刻给您回信。请不要担心题词页或半书名页，它们都已就绪，将作为单独的校样寄给您。
>
> 我希望能够说服您不用信中建议的新书名。我们的书目、广告和书封上用的都是《诗集》。我反对这个新书名的原因在于它轻而易举地便为这部集子标注了年代。"诗集"当然不必意味着"完全"，有许多诗人都会以此为名对自己的诗作进行回顾性的展示。我希望您以此角度来看待这个名字。
>
> 或许我们能在周末见一面？
>
> 您的，
>
> 萨克斯·康明斯

奥登最终在这场辩论中让步，但他并未被说服。书出版后，他写信给萨克斯："我已经看到了《诗集》的样书，姑且不论书名如何，书看上去非常好。谢谢您。如果有机会重印，您是否能够做如下修改？……"

两年之后，兰登书屋出版《焦灼年代》（*The Age of Anxiety*）时，威斯坦写信祝贺萨克斯，并以他一贯平易近人的态度提出要求："如果有机会重印，请让我知道，我希望对内容做一些小小的修改。"萨克斯对此报以热情的回应。

1947 年 6 月 19 日

切里格罗夫

威斯坦·奥登先生

经 L.I. 萨维尔转

亲爱的威斯坦，

想必我不说您也知道，看到您喜欢这本书我有多么高兴。比起其他任何人，我更希望它能够取悦您。

请务必寄来您觉得有必要的任何修改，我会立刻着手进行，这样一旦需要重印，我们就不会浪费任何时间。您只需要标注页码和行数，告诉我现在的文字和改正后的文字，其余便可交与我处理。

祝您度过一个美妙的夏天。

衷心祝福，

萨克斯·康明斯

奥登对此鼓励的回应带来了一个月后萨克斯的另—封信。

亲爱的威斯坦，

看到今天早上收到的修改意见，我惊呆了。您也知道，改版是一个颇为昂贵的过程。需要把每一处更改的整行切掉，重新排字，做成电铸版，再进行焊接。每一行修改的费用是 2 美元，也就是说全部修改加起来要 100 美元左右。如果在此情况下您仍愿修改，我就进行下去，并在您的版税中扣除相关费用。

在我自己关于奥登的记忆中，有一段记忆十分鲜活，那是我和萨克斯去奥登位于圣马可坊（St. Mark's Place）的公寓参加新年聚会的一次。在那栋褐砂石房屋里，就连楼梯都是破破烂烂的；房间里是一种令人愉快的乱糟糟的状态。我们用带有裂纹的咖啡杯干杯，庆祝新年。这些都无关紧要，因为他的书和那些美丽的画驱散了杂乱之感。最妙的是那张正式的请柬，卡片底部用很小的字体温柔地提醒："Carriage at two"。

当然，和奥登在一起时，最难忘的总是对话。萨克斯是这样总结的："和奥登聊天是一场智识盛宴。他的思想在舞蹈。我们谈了莫扎特和司汤达，这两人是天生的一对。他准备拍摄一部关于莫扎特的纪录片，那肯定会是一部非凡之作。我们讨论了他发表在《纽约客》上的关于陀思妥耶夫斯基的那篇文章，谈了他的父亲，谈了 T.S. 艾略特，以及我们想到的任何话题。"

事实上，奥登欣然同意支付改版费。比起完整的咖啡杯，他更愿意要完美的诗歌。

W.H. 奥登的同伴诗人和朋友，斯蒂芬·斯彭德对待核改校样同样细致，但一次表现得有些漫不经心："我现在返还《生存边缘》（The Edge of Being）的校样。您会看到，我非常仔细地通读了全书。您同样也会看到，在我觉得我的修改会让排版工人困惑的地方，我附上了打印出来的替换版……"

八天之后（1949 年 2 月 20 日），斯彭德写道：

亲爱的康明斯先生，我是说，萨克斯，

　　这是一封加急邮件。

　　我发现我打错了一个地方，希望还来得及改过来。

在第一首诗中，第三诗节的第一行应该是：

O，thou O，beyond silence

但我把它打成了：

O，thou，O，beyond silence

此句错误地多加了一个逗号——除非您拿到的校样是正确的，但从我手边的复印件来看是不大可能的。我希望书还没有开印。

萨克斯回答道：

一收到您2月20日的来信，我就联系了印刷厂。在长条样上，那行诗是：

O，thou O，beyond silence

唯一多出逗号的地方是在您贴在旁边的打印稿上。我只用把那里的逗号删掉就可以了。

早些时候，斯蒂芬·斯彭德非常希望兰登书屋能够出版他的自传和诗集。然而，不同于必须自己来争取机会的新秀作家，成名已久的作家会被出版社争抢。

斯彭德从弗里达·劳伦斯太太（Mrs.Frieda Lawrence）位于陶斯县（Taos）的居所写信给萨克斯。

1948 年 9 月 18 日

亲爱的康明斯先生，

　　凯尔曼小姐已将您关于诗集的加急信息转达给我。现在的情况是，我正在写作《自传与真相》(*Autobiography and Truth*)，并且非常希望兰登书屋能够出版这本书，所以我暂时搁置了诗歌的创作。不过，如果着急的话，请发电报给我，我会在 10 月底之前把诗交给您。很抱歉我无法在那之前交稿。

　　《自传与真相》我已经写了三百五十页，整本书预计会有五百页，我希望能够在 11 月 15 日之前完成。由于我与雷纳尔 & 希区柯克公司 (Reynal and Hitchcock) 之间令人为难的安排，我没有跟兰登书屋接洽过这本书，但我非常希望把这本书交给您。

　　事情的原委是这样的。当弗兰克·泰勒 (Frank Taylor) 还在雷纳尔 & 希区柯克工作的时候，出于个人原因，我跟他签署了一份出版框架协议。来到美国之后，我在纽约跟他们公司的一些人共进午餐，他们十分希望我继续保持这份协议。氛围十分友好，但我们达成的只是口头意向。哈罗德·马特森 (Harold Matson) 和我也讨论过这件事，我们达成的共识是我每写出一本书再来处理具体的合同。重要的是写作，之后我再尽力去完成我的各种合同。

　　我之所以特别想让您来出版这本书，是因为它几乎可以被视作我那部《诗集》的评论。事实上，这两本书是互为补充的。

　　我会把这封信的复印件寄给马特森。我建议由我给雷纳尔 & 希区柯克写信，告诉他们，我因为上述理由而希望将我的自传交由兰登书屋出版。不过，现在我最想做的还是写作，包括两部小说。或许我可以将小说交给他们。

　　回到诗歌的话题。如果您需要尽快拿到这些诗，哪怕这意味着要推迟自传的创作，就请发电报给我。顺便说一句，这部自传无疑是我迄今为止最具野心的一部作品，且与其他自传大有不同。它包

含以下几个主题的文章：1. 政治，2. 文学，3. 信仰，4. 爱，5. 童年
（就按照这个顺序）。前言名为"我们时代自我披露的问题"。这是
一个精心设计的结构，打破了历来自传的时间顺序传统。

我会把这封信的复印件寄给马特森。请让我知道您关于诗集
的计划，以及您于对《自传与真相》的想法。

您诚挚的，
斯蒂芬·斯彭德

这是一个复杂的情况，正如萨克斯写于 10 月 7 日和 10 月 18 日的
两封信里所表明的。

1948 年 10 月 7 日

新墨西哥州陶斯县
埃尔普拉多
斯蒂芬·斯彭德先生
由弗里达·劳伦斯太太转

亲爱的斯蒂芬·斯彭德，

您一定在想，我为什么没有立刻回复您 9 月 18 日的来信。首
先，我不得不向哈罗德·马特森咨询合同流程事宜。他收到您上
封来信的复印件后，立刻与哈考特·布雷斯公司（Harcourt Brace
& Company）取得了联系。但对方未能及时回应，因为尤金·雷
纳尔先生不在美国。等他终于回国后，马特森先生作为您的经纪
人安排了一场会议，其结果想必他已经亲自向您汇报过了。

我对于哈考特·布雷斯的立场是这么理解的：他们坚持让您
继续履行框架协议，将自传留给雷纳尔 & 希区柯克公司。或许他

们已经将其立场书面告知您，所以这一点您也知道了。

您当然能够理解，我们对于改变哈考特·布雷斯的想法是无能为力的。为了能够贯彻您的意愿，马特森先生无疑尝试过这么去做，但显然无功而返。

考虑到当下种种情况，我觉得我们目前能做的只有继续按照原计划推进，由兰登书屋出版您的两卷本诗集。如果您还记得，我们本来希望今年秋天收到第一卷的手稿，明年早春出版第一卷。您有没有可能近期把稿件准备好呢？

相信不用我说，您也明白，我有多么遗憾碰到这样的阻碍，无法出版您的自传。不过，请您放心，我们会尽一切力量做好您的新诗集。

您真诚的，
萨克斯·康明斯

1948 年 10 月 18 日

亲爱的斯蒂芬·斯彭德，

为了避免在接洽您自传的出版事宜过程中产生误解，我们请马特森事务所的唐·康登先生（我把 10 月 7 日写给您的信复印给了他）把他给您的信复印了一份寄给我。

鲍勃·哈斯（Bob Haas）告诉我，信的内容与他对他和康登之间那次通话的理解是基本一致的，只除了他从来没有意识到雷纳尔曾经明确指示——如果您"坚持"要离开雷纳尔＆希区柯克，只要我们支付 750 美元违约金，他们就放您走。

恰恰相反，鲍勃对此的解读是，雷纳尔抛出这个选项是十分不情愿的，因而鲍勃也就相应地（康登在电话中肯定也提到过这750 美元）认为这是在本已复杂的局面中雪上加霜。在这种情况下，他不愿意逼迫另一家出版社去做那么不情愿的事情。所以，尽管我感到非常遗憾，我也认为最明智的做法是我们这次仍然遵守框架协议。

您真诚的，
萨克斯·康明斯

斯彭德终归还是没能按照他的想法来选择出版方。"我十分理解眼下局面，"他写道，"我希望由兰登书屋来出版我的自传，是因为自认这是我最重要的一部作品，我希望将严肃的作品交给兰登。不过，我也明白现在不可能做到，我会试着在哈考特·布雷斯和兰登书屋之间平分我所有的作品。"也不能说这件事完全以失败收场，因为次年早春，兰登书屋出版了《存在的边缘》，一如萨克斯曾经计划的那样。

1949 年秋天，萨克斯的确实现了斯蒂芬·斯彭德的一个请求。由于参议员约瑟夫·麦卡锡的政治迫害，斯彭德在获得入美许可时遇到了阻碍。作为他的编辑，萨克斯给司法部长发了电报，又亲自给斯彭德写了信："您进入美国竟然会遇到问题，这使我个人感到非常愤怒。如果签证不顺利，请告诉我是否需要组织某种不失尊严却有效的抗议活动。我不会不跟您商议便贸然行动。"

这件事又一次显示了麦卡锡的疯狂指控诉在全国上下掀起的怀疑与不信任的风潮。麦卡锡几乎已经成功说服美国民众，对抗共产主义的方法就是筑起恐惧和顺从的堡垒。既然这位英国诗人是总喜欢发表观点的自由分子，那么他当然有可能是间谍，或不管怎么说，会带来恶劣影响。不过，在 11 月 11 日，斯蒂芬·斯彭德写信致谢萨克斯，向他宣布："您将会看到我在这里，在纽约。"

第九章
从《瓜达尔卡纳尔岛日记》
到莉莲·罗素

对于像萨克斯这样的编辑来说，看到一本好书能够赚钱总是会让他感到欣慰。兰登书屋 1943 年出版的《瓜达尔卡纳尔岛日记》（*Guadalcanal Diary*）就是其中之一。它成为"每月选书"俱乐部推荐书，电影版权卖给了 20 世纪福克斯，还登上了《生活》杂志的故事专栏。

作者理查德·特里加斯基斯（Richard Tregaskis）在"二战"期间是战地记者。1942 年，他同海军陆战队的第一支派遣小分队一同登上瓜达尔卡纳尔岛，并在岛上待了三个月。后来，一块炮弹碎片击穿了他的头盔，使他头部受伤。幸运的是，一位经验丰富的外科医生创造了奇迹，救了他的命。他返回美国短暂休养，把他的《瓜达尔卡纳尔岛日记》也带了回来。看过手稿后，兰登书屋毫不犹豫地决定出版。

尽管出院之后身体仍然十分虚弱，特里加斯基斯还是来到萨克斯的办公室，他们一起商定了手稿的每一处细节。一天早上，这位作家突然重重倒在了他的椅子上，失去了意识。萨克斯吓坏了，急忙呼救并试图叫救护车，但救护车无法及时派出。于是萨克斯决定搭出租车送特里加斯基斯去医院。他和几个帮手一起把作家抬进了出租车，让他靠在萨克斯身上。但是特里加斯基斯身高超过六英尺，他的腿太长，从出租车的门里垂了下来。司机对此非常焦虑，他担心这位作家的腿会被经过的汽车碾断。

当特里加斯基斯被推进西奈山医院的急诊室后，大家才知道他的昏厥并非由于头部创伤所致，而是因为他是糖尿病患者，急需注射胰岛素。

短暂住院之后，特里加斯基斯恢复了与萨克斯的常规会面。很快，这本书就出版了。

另一本售出电影版权的书——而且售价不菲，是欧文·肖（Irwin Shaw）的《露茜·克朗》（*Lucy Crown*）。但是，在赫克特-兰开斯特制片公司（Hecht-Lancaster Productions）买下版权之前，作家在手稿中投入了多年心血。1955年，肖写信给萨克斯：

> 我为写作这部小说经历了艰难的挣扎。我已经完成了大约五百页，本周，我决定把它暂时放到一边，因为它无论如何也没法让我满意。它与我之前创作的任何作品都不一样，我从六个不同的角度向它发起进攻，但似乎仍然不行。没有其他任何人读过它，所以我不知道这是由于我太疲劳导致的过于挑剔，还是它真的一无是处。如果我在夏天结束之前就写完，我们今年秋天就（从欧洲）回国。不过我讨厌两手空空地回去。特别是这部分的背景设置在欧洲，在写完之前，我不愿离开故事发生的场景。您知道最棒的会是什么吗？——如果仁慈的老兰登书屋能够让您登上飞机，连夜飞到欧洲，和我们待在一起——（就算书不能入您法眼，欧洲之旅也对您有好处）——我们可以确定这部小说的正误。过去的几个月里，关于另一本书的想法不停地侵入我的意识，它似乎比我正在写的这本要好得多——考虑到我此刻对这本书的感

觉，也更有吸引力得多。于是，我似乎更加无法将它写完。

我把这本书的稿子寄给您，可它是碎片式的，到处是没写完的章节和中途断掉的情节，主线索尚未完全就位，所以可能很难判断。我们需要长时间面对面的交流来理清思路，或仅仅只为了判断它是否值得这番功夫。

顺便说一句，如果瑞士对您来说太远，而您在巴黎、伦敦或罗马有事务要处理，我可以到那几座城市去见您。您的建议对我来说无比宝贵。我现在还不愿意回纽约，因为我害怕那样会使我数月心神不定，我可能就再也找不到完成这部小说的心境了。另外，我脑中隐隐地还有另一本书的想法，它与我在长时间离开后重返美国的印象有关：不曾中断的缺席，回家后清晰的第一印象。如果中途回国，我担心那种感觉会被破坏。

如果您无法来欧洲，恐怕我就只能自力更生了。我可能会开始新书的写作（它会相对篇幅较小，大约七万至十万字），凭借最开始的冲力尽可能深入——然后再回过头来看这部未完成的小说。我从来没有同时写过两部小说，不过万事都有开头。随着年岁渐长，我发现自己越来越不满意第一遍写出的稿子，也越来越喜欢长时间搁置之后再返回修改。我卖给《纽约客》的最后一个短篇总共写了两年（想想看，两年！）。实际花在写作上的时间大概是四个月，角色、场景、主题在我笔下进进出出，就像人们穿过一道旋转门。但是，从最终结果来看，我认为这是值得的。

虽然我在欧洲并不多产，但我有种感觉，这段时光正在我体内成熟，它将在未来成为我宝贵的人生经历。

萨克斯没有去欧洲。肖是专业的作家，他最终独立完成了写作。萨克斯在自己的笔记中记录了对这部小说的印象：

它混合了坎迪德和《玩偶之家》中的娜拉，又将故事延续至与当代版马奇班克斯发生恋情之后，并为一段看上去不可靠的婚姻关系画上了句号。技巧娴熟，洞察敏锐，完成度高，然而这部女性独立宣言及其后续却未能点燃热情的火焰。部分是因为它欠缺我们本希望能在肖笔下看到的暴力，部分是因为它的主题已经不算新颖。

一位女士宣布摆脱一段她从中一无所得的婚姻，这并不令人惊讶。具有原创性的是描写她如何认识自己。关于这一点，肖有时令人信服，有时技法高超，有时充满热情。有些描写和他的洞见一样不同寻常。必须等到几周后我们见面时再做商讨。

肖从欧洲回国后和萨克斯长谈了一次，讨论了萨克斯做的笔记。"欧文虚心而亲切，和他共事令人愉悦，"萨克斯写道，"我相信，他是自身写作能力的受害者。他做任何事情都毫不费力，从未受过犹疑的束缚。如果他想写一个故事、一个段落、一个短语或一个单词，它们就会从他思维顶端流淌出来。就好像他随时都在创作，无意识地、即兴地、轻松地。"

手稿经过了许多删减、增添和改动，最终修改完毕，书名定为《露茜·克朗》，于1956年3月30日出版。肖写信给萨克斯：

这封信承载了我对您的谢意。感谢您为《露茜·克朗》和前作所做的一切。正如您所知，至少从经济角度来说，《露茜·克朗》已经取得了巨大的成功。这尤其令我感到欣慰，因为这部作品的创作过程十分艰难，我有两次完全放弃了它，而在放弃的过程中，将多年的辛劳视为无用和无价值的。就连我的妻子玛丽安，在看到我受它折磨、对它充满怨气之时，也劝我扔掉这个负担。若非您对它的信心，若非您对我的信心，相信我可以做到，我肯定无法完成。如果说它最终实现了某种意义上的价值，也是因为有您的帮助，特别是您对于我已经删去的那几章的意见。现在，它终于白纸黑字地成形了。正如您所知，我是一个坐在打字机前的孤独的人。在埋首创作之前，我不喜欢对写作计划高谈阔论；在创作的整个过程中，也基本上是孤军奋战。只有在走投无路之时，我才会寻求肯定。您给了我肯定，而且不止于此。这本大部头就是见证。我希望它最终没有给您丢脸。

3月30日这本书出版时我会想念您。今年秋天启笔写新作之时，我也会想念您。

天啊，我们已经共事二十年了！这二十年着实不坏，对不对？

不过，萨克斯的工作中也有痛苦的时刻。萨克斯认为自己是个现实主义者，当一本书无药可救之时，他会实事求是。一次，另一位出版人请他审阅某位作家的一部手稿，这位作家多年来发展了一批人数不多但忠实的读者。详细分析了自己对手稿的判断之后，萨克斯愤怒地批评了作者"对读者的不负责任"。

我想不到有任何一名编辑，不管是在世的还是亡故的，能够完成这个奇迹，把作者个人的自省和散漫的闲话变成能吸引人读下去的小说。编辑们不得不将稿子读完，买书的人却没有这个义务。

请相信我：如果我说我能够做些什么来挽救这部手稿，那么此处我便要直言不讳，花大量笔墨来告诉您我从章节到词句将要做的修改。可是，遗憾的是，我相信这部小说无药可救。

有可能是我自己的偏见妨碍了理解对于作者而言，这整部作品其实是某种私人的象征主义。或许意义之中另有意义，但以我的智力水平无法捕捉；或许作者私藏了一套密码，可以破解那些意义。但是就算掌握了那套秘密，我也需要某种结构上的完整和类似建筑计划的东西。没有它们，我就无计可施。并不是说结构必须严格、正式，我想强调的是不管采取何种形式，都必须能够引起人们的兴趣。《飞翔的天鹅》（The Flying Swans）没能做到这一点，这是它的致命伤。

上述意见比我原本打算说的要严厉得多——也比真实的我刻薄得多，因为我不是一个浑球，虽然这封信显然提供了相反的证据。让我最难过的是这部稿子是帕特里克·克拉姆（Padraic Colum）写的。尽管素不相识，但我对他的好感由来已久，我愿意做任何事情——除了对手稿发表不诚实的意见，通过向他提供帮助来表示我对他的敬意，可是这部小说的性质和他写作的方法使我感到困扰。

我请求您，不要把这封冗长啰嗦的信给他看。这必须是你我之间高度保密的一次交流——或许还包括您的编辑团队。帕特里克·克拉姆是一位为文学世界做出真实贡献的老人，我没有资格伤害他。

写这份报告的多年以前，萨克斯确实创造了奇迹，当时的那位作家从任何方面都无法跟上面那位相比。事实上，能不能称那人为作家都是存疑的，尽管他之前也出版了一本署着他名字的书。贝内特·瑟夫得知一部关于莉莲·罗素的电影将要上映后，便与帕克·莫瑞尔（Parker Morrell）签约并支付预付金，让后者创作一部莉莲·罗素的传记。萨克斯被派到宾夕法尼亚，那位自封的作家和他的女继承人太太住在那里，按理正在埋头创作。萨克斯在日记中记录了他的经历。

笔记：

这份记录开始于我到达布尔穆尔一周后。我 1940 年 4 月 15

日被派到那里，任务是"督促完成"一本名为《莉莲·罗素：奢华年代》(*Lillian Russell: The Era of Plush*)的书，作者是帕克·莫瑞尔。按照计划，初稿应该在我到达时已经完成。为了帮助作者，兰登书屋聘请了一名资料调查员，姓施兰格，他在纽约公共图书馆待了八个礼拜，从 1880 年至 1922 年的报纸上搜集相关资料。与此同时，作者应整理素材，粗写内容。

离开纽约之前，我对于这个项目的了解仅限于知道有这么一位胸部丰满、面色红润的美国女演员，名叫莉莲·罗素。在前往布尔穆尔的火车上，我试着归纳了对任务的构想，继而承认自己对细节一无所知。我说："我这趟就是去给百合花上色的。"又补充道，这个表达本身就可以用在书稿中。当时，我就是这样理解自己在这个项目中的角色的。

令我大为惊愕的是，到达布尔穆尔后，我发现莫瑞尔不仅一个字没写，甚至也没有提纲或者大致的目录。施兰格寄来的材料甚至还没有被分类整理！在给他的两个月时间里，作者确实消化了大部分材料。他知道罗素小姐的出生、婚姻、死亡，还有舞台演出的大概顺序。

我立刻就明白，这本书首先需要的是某种组织。所以，我们用第一天来制订计划、划分章节。全书共分为二十二章（最终缩减为二十章），计划在 5 月 1 日之前完成七万五千字。那一天也要完成一篇推荐文章。

到了 4 月 21 日周日，完成了前六章。我带着稿子回到纽约，请贝内特·瑟夫确认内容和风格。当我离开布尔穆尔时，作家承诺他会利用我离开的两天组织更多材料，完成另外两章，哪怕只是粗写。他向我保证，等我回来时，他能完成至少三十页打印稿。基于他过去五个工作日的表现，我对他能否信守承诺心怀疑虑，但又不得不怀抱希望。最后期限近在眼前，如果他不能完成分配给他的工作量，就几乎不可能按时交稿。

不管怎么样，回到纽约的两天总算能够让我稍微睡一会儿。

4月23日，星期二

下午1点钟离开纽约，十分担心他只字未写。到达，见到玛德琳（帕克·莫瑞尔的太太）……

周末没有任何进展。大师在沉睡。我埋首《钻石吉姆》，为第十章准备提纲。

M 6点半醒来——痛心疾首，说自己生病，眩晕症发作……晚餐气氛沉闷。

餐后组织全书结构。在这种情况下不可能着手写作。最好知道我们下一步该怎么办。

M 一副可怜无助的样子，指责妻子，怒骂自己，抱怨生活。发誓他会找到"轨道"，每晚至少写出三十页，只要我帮他写钻石吉姆和韦伯与菲尔茨。按照这个节奏，我们就能够在下周四晚上完成，刚好赶在期限前。他大受鼓舞。我们重新安排了分工，他写四章。我们列出这四章的提要，把要点和事件一个个理顺，素材全部排好。他赌咒发誓会完成计划，说我是他的救星什么的。凌晨1点上床睡觉，精疲力竭。

4月24日，星期三

早上7点半起床，看到M在楼下工作，进度远远落后于计划。我白天的任务是整理他晚上胡乱拼凑的文字。大部分都是直接从源素材或施兰格寄来的材料中抄来的。从上午8点半到晚上9点半，我坐在打字机前，不顾这那，好歹整出了第七章、第八章和第九章，总共38页打印纸。

M 晚上7点半醒来，下楼，满心悔恨，痛下决心：今晚，他会弥补失去的时间；还来得及；问题在于他生病了；可惜他无法改变风格，等等，等等。

我们再次上楼，商定当晚的分工。他已经睡了九个小时，没有任何借口逃避工作。

我累坏了，早早上床，心里祈祷明早一切顺利。喝了安眠药水，希望能快点儿睡着。

4月25日，星期四

早上7点半起床后，我在镜子上看到一张纸条。还是徒劳。大师这回整晚眩晕症发作，什么都干不了。不过，仿佛暗夜行路，自壮胆量，他仍然表示对自己走上"轨道"有信心。他去睡觉了。早饭后，我理好《钻石吉姆》这章详细的大纲，然后开始写作。与此同时，速记员开始把我昨天写的三章打出来。

莫瑞尔太太带我散步时，怨声载道地诉说着她生活的失败、错嫁的婚姻，等等。我只能沉默。重新开始工作，在晚餐前完成了今天的任务。M已经起床，情绪非常不好。W.温彻尔送来的一大盒花总算让他高兴了些……我们去韦恩将军餐厅吃晚餐，同样气氛沉闷……我提也不想提那本书。只有奇迹发生才能救它。他是没办法帮到自己的书的。他精神错乱、情绪不稳、愚不可及，根本没法胜任这项工作。

晚餐结束回来后，我在第十章中插入了一节内容——赛马场上的莉莲。之后，我刻意避开，去写自己的日记，好让M可以安心写作。

我明天的任务是韦伯与菲尔茨，至少要写完三千字。这是我要写的最后一部分内容。这样，二十二章里就有了十一章。从现在（星期四夜里12点）到下周二，要完成剩下十一章。不管从生理还是心理上来说，这都是不可能做到的。我不知道公司对此到底有没有概念。难道他们认为我可以在此情形下创造奇迹？或者他们压根一点儿也不在乎？对我来说，这是精神上的折磨，令人作呕，令人厌恶。我无法用语言来描述这种耻辱。不过，这同样也是对我技能的挑战，我要在莽汉退化成一个只会说傻话的白痴之前取得胜利。上帝啊，我心口痛，想回家。是时候休息了。祈祷明天能看到一些写好的东西。如果没有，我们就完了，被责备的可能还是我。

4月26日，星期五

总算睡了七个小时。起床后，看到 M 坐在书桌前，眼神空洞地盯着前方，像个傻子似的摇晃着身体，嘴里重复念叨着："写不出来。写不出来。我病了。我还没有失败。"看一眼他的书桌，我就知道他在桌前盯着施兰格的材料空坐了一个晚上。倒是有几张纸是第十一章——《望春日永恒》，这是他昨天写的，但全都不能用。也就是说，我今天无法按计划写韦伯和菲尔茨，而是要把他的第十一章重写。第十二章《悔虚度时光》也有几张纸，都是直接从施兰格和其他材料中抄的。我今天也要写完第十二章。到底怎么才能做到，只有上帝知道。这样来算，到周二晚上之前，我们还有十章要写，除了韦伯与菲尔茨，这是我承诺要写的。绝无可能完成这个项目，特别是 M 现在一个字也写不出来。

　　[兰登书屋的]赫伯特送来了样章，但这让此处的局面显得更像一个笑话。贝内特来信表达了他的慰问，但也显示他全然没有意识到这里的困难。也不能指望他明白。就算他真的明白又有什么用？最后，他还是会觉得这本书这里或者那里能够做得更好——如果最终真的能有一本书的话，而不会意识到它让我感受到了怎样的痛苦、羞辱，做出了怎样可耻的让步。但我应该足够现实，知道就算是这样一份令人恶心的工作也是对我的考验，我

不应容忍自己多作思虑。这就是一份要完成的工作，仅此而已。

星期五，中午 12 点

重新写完了《望春日永恒》——第十一章——速记员正在打字。M 睡着了，把重任留给了我：从一堆如象形文字般难以辨认的纸堆里理出第十二章。上帝才知道写出来会是什么样子。

星期五，下午 3 点

给贝内特写了一封信，他肯定会觉得我是在歇斯底里地发脾气，不过至少这是对此处情形的真实记录。我没有按照原先打算的那样告诉他，全书多处直接照搬了《钻石吉姆》(莫瑞尔是作者)——不是在《失败也有趣》，这一章好歹还改变了遣词造句，而是在其他章节中。我现在相信《钻石吉姆》肯定有大量抄袭。但在这个节骨眼上，我迫切需要完成书稿，所以没有办法停下来仔细检查每个词并找到它们的来源。

星期五，下午 5 点

M 刚刚从长时间的沉睡中醒来，看完了我今天写的章节并表示完全满意，就好像他有这个判断能力似的。到周二晚上之前，他必须每天完成二十五页的粗写稿。他勇敢地向我保证他可以做到。我对此深表怀疑。不管怎样，他都明白我周三上午 9 点钟要坐火车回纽约，无论他写完还是没写完。这是最后通牒。

星期五，晚上 10 点半

我已经写到了第十二章的第十八页。必须在睡觉前写完这一章，尽管我今天在打字机前坐了十三个小时，早已精疲力尽。M 今天只拿出了四页，但他说今晚会完成更多。我不相信他。他在说什么"吹风"，说一些暗示他想自杀的话。最客气地说，这让我非常不舒服，而且我还累得要死，神经紧张。我预料明早他不会拿出任何东西来让我编辑，我们仍然有十章的缺口。

星期五，半夜

　　第十二章《悔虚度时光》终于完成了——管它是好是坏，我已经在打字机前坐了十五个小时了。这一章有大概四千五百个词，每一个都是从几乎不存在的材料中拖出来的。这些，加上我上午写完的第十一章，就是我今天的全部成果。M今天仍然只有四页，但他将工作到凌晨2点，毕竟他今天下午4点钟才起床。我再一次预料星期六早上我起床时看不到任何他写完的文字。不信我们等着瞧。

　　我又喝了安眠药水，它让我的心脏大跳、小跳、高一脚低一脚地跳。哦，该死！

4月27日，星期六，早上8点

　　早餐时间。我的预言应验了。他又一次停工了。又找借口。又许诺。上帝啊，现在还能怎么办呢？我也累了。周三以来，我已经写了六章，而他除了煞费苦心地从别的书里抄来的，一个字也没写。他根本不会写作或思考或计划。他就是个彻头彻尾的蠢货。从门缝里塞进来的纸条上说，他仍希望休息一个晚上能让他好起来。他明明一天要睡八到十个小时。他让我别失去信心。这到底是谁的书？

星期六，上午10点半

　　M还在睡觉，我试着想出怎么开始韦伯与菲尔茨这一章。跟玛德琳散了很长时间的步，没有任何帮助，只是知道了这种事不是第

182

一次发生。玛德琳建议我收拾行李回家去。她坚信这个烂摊子是没法收拾了。她了解自己的丈夫……她告诉我，他是如何一事无成，全靠她的钱养活并维持他是个作家的神话；一天接着一天，他坐在楼上，从别人的书里摘抄段落，却写不出任何自己的东西……

星期六，中午 12 点

我还在试着找到头绪来写韦伯与菲尔茨这一章，但始终没有成功。我太愤怒了，所以没有办法集中注意力。M 刚刚下楼。要么他今天写完二十五页，要么我打包，明天，也就是周日，就回家，把事实真相报告兰登书屋。我话说得很直白：他必须返还预付金，这一点我们不会妥协。他哀叹、祈求，请我再给他一次机会。他上楼去继续努力。极有可能我明天就能回家，谢天谢地。

星期六，下午 2 点半

午饭时间，这位作家怯生生地走下楼。令人不适的长时间的沉默后，我终于开口问他："怎么样？"他回答："您想听事实吗？""当然。"我说。"事实是，过去的两个小时我睡着了。我能怎么办呢？我头晕。我病了。如果我能再睡一会儿，或许就没事了。"我承认他是病了，然后再次告诉他这很不幸，但不能解决我们的任何问题。我再次提醒他有履约的义务，而我愿意在我能力范围内尽全力帮助他。他承认我做的已经远超我的责任，然后突然崩溃着说没指望了。我试图鼓励他，求他回到书房，而我继续在楼下写韦伯与菲尔茨。如果今天结束时他还是什么都没做，我今晚就回家，一五一十向公司汇报。我再一次指出，他必须返还预付金并赔付我们给施兰格的酬金。于是他上楼再做尝试。我知道他仍将颗粒无收。与此同时，我必须埋头韦伯与菲尔茨。这该死的整件事正在变成一场闹剧。

星期六，晚上 6 点

这一次，作家下楼时拿了他那章的两张纸，用来代替——而非添加——他原来写的四张纸。完了。我向他提了一个建议，让他在休息的时候考虑，即我完成韦伯与菲尔茨这一章，周日把这一个礼拜的工作成果带回纽约给瑟夫看，让他决定下一步如何举动。作家天真得以为只要瑟夫再多给他两天，他就能独立完成写作。他正抓着另一根救命稻草，也就是瑟夫对他——一位过劳的作家的同情。这位作家一个礼拜内没有写一个字，更准确地说，没有写出一个能用的字。就算他身上真的有所谓精神这种东西，他也是个精神破产的人。

星期六，晚上 11 点半

该停笔了。韦伯与菲尔茨这一章差不多写完了。不管怎样，终于凑出了三千字。作家什么也没做。他还坐在书桌前，面前的打字机上还是今天下午的那张纸。

晚餐是场灾难。玛德琳试图发起对话，但被粗暴地打断了，导致她怒气冲冲地离开了房间。这一切必须结束了。我已处在忍耐的边缘。或许今晚能够很快入睡。这本书不可能再有进展了。自周三以来写出的两万四千到两万五千字足以使我不会良心不安。我为什么任由自己受此屈辱？我什么时候才能学会说不？这整件事就像一场噩梦，或许一觉醒来我会发现自己身在纽约。就连这些纸上记录的愚蠢的内心活动看上去都像是记录了一场糟糕的梦境。

4 月 28 日，星期日，上午 11 点

哦，我真是个预言家！昨晚他一个字没写。午夜刚过，他便上床睡觉了，一直睡到 9 点以后。刚刚，玛德琳下楼告诉我，他

又在书房的沙发上睡着了。这简直就像韦伯和菲尔茨创作的一出滑稽戏！我今天必须回纽约。我马上就写完这章了。写完之后，我马上打包回家。

星期日，下午1点

    韦伯与菲尔茨这一章完成了，共计十六页。就这样了。我不干了。

    作家请了一位医生到家里来。医生随时会到。我相信，医生会带给他宽慰，让他相信自己的确病了，从而拥有了几次三番对我食言的最好的借口。请医生的唯一原因是为了面子。他在装病，就像个任性的孩子。

星期日，下午3点

    医生已经离开了。病人身体无恙。医生建议他不要再吃安眠药，因为副作用会累积。他需要的是锻炼和规律作息，等等。没有任何使他无法工作的理由。于是M请求我再给他一次机会。他希望我向贝内特求得一周宽限，从周一开始，也就是5月6日交稿，那时他肯定就能完成了。我确信他做不到。不过现在决定权在贝内特。我乘5点的火车回纽约的条件是我把迄今为止所有的稿子带走给贝内特，并努力说服他把时间放宽到5月6日，让M再完成大约一百页。由贝内特周一给他打电话达成协议。一想到再过两个小时就能离开，我高兴极了，甚至能够虚伪地说我相信M能够做到。我当然不会建议着手处理我将带走的首批一百七十页书稿，因为我确信这段时间M不会再写二十页。

星期日，下午5点半

    我坐上火车了！对我来说，这事已经结束了，我没什么好自责的——哪怕在读完这些潦草的笔记之后。至少我还记下了从周二到周日发生的那些愚蠢而疯狂的事。有九十七页打印纸见证了那些在打字机前度过的时间！

[在纽约待了两天]

4月30日，星期二，下午3点

上午11点到达。玛德琳到费城北站接我。M醒着，正在等我。我们立刻着手分配剩下的章节，一条一条地列出大纲。下面是我们现在制订的计划，标出了每一章的页数和主笔人。

	主笔	页数	完成期限
第14章　众生之路	康明斯	25	周二晚上
第15章　丑闻学校	莫瑞尔	22	周二晚上
第16章　失落之弦	莫瑞尔	25	周三晚上
第17章　重现多样	康明斯	25	周三晚上
第18章　为时未晚	莫瑞尔和康明斯	17	周四晚上
第19章　母亲之女	莫瑞尔和康明斯	12	周五晚上
第20章　繁华落尽	莫瑞尔和康明斯	10	周六晚上
		136	

周日审稿

周日下午5点返程火车

赌咒发誓说会遵守进度表，听上去不错。走着看吧。不管怎样，我会按上述时间节点——周日下午5点——拿到稿子，或拿不到！

5月1日，星期三，凌晨1点

这该死的稿子似乎还有一线微弱的希望。从下午3点工作到五分钟之前——整整十个小时，我埋头写《众生之路》，完成了密密麻麻二十页打字稿，合计六千字，这是我多语症发作最厉害的一次。我只能希望读上去别太气势汹汹。然而，奇怪的是，这些文字很流畅，衔接也很自然，最重要的是——它们填满了空间！周六午夜之前还要完成两万六千字，这是个令人胆寒的数字！

M竟也写了几页《丑闻学校》，这让我的希望之火燃烧得更旺。就算他还落后于进度表，文字从我指尖倾泻的速度也足以补上他的缺口。

噩梦般的感觉渐渐消失了。或许长时间高度集中注意力使我的精神过于兴奋，我失眠了。我并不觉得累，尽管昨晚因为担心只睡了五个小时。好在十小时内写完六千字总算让我心安了些。

我仍然责怪自己笨嘴拙舌，未能解释清楚我在这项任务中的为难。除了必须完成这个项目，公司看不到也不会看到其他东西。我怎么能指望他们能够理解我的情绪状态？贝内特对我上周身处炼狱的记录并无兴趣，我又为什么会愚蠢到觉得伤心？不管怎样，那些都过去了。明晚之前再完成六千字，堡垒就被攻克了！精彩！疯子！

星期三，凌晨2点

没有用。我睡不着。精神过度兴奋，又抽了太多烟。恐惧、疑虑和胆怯能给一个人带来多么大的伤害啊！昨天，一切看上去还毫无希望。也许是因为我处在精神和身体崩溃的边缘。都是为了亲爱的老兰登！此刻，失眠的我看着纸上的六千字，感到信心满满：一定能在周日完成，然后赶快忘记这件事。我会自问为什么曾让自己陷入如此境地，接着一笑了之——希望如此。

星期三，凌晨 3 点

还是睡不着。失眠越来越严重。我必须当心。

星期三，上午 9 点

我终于睡着时应该已经凌晨 4 点了，但还是 7 点半起床。现在是 9 点钟，第十三章《众生之路》终于完成了。屋子里的其他人还没有起床。如果我今天能够干满十四个小时而不崩溃，我就能翻过山去。今天是关键的一天。让我们拭目以待。

星期三，中午

开始《重现多样》，写了一千五百字。刚刚上楼去看 M，发现他今天一个字没写，同一张纸还在打字机的同一个位置。他枯坐了一夜加今天一个上午，看我昨天写的内容，竟然还厚颜无耻地说没有达到我们的标准，不过也只能凑合了。我快气疯了，但我太累了，神经紧张和极度沮丧让我没有力气跟他争辩。不管他说什么还是做什么，到周日为止，我都必须每天挤出六千个词，然后带着稿子逃走。真希望我不要在打字机前睡着。

星期三，下午 4 点半

我中断了写作，去看看 M《丑闻学校》的进度。写得糟透了，而且文辞不通。整整十二页纸都是从乱七八糟的资料上胡抄的，但也只能用它了。我拿掉大多数废话，修改语病，这里那里调整一下语序，就此作罢。这是他的书，这是他十天之内写的第一堆东西。上帝啊，这件事多么讽刺！

星期三，晚上8点半

《重现多样》大概完成了三分之二。上床之前，我要努力从我疲惫的大脑中再挤几页出来。就算这样，我单今天写完的就比M从周日到此刻写的加起来都要多。然而他说："我现在觉得我能写完这本书了！"我上楼时，他正眼神空洞地盯着他的打字机，并为自己的白日梦被打断而表现出一点点尴尬。晚餐是同样可怕的沉默……是为了维持他是作家这个神话，我才要受这些折磨。太荒谬了。真实的、唯一的理由是不管怎样，在周日晚上完成任务，把稿子拿到兰登书屋，重新变得相对自由。只是一个需要完成的工作，而且，正如唐·克劳弗尔所言，它跟所谓是否诚信这样的问题毫无关系。不过，人的生命就是这样被浪费的。我，曾经也相信自己的神话！

星期三，午夜

完成了《重现多样》这一章，大约五千至五千五百个词。累坏了，但睡不着。M还在奋战他的第一章，忙着从收集的素材和其他书中东抄西抄。见鬼！没有时间顾虑太多了。按照进度表，他周二就应该完成这一章了。如今已经是周三夜里，他还只写了一半。我明天必须写完它。

今晚，他再次提到这本书更应该是我的，不是他的。我否认这个说法并不是出于虚伪的客气，而是无论多么狂野的想象力也不能把这种书归到我身上。这是惩罚，是判刑，是赎罪——是任何东西，但不是我的书。必须声明这一点。我今晚一定要睡着，否则我会垮掉的。打字机前度过十五个小时。多么可悲的生活！

5月2日，星期四，凌晨1点半

还是睡不着。喝了一剂安眠药水，但没用。我很冷静，却无法阻止心脏在胸腔狂跳，像没能足够用力的击球，只能以糟糕的角度返回。

M还在工作，仍然毫无进展。到底怎么回事？这些时间他都在干吗？屁股像被胶水粘在了凳子上，却什么也没写出来。

星期四，上午9点

昨晚睡着的时候一定已经3点了。如平日一样在7点半醒来。找不到M昨晚写的东西。显然，他把它藏起来了，为的是等他中午起床后再拿给我看并向我解释他为何落后进度这么多。如今唯一能做的就是一头扎进第十八章——《为时未晚》——否则我们就完了。我今天必须写五千字。感觉自己有些神经过敏，双手不自觉地颤抖。

星期四，上午11点

M 10点半起床，不好意思地承认他没有完成自己的份额。按照我们的计划，他本该周二晚上就写完的。今天已经周四了。幸运的是，我的进度是提前于计划好的，今天可以写《为时未晚》——本来这一章是周二安排给M，让他今晚之前完成的。我计划在今晚上床睡觉之前写完。此时我已经写了三页。我已经第四次写到莉莉结婚了。

星期四，下午2点半

不得不中断《为时未晚》的写作，来完成M的那章《丑闻学校》。好歹把那一章处理好了。现在他开始写《失落之弦》，按照计划，这一章应该是昨天就写完的。不过还好，我的进度是提前的。

顺便提一句，有意思的是，当我犹豫着用词时，他总是建议使用光彩夺目（effulgent）这个词。我数了数，足有十三次。不管语境是否合适，他总是想办法把这个词塞进去。还有"繁盛华美"（lush）这个词。不过后者只用了十次还是十一次。在稿件中，这两个词最后只出现了顶多一两次，我必须把这视为我在这几周的主要成就之一。

星期四，晚上6点

　　我已经失去愤怒的能力了。《为时未晚》写了三分之二以后，我上了楼，结果M冷静地告诉我："我想我对我这一章有了新思路。"也就是说，他今天一个字没写，而按照我们合理的规划，本该周三晚上就完成。甚至都还没有开始！看来只能由我自己明天来写。周二到这里的时候，我们定下七章的写作计划，他只完成了一章，还是在我的帮助之下，而我写了三章。剩下的三章中，我很可能不得不写两章。这样算下来，本周的工作，我五章，他两章，而且那两章还要我返工。我甚至都不生气了，只是累得要死，神经痛。

星期四，晚上9点半

　　终于要给《为时未晚》收尾了。还有个一两页就能结束了。M还没有开始写他那一章，不过他承诺会工作到明天凌晨4点钟。真要能那样的话就太好了。此刻，他说了一些让我崩溃的话，尽管我本应该预料到的。他读了我写的《重现多样》那一章，用铅笔做了些修改，比如把逗号改成连词，在表意本就明确的名词前加上限定语，等等。他所做的修改中，十个有八个是我要扔出去的。我说我一贯喜欢用标点来行使连接词的功能。他肯定并不明白我的话是什么意思，但仍表示他的修改是为了让这一章符合第一至第六章中他的风格！看来，他是已经说服自己相信，前六章是他一个人完成的了。下一周，就会是前十二章，一个月后，是全部的二十章。他的风格！上帝，他真的认为这是他的风格吗？或者这是我的风格吗？不过是为了完成任务的七万五千字，写完就可以离开这里了。其余什么都不是！

星期四，晚上 10 点半

　　刚刚写完《为时未晚》。希望今天能够睡着……

5 月 3 日，星期五，上午 9 点

　　服了两剂安眠药水，终于睡着了一会儿。醒来后从 M 留给我的纸条上得知他写了一整夜。不过，他还是没能写完本该在周三完成的那一章，而今天已经是周五了。也就是说，我们只有两天时间了。上帝啊，按照现在的速度，怎么可能按时完成呢？我没有办法再加速了。自周二以来，我已经写了三章，大概一万六千字。如果我今天能写四千字，我们就还有一线生机。

星期五，上午 10 点

　　刚刚读了 M 自周二以来写的内容——差不多一章半，全部需要重写。他写的全是三部戏剧的梗概，即《芭芭拉的财富》（*Barbara's Millions*）、《蝴蝶》（*The Butterfly*）和《野火》（*Wildfire*）。写得很差，全都是用来凑字数的。这个人毫无羞耻心。三天就写了这些鬼东西，正常人是不好意思拿给别人看的。不管怎样，我会尽力修改，并且完成一章。我无论如何要离开这里。我必须时刻牢记于心：最重要的就是周日之前写完这些章节。傲慢与情感，原则与尊严，都要屈从于一个目标：必须在周日带着完整的稿子离开。如果我能克制自己不歇斯底里地怒骂这里的一切，就等于战胜了自我。一定要周日带着稿子离开！脑袋"咚咚"地跳着疼，我的速度放慢了。不过，不管三七二十一，我也要写完今天该写的量。

星期五，下午 6 点

完成了 M 的《失落之弦》这一章。满腔怒火！我半天内写完了他从周二到今天的量。

星期五，晚上 10 点

毫无睡意。不舒服。仿佛喝醉了似的奇怪感觉，觉得要晕倒。膝盖发软，天旋地转。肯定是因为昨晚喝的安眠药水。唉，不管怎样，这一章是写完了。现在只剩两章，而且是篇幅较短的两章。医生嘱咐泡热水澡，又开了一些傻乎乎的神经药。是玛德琳不放心，叫来了医生。完全没必要。

5 月 4 日，星期六，上午 10 点

药有效。睡了十个小时。醒来时发现 M 还在打字机前坐着，写了不多不少正好三页，没有一个字看得懂。他之前向我郑重保证，他要写完第十九章——《母亲之女》的十五页交给我。按照计划，我们今天就应该全部完成，明天做最后的核改，可如今所有都已脱离预定轨道。为了收拾这个烂摊子，我执意让他上床睡觉，我来努力把第十九章凑出来。如果他能睡到晚上六点，别在我面前晃，我说不定可以做到。那么今晚，我们就能开写最后一章，不管刀山火海还是不靠谱的作者，也将计划贯彻到底。目前还有希望。要是我的脑袋没有"咚咚"地抽痛，要是我能把恶心反胃和心脏的不适感都吐出来，或许这件事还会更容易些。

星期六，下午 3 点

多日来第一次跟 M 一起散步。他突然受到良心的痛击，打算撕毁跟兰登书屋签订的合同，打算把一切告知贝内特，打算跟我平分版税，不想在书上署名。说自己是"庸才"，是个失败的、可鄙的人；从来就不是作家，也永远成不了作家，等等。听着这些话，我感到既窘迫又尴尬，只能无力地安慰他："如果咱们的位置对调，你也会这样帮我的。"闻此，他表示愿为我赴汤蹈火。这家伙正在受苦，不过我们已经看到了胜利的曙光。我的任务就是实事求是：还差二十四页没写，让我们把它完成吧。仅此而已。周日下午5点是不是永远都不会来了？

星期六，下午6点

　　刚刚完成了第十九章《母亲之女》，十三页，大约三千二百字。比我想象中要快。同样是因为未被打扰。M在楼上坐着——信不信由你——几个小时，打字机里的那张纸上有且只有这一行字：

大战给美国带来了许多变化。

　　除此之外，连一个多余的音节都没有。不过又有什么关系呢？还有一章，写完我就能回家了。

　　闲话一句，我想偶尔把我的羞耻和骄傲放进这稿子里，它好像未经我的手而自然生成。这里或那里，这该死的情绪好像自己有了生命。我试图解释道，把一份体面的冲动表现出来，总好过去压制它，何况还能凑字数。此刻我们已经写到了第289页。也就是说合计大约七万三千字。再有十二页就能拉下幕布。**谢天谢地**[1]。

---

[1]　原文为德语。

星期六，午夜

万岁！书写完了。最后一个字是在今晚11点25分写下的。完成了！五天之内三万两千字，平均每天六千五百字。我此生从来没有见过如此垂头丧气的作者。刚刚散步时，他一路都在哭，说这本书是属于我的，他是个失败者，他恨自己；他希望自己从来没有见过这本书，没有见过兰登书屋，没有见过我。他请求我允许他做一些表达上的修改。他哭着说自己失败了，写不出一个字。这是事实。

我现在最害怕的是以他如今这么不稳定的精神状态，会不会把手稿撕毁来发泄自己的失意。他把稿子拿回自己的房间去读了。我祈祷他今晚不要精神失常。我必须带着稿子离开这里！我快担心死了。

5月5日，星期天，早上6点15分

等了几个小时天才亮。凌晨3点钟时，M还醒着，一直在看稿子。他听到我辗转反侧睡不着，就提议给我拿一杯热牛奶。我们谈了一会儿。他为晚上早些时候对我说的话一再道歉，并补充道："这本书就像一个人写出来的。我不知道您是怎么做到的。我不该对您出言不逊。"说着，他再次落泪，又保证要跟我平分版税，还要把整件事告诉所有人。我说："忘记这件事吧。"这正是我应该做的……

星期天，早上8点半

手稿完好无损。M睡着了。一切平安。昨晚一分钟也没睡。回纽约再补觉吧。

星期天，上午11点

速记员来了，把昨天写好的最后二十四页打了出来。一等她完成，我就可以回家了。或许 3 点钟就可以走。

星期天，下午 3 点 12 分
　　终于坐上了火车。结束了。稿子在我的手提箱里。用书里的最后一句话来结束我的笔记吧：

**　　终场的幕布已经静悄悄地落下。**

　　完。

　　*后来，我又在这句话后面加了一段，因为有两位读者认为这个故事结束得太仓促了。

　　在现实中，幕布并没有静悄悄地落下。拉尔夫·汤普森（Ralph Thompson）在《纽约时报》的评论中说："莫瑞尔先生……似乎十分精准地刻画了莉莲，以致于不管她或者她母亲——如果她们还健在的话，都不会认同这种刻画。不过，我们其他人是应该对此表示赞赏的，无论我们是亲眼见过这位英语民谣歌手，还是最近在大银幕上看过爱丽丝·费伊（Alice Faye）饰演的形象。"《纽约时报》总结道，这位作者"技巧娴熟，带着'友好的恶意'，而且至少在生不逢时所以对那一时代知之甚少的人眼中，捕捉到了镀金时代的精髓"。斯图亚特·霍尔布鲁克（Stewart Holbrook）在《先驱论坛报》周日版上评论了这本书，结尾是："我十分喜欢这本书。它不仅是罗素小姐的故事，也是一个时代的故事，那个时代似乎跟特洛伊的海伦一样久远……而且书的形式也为迄今为止美国最有名的女性的故事增添了怀旧色彩。"刘易斯·甘尼特（Lewis Gannett）对此书的评价并没有这么热情洋溢，但他也指出书能够和电影同步上市非常了不起。比起其他评论人，他将更多的篇幅留给了《莉莲·罗素》。

莫瑞尔先生，萨克斯写道，"成为出版方举办的一次聚会上的贵宾。他温文尔雅，自信满满，却又表现出恰如其分的谦逊，简直就是好莱坞电影中完美的成功作家的形象。来参加聚会的一些人拿着书请他签名。我看着他写下自己的名字，转身走开，情不自禁地发出呻吟和抱怨，正如我把稿子拿到他床边时他的反应一样。"

第十章
萨克斯的另外四位作者

　　跟所有编辑一样，萨克斯同样也遭遇过职业挫折。挫折有很多种，在哥伦比亚大学教授莫里斯·瓦朗西（Maurice Valency）一事上，萨克斯是被兰登书屋的同事们投了反对票。以下是关于瓦朗西教授的《第三天堂》(*The Third Heaven*)一稿的审稿意见。在当时的1957年，萨克斯清楚这本书受众有限，时过境迁，放到今天也许就会顺利出版。

1957年6月10日

致：唐纳德·克劳弗尔
自：萨克斯·康明斯
主题：莫里斯·瓦朗西的《第三天堂》
　　这是很长时间以来我收到的最不商业化的稿件之一，也是在内容、风格和学术价值上最高的之一。它研究了抒情诗的形成阶段和人们爱情观的变迁，始于11世纪的行吟诗人，回溯了希腊、罗马和早期基督教诗人，以但丁的《新生》(*Vita Nuova*)形成全书的高潮。
　　作者将书名定为"第三天堂"，是暗指七艺中的第三艺"修辞"，根据但丁的《飨宴》(*Convivio*)，这是维纳斯的天堂。这部书稿智慧、幽默而透彻，描写了"最甜蜜的科学"所揭示的温柔情感，但此标题没能成功提示本书的主旨和精神。如果借鉴伊拉斯谟，把这本书命名为"爱之颂"(In Praise of Love)，将会准确得多且具启发性。它当然是一部历史，也是对普罗旺斯和意大利诗人不断变化的女性崇拜表达方式的批判性评价。

借助分析那些使女性成为她们的时代、她们的地域和她们的文化之象征的诗歌，作者有理有据地表现了爱情模式的变化，以及随之而来的女性角色的变化。在这一研究中，女性确实成为诗人对其社会和时代的记录的投射。她们被理想化、偶像化；她们是欲望的图像，既神圣又世俗。她们的吸引力既是物质的又是形而上的，提供了从对肉体现实的拥抱到对神圣事物的热情等一系列回报。

莫里斯·瓦朗西改编过《夏约官的疯女人》(*The Madwoman of Chaillot*)，在哥伦比亚大学教授比较文学。显然，对行吟诗人、但丁和彼特拉克的诗作的研究是他主要的学术兴趣，《第三天堂》则体现了他丰富的学识和一贯的批判洞察力。阅读他的书对于学者和少数非专业读者来说是一种享受，如果后者没有被文艺复兴时期的诗人所激发，如果他们对爱情这个主题感兴趣的话。这部书稿的价值是毋庸置疑的。

唯一要关心的问题是，我们是否愿意出版一部其主题远离话题性热点的真正的学术著作，它带给出版方的或许不是利润而是声望。

这必须在我们内部人员或外部专家进行二读或三读之后才能决定，由他们对我的热情进行肯定或否定。我确信，就算我们不出版这本书，别人也会出版它。我们是第一家看到稿件的。

最终，萨克斯不得不将坏消息告诉瓦朗西教授。

请务必相信我，我已经尽了全力去说服我的同事们出版《第三天堂》。我的审稿报告毫无保留地表达了我对这部著作的热情。在我看来，它的研究睿智而透彻，内容丰富，风格独特，有很高的学术价值和出版价值。

不幸的是，我的意见被否定了。公司认为，这样一个关于普罗旺斯和意大利抒情诗传统形成阶段的研究，对于市场来说似乎过于小众——当然，我并不这样认为。除了我，其他所有人似乎都认为您的这部作品应该更适合一家大学出版社。

我个人相信，它会给牛津大学出版社的图书目录增添光彩，所以我强烈建议您将稿件提交牛津。事实上，我愿意充当您的推荐人。

若有机会能跟您讨论一下您的著作，将是乐事一桩。并非我有任何值得您一听的建议，而是想告诉您它给我留下了多么深刻的印象，以及我有多么热情地想要把它推荐给所有人。您可以安排时间跟我见面吗？

不知可否对书名提个建议。直到第306页才提到"第三天堂"，也是直到那时，我们才知道，根据但丁的《飨宴》，那里是维纳斯的极乐之地。我突然想到可以借用伊拉斯谟来为这本书命名。您认为《爱之颂》怎么样？请考虑这个备选项。

语言难以表达我对公司的决定感到多么遗憾，这个挫折属于我们两人。

"迄今为止，我与编辑们并没有什么值得记住的交往，"瓦朗西教授回答道，"您改变了这一点。我感谢您，不仅是因为您表现出的巨大善意，也是因为这一提醒令我欣喜：这个万恶的世界上还有好人。"

下一封信从哥伦比亚寄到时，萨克斯还病着。

1957 年 11 月 22 日

纽约州纽约市

河岸街 410 号

亲爱的萨克斯·康明斯，

听到您的病情并非如我之前所担心的那样严重，我如释重负。当时您的秘书压低了声音，神秘地告诉我您病了，我真的担心坏了——不管您相信与否，我的担心远胜过收到来自牛津的坏消息。我想向您表示感谢，在无论如何应该只考虑自己的情况下，您却仍然体贴地给我来信。

牛津将稿件连同一封信一起寄回给我，信上只说审读者并没有全心全意地推荐这本书。显然，那些审读者在所有问题上都有分歧，但结论是一致的。有一位似乎认为这本书不适合作为普罗旺斯诗歌研究的入门书，并且反对其中的社会学和心理学意义分析。另一位明显想要更多的关于其阿拉伯背景的介绍。但这两位的意见在我看来都不是多么高明。

我之前就担心过克拉伦登 ① 会如此反应。这个领域的学者往往视野非常狭隘和专门化——这也正是我写作本书的原因之一。不过，这样的困难当然是可以预见的，我也早有心理准备。我又将稿件寄给了克瑙夫，我跟他的太太勉强算是相识。我对他们其实也不抱希望。我本应先征询您的意见，却不便在您身体抱恙之时贸然打扰。我想，下一步我会试试普林斯顿，或者麦克米伦。等您身体恢复之后，若是对此有任何建议，我将非常感激。我认为这本书还不错，而且相信能够看到它被出版。

---

① 克拉伦登（Clarendon）大厦是牛津大学出版社所在地。

与此同时，请尽快养好身体。您确实交到了一个忠实的朋友，他非常希望能够在不久的将来与您共度许多愉快的时光。

您诚挚的，

莫里斯·瓦朗西

　　萨克斯去世后，瓦朗西教授写信给我。"我与萨克斯的交往被他的健康状况所中断，因而过于短暂。但我会永远记得他。顺便说一句，《第三天堂》按照他的建议改名为《爱之颂》，最终由麦克米伦出版。不过，他把稿子寄给牛津带来了另一个结果：我调到牛津教书了。"

　　1939 年，一位新作者被介绍给我们，他叫沃尔特·凡蒂尔堡·克拉克（Walter Van Tilburg Clark），带着他的处女作《牛轭颈套事件》（*The OX-Bow Incident*）。这本书讲的是 1855 年西部某牛镇上的一场死刑，简洁有力，引人入胜，成为公认的经典。写第二部小说《颤叶之城》（*The City of Trembling Leaves*）时，他正在纽约州卡泽诺维亚的卡泽诺维亚中央学院英文和戏剧系教书。只要周末有空，他就会来我们纽约的住处，不受打扰地跟萨克斯一起工作。慢慢地，我们开始认识到他情感细腻，对音乐和其他艺术形式之美有敏锐的鉴赏力。

　　写完《猫的踪迹》（*The Track of the Cat*）和《众神警觉和其他故事》（*The Watchful Gods and Other Stories*）——后者包含有名的《孤鹰胡克》（"Hook，the Hawk"），他的创作暂时停滞了。萨克斯为此很担心，因为他觉得克拉克已经赢得了美国文学的一席之地。

　　1954 年，当克拉克来普林斯顿拜访我们时，他卸下了心中的负担。显然，他对良心和道德义务等问题深感忧虑。他告诉我们，他一页接着一页地写，最后却把它们全丢进了火炉。他担心他写的东西并未达到自己的文学理想。

　　如果说克拉克写作上的僵局源自他的高标准和自我怀疑，那么对学生的责任心无疑雪上加霜。在旧金山州立大学任教时，他曾经写信给萨克斯："我一直在写，第一段和第一章，但它们不断地死去，压力来自潜伏在旁的那个批判的自我，来自更正当的评阅学生习作的义务，以及必然的时间耗费和连续性中断。"接下来，他说教学和写作间的分割代价昂贵，但是值得。

关乎他已经出版的那些书，克拉克在1956年写给萨克斯的信中说，他认为《颤叶之城》在很多重要的方面都是"迄今为止最好的作品，尽管存在一些狭隘的弗洛伊德式误读和都市误解"。"关于《猫的踪迹》，"他接着写道，"我收到了更多询问，而且问的都是同一件事——有没有这本书的未删节版本？出于实际情况和个人原因，我现在相信我们当初推出删节版是个错误。我有相当把握，《猫》的平装全本的销售业绩至少应该跟《牛轭颈套事件》持平。"

萨克斯安排了《众神警觉》的重印，但如今只有《牛轭颈套事件》还在售，而且还能看得到改编自那部作品的电影。

1936年，当《红星照耀中国》投稿到兰登书屋时，萨克斯认识了埃德加·斯诺。埃德加对其在华经历的精彩记述令萨克斯如获至宝，他立刻联系了作者。

埃德加是第一个写作甚至是了解20世纪30年代中国共产主义运动的西方人。他赢得了毛泽东的信任，与他在中国的偏远山区一同生活了好几个月。他也和周恩来等人建立了亲密的友谊，给他们留下了永难忘怀的记忆。埃德加讲述了他在陕北漫步，来到了一个荒凉的村庄，在那里遇到了一支红军队伍，他们刚刚结束从中国南方到陕西的两万五千里长征。

随后的几部作品——《亚洲之战》(*The Battle for Asia*)、《我们的盟友》(*People on Our Side*)、《苏联权力模式》(*The Pattern of Soviet Power*)、《斯大林必须拥有和平》(*Stalin Must Have Peace*)，埃德加都

和萨克斯密切合作。他讲述了他与甘地、尼赫鲁、蒋介石、孙中山、伊本·沙特国王、罗斯福、丘吉尔、斯大林、杜鲁门，以及世界各地许许多多在"二战"中历尽磨难、做出巨大牺牲的普通人的对话。

早在1951年，埃德加就开始反思他的个人历史，回顾他在密苏里州堪萨斯城的少年时光，以及那些被漂泊的冲动支配的年月，正是那种冲动促使他来到中国、印度和俄罗斯。然而，或许是因为他想说的话太多，所以就连他这样经验丰富的记者也发现谈论自己是非常困难的。自传的初稿令萨克斯失望。一份备忘录显示了萨克斯已经在这本书中投入了多少精力。

> 我最担心的事情在埃德加·斯诺身上发生了。他比预定日期迟了很久才交稿，这暗示了他在写作中遇到的巨大困难，即对这本书的性质、自己的观点和记录自身经历的方法举棋不定。许久以前，经过多次催促，我终于看到了几个样章。它们缺乏组织性，松散而不严谨，令我感到失望。我做了很多标注，建议他做大的调整，然后把样章寄还给他。在大概一年前的一次午餐时，埃德加拿上了稿子，我们一起把标注理了一遍，他承诺进行修改，使书稿组织条理更清晰。那次之后，他消失了很长一段时间，其间我不断地递消息提醒他别忘了按时交稿，这样我们才能确认出版日期。最终，他给了我规模更大的一摊乱稿子。

萨克斯接下来记录了一些细节，比如斯诺自己显然对稿件也不满意，因为他保证"稍后提供缺失的部分"。作为编辑，也作为朋友，萨克斯很担心，因为"就算经过加工，出版这样的作品也会极大地损害斯诺的声誉"。

最后，两个人都清楚他们不得不进行长时间的共同修改。有段时间，埃德加经常在我家一待好几天，每天都紧张地投入工作。整本书的结构必须重新调整。萨克斯和埃德加逐行检查每一章，就连书名也需要斟酌。第一稿花了两年时间。距离萨克斯写下审稿报告过了四年，他才终于觉得可以出版了。最终，这本书以《通往起始的旅途》（*Journey to the Beginning*）的名字于 1958 年出版。埃德加心胸宽广，他对萨克斯心怀感激，并专门致信唐纳德·克劳弗尔，说如果没有萨克斯一如既往的帮助，他就不可能完成这本书。

与兰登书屋合并之前，罗伯特·哈斯和哈里森·史密斯公司（Robert Haas and Harrison Smith, Inc.）已经出版了伊萨克·迪内森（Isak Dinesen）的短篇小说。实际上，这是一位丹麦作家，她真实的身份是凯伦·布里克森男爵夫人。她成为兰登书屋的作者时，鲍勃·哈斯仍旧是她的出版人。1944 年，在男爵夫人的家乡被纳粹占领期间，一本名为《复仇的诸种方法》（*Ways of Retribution*）的小说被出版并广泛阅读，作者署名是皮埃尔·安德烈索尔（Pierre Andrézel）。对于德国审查者来说，这只是一部老派的小说，有些惊悚，但足够安全。这个故事具有迷惑性，一开始在充满魅力的美好氛围中展开，然后突然将读者投入一个恐惧而危险的世界。无疑，它的象征意义可以被解读为对希特勒在"二战"中释放出的邪恶力量的谴责。

早在 1946 年男爵夫人把她一部小说的翻译稿寄给哈斯时，她便坚持不得公开她的真实身份。鲍勃劝说她改变主意，但男爵夫人不为所动。"伊萨克·迪内森的名字，"他在信中说，"已经在美国有很高的知名度，如果我们可以用这个名字，我有百分之一百的把握，书的销量会大得多。"必须把这一点向男爵夫人说明，因为在战争期间，她与她的美国出版商之间几乎没有交流。事实上，《冬天的故事》（*Winter's Tales*）没有加上她在英国版中所做的最终修改便下印了。如今，跟萨克斯商量之后，鲍勃·哈斯又给作者写信商议此事，但后者不会轻易被说服。

亲爱的布里克森男爵夫人，

正如我最近写信告诉您的那样，翻译稿已经收到，我立刻就开始读了。与此同时，我也把稿件交给了我们出版社最好的审读者之一。我们二人非常喜欢这个故事，您营造了真实的简·奥斯汀的氛围，堪称杰作。事实上，直到彭哈洛一家死亡之前，我一直是紧张得难以落座的。不过，在您之前的一封信中，您要求我毫无保留地告诉您我对这本书的看法。为此，虽然有班门弄斧之嫌，我也只能坦率直言。在我看来，最后几章讲述了两个女孩的浪漫恋情并以圆满结局收尾是有些虎头蛇尾的。当然，我们俩的看法可能错得离谱，这一部分大概率是故意这样写的，用以服务于全书的结构。不过，我们认为，如果能够压缩这几章，不要过分强调那几个人物死亡之后发生了什么，书的整体性似乎会更好。我并不确定，只是指出这一点，或许我的意见毫无价值。若是您觉得这一建议有任何可取之处，我们将非常乐意进行相应的编辑工作。主要会是一些删减，所以您不必担心我们会笨手笨脚。

与上述相关的还有一点，那便是电影。在您写于1945年9月13日的信中，您自己提出，这本书或许有机会改编为电影。我完全同意。在我看来，它正是希区柯克这样的导演想要的那类故事。以我们的经验来看，如果按照上面我建议的进行修改，改编的机会将会大得多。不过，改与不改，归根到底是您而且只有您能决定的。

谈到对书稿的评价，我可以再次建议您考虑以真名出版，而不是皮埃尔·安德烈索尔吗？我之前提出过这个建议，如今旧事重提的唯一原因是我觉得您或许跟我们一样在乎书的销量。因为知道您的一贯立场，所以我是犹豫的，但我认为应该向您指出，如果您使用真名，这本书的销量可以翻倍。

我们已经通过信件沟通过书名，读过书之后，我想建议一个新的名字：无辜的复仇者（*The Innocent Avengers*）。在我看来，这个书名准确地描述了主要任务；与此同时，将这两个几乎不相容的词并列会让人产生兴趣。我真诚地希望您能喜欢这个名字。我认为它比现在的英文书名"天使复仇者"（*The Angelic Avengers*）略胜一筹。不知道为什么，我就是有一种很难用语言表述的强烈感觉："无辜"是个有趣的词但"天使"不是。您怎么看？

当查尔斯·罗宾斯（Charles Robbins）第一次跟我谈起这本书的时候，他说书里有许多没有摆在字面上的暗示。我自认为理解了他的意思——虽然不得不承认这种理解仍然有些模糊，所以我认为我们不应在广告或宣传中提及这些在我看来过于微妙的暗示。您同意吗？

男爵夫人很讲道理，但态度坚决。

感谢您 2 月 20 日来信问候。我已经做完手术，回到家中。我仍然感觉十分虚弱，恐怕这封信会写得混乱而不连贯，但我还是想立刻给您回信，希望您不管怎样，能看明白我想表达的意思。

看到您说喜欢这本书，我非常非常高兴，我希望我们能从中得到一些乐趣。

您觉得两个女孩的恋情和小说的大团圆结局有些虎头蛇尾，我得承认您是对的，但是我仍然想让结尾保留原样。我原本也没打算把这本书写成正统的犯罪小说，整个情节结束于发现或惩罚谋杀者。我更愿意将它看作"什么都有"的一个集成，糅合传奇、犯罪和田园诗。在我看来，彭哈洛先生登场前的长篇介绍确实需要他消失后的某种结论来加以平衡。所以综上考虑，我认为我们不必修改结局。

关于电影，我绝对乐见这部小说被改编为电影，也当然不想错过任何机会。不过，在我印象中，电影制作方在改编书籍时并不认为他们有责任一页一页地追随情节。如果有必要，他们轻易便可以缩减最后几章。我自然是不愿意砍掉彭斯洛一家死后的那些章节，但电影无疑可以将它们压缩为几个场景。

至于书中的"暗示"，我完全同意您的看法，即不必在任何广告活动中提及。它们是与书出版之时丹麦的情况联系在一起的，那时德国人的审查是最严酷的；与温斯顿·丘吉尔关于丹麦人的小玩笑也有关，他说我们是"黑帮的金丝雀"。或许可以在宣传中说一句，书是在当时的丹麦出版的。

在丹麦版中，我希望把佐辛的那句话（在英文的打印稿中是第120页，最后四行）放在书名页上："当人们被关在牢房里，甚至不被允许说自己是囚徒的时候，你们这些严肃的人不应该对他们如何选择其娱乐活动过于严厉。"但是我的出版商们就连这都不敢。如果您认为人们能够理解这句话，我希望能够把它放在美国版的书前页上。

现在，我要谈到您来信的重点，也是迄今为止对我最重要的一点，所以我今天才要强打精神给您写这封信。这就是我的匿名问题。我希望我能够更加强壮，因为我想要用我所有的力量来反对您！我也希望我的大脑能够更清醒一些，才能更好地表达我的观点。但就算二者都无法做到，我也相信自己能让您认识到，在这一点上，我的立场是绝不会动摇的。事实上，您提出的让我放弃"皮埃尔·安德烈索尔"这个名字的理由，恰恰正是我绝对不能以本名出版这部小说的原因。希望您会理解，您说我的名字在美国拥有市场号召力，我是十分高兴的。可是，越是这样，我越是需要谨慎地对待它，越感觉到自己的艺术责任，正所谓"位高更不负众望"。您告诉我，据您所知，我是唯一一位"迄今为止只写了三本书，本本都被'每月选书'俱乐部选中的作家"。我不想把我的名字作为作者，放在一本不可能被选中的书上（或者，不可能的事情发生了，"每月选书"俱乐部选中了这本书，我宁肯拒绝这一荣誉，收回书稿，也不愿意让它以这种方式跟我其他的书放在一起）。

在丹麦，我发现要想让我的出版商认同这一点是同样困难的，即我保持匿名，让"皮埃尔·安德烈索尔"这个名字继续存在。当别人没有立即领会，也就是说没有凭直觉领会时，要解释这件事是非常困难的。这并不是欺骗，而是面具！人们或许被允许猜测面具后面的真面目，但他们必须遵守游戏规则，永远不能用真名去称呼他。您大可以尽情暗示伊萨克·迪内森和皮埃尔·安德烈索尔之间的联系，但您一定不能松口说我承认了那个身份。您或许可以告诉读者，1944年，一本书以皮埃尔·安德烈索尔的名义在丹麦出版，引发了对其作者身份的长久讨论——我甚至可以提供一些剪报供您一乐——但我宁愿它不出版，也不愿意它以伊萨克·迪内森或凯伦·布里克森之名出版！国王、王子，有时也会有其他身份高贵的人，当他们旅行或想找点乐趣的时候，会隐瞒自己的身份，而他们周围的人会尊重这一点。

这本书最终以《天使复仇者》的书名出版，作者是皮埃尔·安德烈索尔。"每月选书"俱乐部选中了它，但男爵夫人的第一反应是拒绝。俱乐部保证书名页上的名字会是皮埃尔·安德烈索尔，她才通过电报同意授权。

十年之后的1956年8月，萨克斯在他的笔记本上写下："鲍勃·哈斯刚刚结束在欧洲的假期，他收集了伊萨克·迪内森的大量短篇小说，告诉我他打算从中编选两本集子。我的工作是在几天内将这堆杂乱的稿件理出头绪并提交审读报告。"以下是他接下来几天的日记：

1956 年 8 月 10 日

作为开始，我读了这些故事里最长的一篇：《女像柱》(*The Caryatides*)。这是一篇典型的迪内森作品，在她独特的哥特式背景下融合现实与巫术。以正统的标准来看，这不算一个好故事，但在调动情绪、营造悲剧氛围的层面上，它是不可模仿的。每个句子都扭曲、倒置、随意打标点，在语法学家那里永远不可能过关，整体效果却是令人震惊的。

1956 年 8 月 11 日

阳光灿烂，在户外看布里克森的手稿，将杂乱的稿件理出顺序。这些故事非常出色，就算其中有些故事主题陈旧。比如《红衣主教的第三个故事》(*The Cardinal's Third Story*)，在那个故事里，亚马孙女士终于吻到了圣彼得雕像的脚，但之前一个年轻人也这样做过并把梅毒螺旋体留在了那里。她感染了疾病。不过，迪内森就是有这种本事，能够营造悬浮于自然和超自然之间的氛围。情节的机变和哥特式风格使她成为最优秀的故事讲述者之一。她的故事之上盘亘着神秘感、不祥感和紧张感。她创造了气氛，也保持了气氛。

1956 年 8 月 12 日

回到露台，在阳光照耀下读完了剩下的故事——三篇，不在清单上。打完了审读报告，单倍行距，四页。

1956 年 8 月 13 日

在纽约，上交了迪内森故事的报告，这意味着接下来长时间的讨论。我们就后续事宜达成了一致。鲍勃·哈斯口述了写给男爵夫人的一封信。

一份好的审读报告必须包含细节，同时也要有对审读对象的整体印象。以下是萨克斯为伊萨克·迪内森的两部短篇小说集写的报告。

致：罗伯特·K.哈斯

自：萨克斯·康明斯

主题：伊萨克·迪内森的两部短篇小说集

　　暂定名《最后的故事》(*Last Tales*)的这部集子中的十一个故事，可以被分成三部分。一部分有其灵感来源，即小说《阿尔邦多卡尼》(*Albondocani*)，另外两个是描述性的："哥特故事"和"新冬天的故事"。篇目名如下：

来自小说《阿尔邦多卡尼》：

　　《红衣主教的第一个故事》(*The Cardinal's First Tale*)

　　《斗篷》(*The Cloak*)

　　《夜行》(*Night-Walk*)

　　《隐秘的思绪和天堂》(*Of Secret Thoughts and of Heaven*)

　　《红衣主教的第三个故事》

　　《白页》(*The Blank Page*)

　　《两位老绅士的故事》(*Tales of Two Old Gentlemen*)

哥特故事：

　　《女像柱》

　　《回声》(*Echoes*)

新冬天的故事：

　　《乡村故事》(*A Country Tale*)

　　《哥本哈根一季》(*Copenhagen Season*)

　　《哥本哈根夜谈》(*Converse at Night in Copenhagen*)

在这十一—^①个故事里，我们目前手头有六篇：

《红衣主教的第一个故事》

《红衣主教的第三个故事》

《白页》

《女像柱》

《乡村故事》

《哥本哈根夜谈》

也就是说，还有以下篇目需要找布里克森男爵夫人要：

《斗篷》

《夜行》

《隐秘的思绪和天堂》

《回声》

《哥本哈根一季》

手边现有的这些篇目，字数合计约为六万。假设缺失的五篇体量差不多，整部集子的总字数将在九万和十万之间。稍后将在此报告中分析现有篇目。

第二份手稿，名为《命运逸事》（*Anecdotes of Destiny*），应有七个短篇，我们现在有三篇。

我们手头的《命运逸事》的三篇字数合计约为两万。如果计划这本书跟我们以前为男爵夫人出版的其他书差不多厚度，剩下的四个故事篇幅应该稍微长一些。理想的总字数是八万到九万。现在看来，《最后的故事》是没有问题的，但《命运逸事》可能只有一半篇幅或稍微多一些。

这些故事本身，在某些限定条件下，真是棒极了。它们部分

---

① 上文罗列了 12 个故事，原文如此，疑为作者笔误；结合下文，《两位老绅士的故事》应该是多余的。

真实，部分神秘，但总是引人入胜；这份气氛来自独创性的思想和高超娴熟的写作技巧。这些故事大部分是童话，或者更确切地说，是寓言，讲述口吻忧郁而真诚，故事中弥漫着挥之不去的悲剧感。

《红衣主教的第一个故事》是一篇杰作，读者直到故事快结束时才知道红衣主教是双胞胎中的哪一个，因为他既是艺术家也是神父。他为那位毫无悔过之心的女士讲述的故事既是他自己的经历，也带着似乎是普遍人性的模糊感。他将"故事"称作一种艺术形式，同时也是生命的象征，这种写法非常高超。就像她所有其他的故事，迪内森在这个故事里同样保持了在自然和超自然之间的微妙平衡，但她不会做任何事情来干扰在故事展开过程中营造的氛围。（您就第11页上三天内召唤赞助人的写法提出了反对意见，我建议我们可以这样处理：删去"三天内"这三个字。那么这段话就变成了：为了证明他金口玉言的价值，他将儿子们的洗礼安排在教堂进行。长子被命名为阿塔纳西奥）

关于《红衣主教的第三个故事》，在此我要提出我的第一份保留意见。不过，若论这个故事的悲剧结局，它比起其他故事还算好的。布里克森男爵夫人最初精彩地刻画了一个完全无法被征服的女性形象，她身材高大，意志坚定，从不轻信，但后面，特别是与谦卑的神父相遇后，故事便开始变得平庸。最后，亚马孙女士芙罗拉在亲吻圣徒石像的脚部之后感染梅毒，因为在她之前有一个农民用嘴唇也触碰过那里。这个情节令人感到难以置信，不只如此，我认为它内含的某种暗示并非作者本意，即芙罗拉因为不信仰上帝而遭到了惩罚。这与整个故事的格调不符，与芙罗拉女士不符，甚至与杰科波神父温柔的劝道也不符合。故事的开头和中部都令人信服，结尾却老套平庸，毫无说服力，更糟糕的是，还会误导读者。

《白页》是一块被精细打磨的珍宝。这个微型故事洞察敏锐，充满想象力，叙事技巧也十分高超。挂在公主大殿里的那张用最纯净的亚麻制成的未受污染的新娘床单，比起它旁边那些镶嵌在画框里、被鲜血和精液玷污的床单，更能说明葡萄牙处女王后的悲惨生活。（我正在研究您提出的关于亚麻是否由加尔默罗修女编织的问题）

《女像柱》是一个混合了现实与巫术的神秘故事，没有任何确切的结局感。然而它捕捉了一种怪异的氛围，而且故事中的人就像女像柱一样坚实、冰冷而真实。难怪布里克森男爵夫人给这个故事加了副标题："一个未完成的哥特故事"。它悬而未决，的确未完成。我好奇男爵夫人是否打算给它增加一些内容。

《乡村故事》。凭借讲故事的神奇天赋，伊萨克·迪内森能够复活最古老的故事——皇室换子，使其具有新意和活力。在这种情况下，松散的线头没有整齐地捆在一起似乎并不重要；故事的线索——乌尔里克、她的母亲、罗恩的命运，或者主人公的不明身世，全都散开，悬而未决。读者始终无法确认该相信奶妈和老仆中的哪一个，因为这两个女人的话是互相矛盾的。不过这无关紧要；那种怪异的、引人入胜的效果已经实现了，其中充满了对幸存者和被宣判者厄运将至的预感，一切都是因为伟大的故事讲述者施下了咒语。迪内森可以将古老的语言与现代的风格相结合，产生往日重现之感和一种冷峻的魅力。

《哥本哈根夜谈》尽管技艺精湛，却终究是一个可疑的故事，其主人公是一位愚蠢放荡的年轻国王和一名巧言令色的诗人。这个故事充满浮华辞藻（诗人的言谈），但它在某些时刻实现了某种疯狂的高贵感，特别是回答人生目的的那三个答案。故事中有讽刺，却不像作者认为的那样尖锐。全体角色包括国王、诗人和身为作者发言人的妓女（尽管妓女一直保持沉默），这个组合可以具有强烈的道德意味，作者也没有错过机会。不管怎么说，这个故事总体上质量是过得去的，我只希望作者当初写它的时候能够更仔细一些。

以上便是我们现有的《最后的故事》六篇的评论。

《命运逸事》中第一个故事《采珠人》（*The Diver*），是一则包含了两个互不相容元素的寓言：一个是放置在奇异的新背景之下的伊卡洛斯的古老故事；另一个是采珠人的故事，他从海洋中的鱼儿那里得到了智慧。尽管这场以虚构形式呈现的道德说教的两个组成部分是如此不可调和、联系松散（隐约暗示采珠人即索福[Saufe]），这个故事对读者来说仍有足够的吸引力，因为就算不是她最优秀的作品，它也带有鲜明的迪内森的特征。建议：把这个故事的名字改为"密罗·伽玛"（Mira Jama）。这是故事讲述者的名字，也就是那位寻求故事意义的艺术家。而且，"密罗·伽玛"听上去很好听，也能吸引注意力。

在我们现有的这个集子的三篇中，《芭贝特的盛宴》（*Babette's Feast*）是最好的。它生动地描写了两个古板而冷酷的老处女与一名仆人之间的契约，后者是法国流亡贵族，也是一位真正的艺术家。芭贝特准备的那餐饭代表了她的最高成就，她为之付出了自己的所有。如果说对那姐妹俩的刻画像是彩色浮雕，勒文海姆将军则是全彩画，但只有对芭贝特的描写是最细致入微的。书中的一句话包含着令人难以忘记的寓意："全世界响彻从艺术家心中发出的长长的呐喊：'给我自由，让我竭尽全力。'"

《戒指》（*The Ring*）有一个虚构作品中的老套主题：年轻女子从幻想到现实的觉醒。一位年轻的新娘遇到了一个偷羊贼，但对方的困苦让她心生怜悯，所以没有告发他。故事很短，叙述也很简单，其情节属于几近被遗忘的古老浪漫文学，唯有迪内森的写法使其免于平庸。

除了上述故事，我们还有以下三篇，即《幽灵骏马》(*The Ghost-Horses*)、《钟》(*The Bells*) 和《塞内加叔叔》(*Uncle Seneca*)。它们未被包含在布里克森男爵夫人提供的目录里。

　　《幽灵骏马》是一则古怪的寓言，讲了一个生病的孩子被想象力所治愈。故事暗示，生命的力量取决于想象而非现实中的药品。诺妮，那个生病的孩子，之所以能够复原，是因为一位艺术家唤醒了她的想象力，带她回到有幽灵骏马和阿拉丁宝藏的魔法世界。这是一个细节充沛、想象力丰富的故事，但给人尚未完成之感。请注意我在第1、22和23页上提出的关于时间断裂的疑问（共七千字）。

　　《钟》算不上一个成功的故事。被盗的财宝被熔化，先后铸成钟和大炮，最后又重新铸成钟。这段演变史并不让人感到有象征意味，反而像一场闹剧。故事隐约呼应了威廉·福克纳笔下斯诺普斯家族的崛起和杰普森-萨克斯-萨斯的衰落，但未见深刻，也并不有趣。不见得要把这个故事收录进来，迪内森可能也是这么打算的，因为她根本就没把它放进目录里。不过，我们还是应该跟她确认一下未列入目录的三篇到底如何处理（共四千字）。

　　《塞内加叔叔》的情节出人意料，很难想象性格温和的塞内加叔叔竟然是剪刀手爱德华之类的人物。最讽刺的是，他死时将自己所有的钱都留给了贫穷的梅尔波梅妮，而阿尔伯特则生活在了塞内加叔叔可怕过往暴露后的阴影中。尽管这个故事令人感到难以置信，但它的神秘感和矛盾冲突仍然带有迪内森作品特有的魅力。

　　我留意你在黄页上记录了这三个未列入目录的故事的梗概，这是大约六年前收到它们时做的笔记。我还注意到了一个名为

《胖子》（*The Fat Man*）的故事大意，但我们手头并没有这个故事。其他的都能找得到。这三个故事最初都是计划收入《命运逸事》的，但在最新的目录中没有被提及。您写信给布里克森男爵夫人时，请问一下她打算如何处理它们。

由此到了出版的问题，以及这两部集子问世的顺序。《最后的故事》暗示了它是某种终曲，这样的话我们就要先把《命运逸事》提上日程。如果布里克森男爵夫人可以提供缺失的几篇故事，我们就可以在 1957 年秋天出版这部集子。

鲍勃·哈斯在信中只问了凯伦·布里克森打算把哪些故事收入集子，没有转述他们对这些故事的保留意见。

1956 年 8 月 13 日

亲爱的布里克森男爵夫人，

我刚刚回到办公室，终于第一次有机会仔细审阅您将出版的两部集子的材料并尽力理清头绪。

我推测您应该是想我们先出版《命运逸事》，然后在一段合理的间隔之后，再出版《最后的故事》。我认为这是一个不错的规划，不过，当然了，如果您有其他想法，我也愿闻其详。

下面我跟您核对一下《命运逸事》的选篇。您最近给我的清单里包括七个故事：

《采珠人》

《芭贝特的盛宴》

《暴风雨》（*Tempests*）

《不道德的故事》（*The Immortal Story*）

《埃伦加德》（*Ehrengard*）

《忠诚的情人》（*The Loyal Mistress*）

《戒指》

在这七篇中，我们有三篇：《采珠人》《芭贝特的盛宴》和《戒指》。也就是说，缺失的四篇是：

《暴风雨》

《不道德的故事》

《埃伦加德》

《忠诚的情人》

除了上述提到的，我们还于三年前收到了其他几篇。按照我的理解，您是打算把它们收入《命运逸事》的。这三篇的标题是：

《幽灵骏马》

《钟》

《塞内加叔叔》

我这里还有另一个故事《胖子》的记录，不过我们手头没有这个故事，因为我按照您的要求，于1951年10月8日把它寄还给您了。我想知道您对于这最后三个故事（如果要收录《胖子》的话，就是四个）的计划。

现在我们来看《最后的故事》。按照我的理解，这就是整本书的名字，我猜测（如果我说错了请纠正）您已经放弃了单独出版《阿尔邦多卡尼》，而且用于《女像柱》和《回声》的"哥特故事"只是描述性的，正如适用于《乡村故事》《哥本哈根一季》和《哥本哈根夜谈》的"新冬天的故事"一样。

在您为《最后的故事》列出的清单中，我们现在有六篇。它们是：

《红衣主教的第一个故事》

《红衣主教的第三个故事》

《白页》

《女像柱》

《乡村故事》

《哥本哈根夜谈》

也就是说，我们还缺：

《斗篷》

《夜行》

《隐秘的思绪和天堂》

《回声》

《哥本哈根一季》

如果您现在就能明确什么时候给我们这两部集子缺失的故事，我将十分感激。同时，我也非常希望能够知道哪些故事已经在杂志上发表过，或是与杂志签了刊发合同，以及具体关涉的杂志名称。之所以问这个问题，是因为《大西洋月刊》有兴趣在1956年11月的百年特刊上登载您未在杂志上发表或未以书籍形式出版过的一些作品。为了能够跟他们接洽此事，我必须先了解杂志上的发表情况。

在我从佛蒙特给您写信之时，多萝西·坎菲尔德（Dorothy Canfield）已经让人把您的五个新故事读给她听了——事实上，我很愉快地承担了为她朗读《红衣主教的第一个故事》和《白页》的任务。我知道她要写信给您，不过与此同时，如果您还没有收到她的来信，我想您会愿意听到她对您作品的评价。在她看来，您的创作比以往任何时候都更加卓越和有力。我完全同意她的观点，相信您能想象这让我有多么高兴。

希望我信中提出的问题不会给您造成负担。盼望尽快收到您的回信。不过说实话，我更盼望收到新的故事。不管何时收到您的作品，我都知道有一份难忘的阅读体验摆在我的眼前，而且这是一种难得的特权。

相信您的健康状况会持续改善，并最诚挚地祝福您。

1956年9月25日，男爵夫人回信了。

非常抱歉，直到今天，我才有力气回复您8月13日充满善意的来信……

关于我两本新书的出版顺序，您说您认为先出《命运逸事》，合理的时间间隔之后再出版《最后的故事》，这是一个好的计划。我自己原本是打算在同一天出版这两本书的！如果这个要求会给出版方造成任何困难，我也愿意让步。不过，我仍然希望两本书之间隔得越短越好。还有，我希望能够先出《最后的故事》。我希望您能够理解我的想法：在长时间的沉寂之后，我不愿意以《命运逸事》重新出现在读者的视野中。并不是我真的认为它的文学品质不如《最后的故事》，而是它仿佛是用另一种乐器演奏的，相较于后者而言分量便没有那么重。

关于《命运逸事》的篇目，它将包含您在信中列举的七个故事。您在信中说，您已经有了《采珠人》《芭贝特的盛宴》和《戒指》，还缺四篇：《暴风雨》《不道德的故事》《埃伦加德》和《忠诚的情人》。在这四篇中，《暴风雨》是用丹麦语写的，我必须将其改写为英语；《不道德的故事》您已经读过了，还在1953年4月30日的信中提起过它；《埃伦加德》已经写完了，打字完成后我就把它寄给您；《忠诚的情人》还没写，不过这是一个很短的故事，我已经在脑中构思完毕，很快就能写完。

至于另外三篇，即《幽灵骏马》《钟》和《塞内加叔叔》，还有一篇《胖子》，正如您信中所写，我起初是打算把它们收入《命运逸事》的。但我并不是特别喜欢这几篇，所以后来改变了主意，决定把它们拿掉。也许您最好把这几篇的手稿寄还给我。

现在我们来看《最后的故事》。我其实并没有放弃单独出版《阿尔邦多卡尼》的想法，事实正好相反，我希望能够在我死之前完成这部小说的创作。不过，如果真的能够完成，这将是一本大部头。去年一整年，我都感觉自己时日无多，所以把它放在一边，下定决心将已完成的章节收入《最后的故事》。我认为，就算最后能够完成，先期发表几章也不会对整部小说造成伤害，因为这部小说按照预想是要包含一百个这样的章节的。您信中说没有《阿尔邦多卡尼》的三章——《斗篷》《夜行》和《隐秘的思绪和天堂》，但事实上您已经收到它们并在 1955 年 5 月 23 日的信中跟我提起过。如果您现在手头没有，我会再寄给您。关于将在《最后的故事》中以"新哥特故事"之名出现的两个故事，您很久之前就收到《女像柱》了；至于《回声》——"新哥特故事"的第二篇，我最近一直在写，要不是那不幸的税务问题，现在就已经写完了。不管怎样，我希望能够短期内把它完成寄给您。《哥本哈根一季》完成了一部分，写完《回声》后，我会继续写这一篇。

　　或许，我会把另一篇——《两位老绅士的故事》放入"阿尔邦多卡尼"板块。这个故事已经写完了，但我还没有拿定主意（或许它太荒谬了！）

　　您信中提到，您希望知道大概什么时候能够收到两本书缺失的篇目。我自己也非常希望能够完成这两本书，尽管我还须时常卧床，但我已经开始努力写作，并且很高兴地发现自己往日的气力恢复了一些——我想，一切进展顺利……

　　至于《大西洋月刊》，我对于他们的问询深感荣幸，也乐见我的一篇故事发表在 1957 年 11 月的百年特刊上。不过，您必须理解，在现在的状况下，我实在没有办法与他们见面……

龙斯泰兹

亲爱的哈斯先生,

我今天把《两位老绅士的故事》寄给您,它将作为小说《阿尔邦多卡尼》的一章被收入《最后的故事》……

这个月底,我会把《最后的故事》的另一篇《回声》寄给您。

您会发现《两位老绅士的故事》很荒谬,它确实如此。但它放入《阿尔邦多卡尼》的目的正是为了让读者看到,整部小说并不都是伤感和庄重的……

《最后的故事》终于在 1957 年出版,不过萨克斯的麻烦还没有结束。男爵夫人写信给鲍勃·哈斯:

我很惊讶,竟然从《女士家庭杂志》的古尔德夫妇那里收到了一册《最后的故事》。这是在书出版很久之前,就连我自己都还没有样书。

我不得不十分遗憾地说,书里有很多错误,而且是那种如果我能提前看到就一定会改正的错误。在我看来,它们误导了读者并对整本书造成了可悲的伤害。

首先,我没有找到我附在信中寄给您的目录,我确信您是收到了的。没有"来自小说《阿尔邦多卡尼》""新哥特故事"和"新冬天的故事"这几个标题,读者就无法获得对这本书主要板块的整体印象,这些故事要传达的思想也会流失许多。在我看来,任何稍有文学素养的人都会清楚地看出,七个"阿尔邦多卡尼"故事是一类,不管风格还是主旨都与两个"哥特故事"和三个"冬天的故事"相去甚远。现在所有板块无隔断地连在一起,严重损害了书的结构。

同时，护封勒口上的故事梗概令我非常不满意。有一篇故事的标题甚至印错了：《隐秘的思绪和天堂》(*Of Secret Thoughts and of Heaven*) 印成了《七个思绪和天堂》(*Of Seven Thoughts and of Heaven*)。而且大多数梗概要么是误导性的，要么会直接暴露故事的悬念。

　　为什么要提前说出《红衣主教的第一个故事》里两个双胞胎中的一人死了呢？《夜行》的概括——"关于寻找救赎，以及找到它的古怪路径"，这根本就不像是读过这个故事的人写出来的。《两位老绅士》也是这样——"关于有时可以成功阻止不忠的策略，但大多数时候都会失败"。《红衣主教的第三个故事》——"关于一位极度蔑视天地但为其怀疑论付出沉重代价的女巨人"，以及《白页》——"关于一块象征贞洁的雪白帆布"，它们都既粗俗又乏味。根据勒口上的概要，《女像柱》讲的是一段秘密婚姻，但故事里根本就没有这回事。《乡村故事》的概要说孩子们是互换了身份的，直接揭示了艾特尔和罗恩核心对话的悬念，并将作者努力想要达到的开放性破坏殆尽。这个故事的概要是让我最为不满的。《哥本哈根一季》的概要则没有按我希望的那样明确点出故事发生的时间，即 1870 年。

　　书中还有很多引号使用上的不一致。在《红衣主教的第一个故事》中，主干部分把引号全部删除了，我认为这样做是对的。不过，在《红衣主教的第三个故事》中，引号在每一段段首都出现了。我觉得你们应该就此征询我的意见，以判读是不是原稿中就存在前后不一的现象。

　　我感到非常遗憾，如果你们能够将内文清样和封面打样寄给我核对的话，上面提到的大多数错误都是能够避免的。如今我们已无能为力，只能等待重印。到那时，请务必改正目录。同时，我也希望能由我自己来写封面上的故事梗概。

请务必理解，我对如此严重的失误深感失望，它给这样一本耗费了我许多心力和时间的书带来了巨大的伤害。我第一次感到兰登书屋辜负了我。我希望兰登对此能有一个解释，也相信您会跟进此事，以视是否有可能的补救措施。我希望尽管有这些错误，读者仍然能够自己发现这本书的思想和意义所在。

除此之外，男爵夫人再次写信并发来一封电报。鲍勃·哈斯对此事表示歉意，但他解释道，绝非因为疏漏才去掉目录上的次级标题。

1957 年 10 月 28 日

亲爱的布里克森男爵夫人，

我刚刚收到您的电报和两封信，语言难以表达它们让我有多么不安，因为如今我们确实来不及对这一版做任何改动。出版日期是 11 月 4 日，所有的书——总共近 1 万册——已经摆在了书店里。

我感到尤其抱歉，您所说的"错误"给您带来了那么多痛苦，因为我无法相信，您对于它们重要性的评估与围绕着这本书的出版工作有任何关系。

我必须告诉您，这本书是由一直编辑您作品的那位编辑负责的，没人比他更尊重它。多年来，他满怀热爱、兢兢业业地审阅与编辑这些稿件，如果真像现在看来的这样，他不幸地犯了错误，我相信也没有人比他更难过。

虽然不知道我的意见有多少分量，但我仍然要说，在我看来，如果目录中带有次级标题，会给阅读造成一定程度的困扰。我们一致认为这些标题只是供编辑人员用来理清编排逻辑的。您难道不认为"来自小说《阿尔邦多卡尼》"可能会让读者完全摸不着头脑吗？因为这样一部小说根本不存在啊。不用说您也能明白，我并不是要跟您争论什么。我只是想告诉您这件事对我们的触动，并向您保证，我们的工作跟您自己过去一贯的评价是一致的——始终对您的作品怀着最大的诚意和善念。

关于印刷错误，我必须向您道歉。这种错误确实时有发生，但这不是借口。

我只能希望您不要太担心这些事情。要是这么说能让您稍微释怀，我想说它们根本就不会被注意到！请务必为这些故事写概要，然后寄给我，好吗？相信我，我们将十分乐意使用它们并在重印时完成所有修改。

不管怎样，重印时还是加上了那些次级标题。护封（故事梗概）也更新了——在哈斯改正了男爵夫人的错误之后。

第十一章
威廉·福克纳和诺贝尔文学奖

1927年，萨克斯与劳埃德·科莱曼合著的《简明心理学》出版后，出版方往萨克斯的家里寄了一包书。当时萨克斯与父母同住，包裹寄到时，他们决定好好庆祝一下，迫不及待地等着萨克斯回家。傍晚，萨克斯回家后，在父母自豪的注视下打开了包裹，发现里面是六本名为《蚊子》的小说，作者的名字他以前并不知晓。这是萨克斯第一次接触威廉·福克纳的作品。

到30年代中期，福克纳已经创作了包括《喧嚣与愤怒》《我弥留之际》《圣殿》和《八月之光》在内的多部作品。1936年，福克纳把《押沙龙！押沙龙！》的手稿拿到兰登书屋，从那时起到1958年萨克斯去世，他们二人一直保持着密切的合作。萨克斯承担了以下几部作品的工作：《押沙龙！押沙龙！》（1936）、《不可战胜》（1938）、《野棕榈》（1939）、《小村》（1940）、《〈去吧，摩西〉和其他故事》（1942）、《〈献给爱米丽的一朵玫瑰花〉和其他故事》（1945，萨克斯为这本书写了序）、《尘埃侵入者》（1948）、《骑士的开局》（1949），《威廉·福克纳故事选集》（1950）、《修女的安魂曲》（1951）、《福克纳导读》（1954）、《寓言》（1954）、《裒林》（1955）、《小镇》（1957）。去世之前，萨克斯正在编辑《大宅》。

《故事选集》是福克纳出版的第三部短篇集，是由萨克斯和唐纳德·克劳弗尔共同策划的。起初，比尔拒绝了，但后来，他写信给萨克斯："关于选集，您和唐是对的，错的是我；我是说，关于出版这样一部集子的时间和地点。比错误更甚：我是愚蠢。我似乎没有理解'选集'的含义。它很好；若干年之后，十几二十年之后，它会看上去相当不错。我已经忘记了它的许多妙处；整个晚上，我都在笑话自己的顽固。"

1950 年 8 月，故事集印好，比尔正在密西西比州的牛津镇打理他的农场。深秋的一个傍晚，萨克斯推开我们纽约寓所的门，说："今天真是不同寻常！我被记者包围了。据说比尔·福克纳会得诺贝尔奖。"10 点 20 分，电话铃响了，是从牛津镇打来的长途。

以下重述了萨克斯在通话即将结束时说的话："是的，艾斯黛拉，真是太棒了！您是从华盛顿的瑞典大使馆得到的消息？什么问题？比尔没有正装？哦，这根本不算什么问题。如果他在牛津镇买不到，可以来纽约的路上在孟菲斯买。我跟您确认一下，他不想买，而是想租一套？"沉默片刻——比尔接听了电话，告诉萨克斯他第二天早上给他打电话。

唐·克劳弗尔后来告诉了我第二天发生的事："比尔打电话来时，我正好在萨克斯的办公室。为了参加诺贝尔颁奖礼，他请萨克斯为他租全套正装和一顶缎面礼帽。在萨克斯的要求下，比尔提供了自己的尺寸——臂围、袖长、腰围、内侧裤长、外侧裤长、头围和颈围。"

萨克斯去了布鲁克斯兄弟，结果被告知那里不出租服装。不过，店员向他推荐了一家店，可以提供小礼服、常礼服、燕尾服、缎面礼帽以及其他必要配饰。于是萨克斯去了那家名为"第五大道正装店"的公司，一名和气的小个子店员接待了他。萨克斯说明来意并提供了尺寸之后，店员说："我们刚好有适合您朋友的衣服，是一套墨蓝色的西装。""不，不，"萨克斯表示反对，"我想要一套黑色的。""您没明白我的意思，"店员说，"黑色也分灰黑、棕黑等好几种，但墨蓝是最棒的。"只看了一眼,萨克斯就明白他的推荐是对的。

接下来,萨克斯提供了礼帽和白衬衫的尺码。全套行头要在萨克斯电话通知店家之后第一时间送到兰登书屋。同时,他还要求届时请一名可以修改尺寸的店员去送货,以备比尔试穿后有任何不合身之处。

萨克斯离开前,店员说:"请告诉您的朋友,他一定会满意这套衣服的,因为斯佩尔曼红衣主教的侄子上个月就是穿着它去罗马觐见教宗的。"

同兰登书屋的所有人一样,萨克斯同样翘首盼望比尔的到来。同样迫不及待的还有比尔的几位酒友,不过这一次他们被萨克斯拦住了。"你干吗,康明斯?"他们抗议道,"这可是庆祝的时刻!""没错,没错,"萨克斯说,"我明白,不过你们这次只能暂且忍耐,因为比尔必须保持最佳状态。"

比尔面临的第一个任务是写诺贝尔获奖发言,后来证明那篇致词简短而雄辩地呼吁了"爱、荣誉、怜悯、骄傲、同情和牺牲"的价值观。印好之后,比尔将第一本送给了萨克斯。

比尔出发去斯德哥尔摩的时间临近了。衣服已经试好。唐纳德·克劳弗尔告诉了我接下来的故事:"那套衣服对比尔来说还是挺合身的。可是,等他结束那辉煌的旅程返回后,他告诉萨克斯和我,他注意到国王裤子上有两道缎带装饰,而他自己只有一道。在萨克斯的提议下,贝内特和我将比尔在颁奖典礼上穿着的礼服买下来送给了他。在此之前,萨克斯找人在裤子上另加了一道缎带。"

到达瑞典之后,比尔和他的女儿吉尔被车接到斯德哥尔摩大酒店。庆祝活动期间,新获奖者和以往的众多获奖者在那里下榻。颁奖之后的两天里,酒店里举行了向新获奖者致意的一系列派对和宴会。然后,比尔父女二人飞往巴黎短途旅行,之后回到牛津镇的家中过圣诞。

第二年,也就是 1951 年,比尔获得另一项殊荣——荣誉军团勋章(Légion d'honneur)。颁奖仪式由法国领事馆于 10 月 26 日在新奥尔良举行。获奖信息到达时，比尔就在萨克斯的办公室。他找萨克斯借了一个记事本，坐下来，用法语写了一篇简短的受奖词。后来，他在这张手稿的顶部写上"赠萨克斯·康明斯"，把它留给萨克斯保存。

威廉·福克纳接受荣誉军团勋章的受奖词，左上角写着给萨克斯的题献

在比尔获得诺贝尔奖很久之前，他就跟萨克斯讨论过创作戏剧的想法。无疑，这对他来说是全新的尝试。讨论主题时，比尔说他打算围绕着坦普尔·德雷克（Temple Drake）展开，这是《圣殿》里的核心角色。在那本书的结尾，比尔让她置身巴黎的卢森堡公园，与她的父亲德雷克法官坐在一起，在那"灰色的一天，灰色的夏日，灰色的一年"。"自那时起已经过去了八年，"比尔说，"我一直在好奇这些年她过得怎么样。"比尔最终写出了《修女的安魂曲》，这部作品部分是戏剧，部分是小说。它包含三幕，每一幕前面都有大篇幅的解释性描述。坦普尔现在是高文·斯蒂文斯太太和两个幼童的母亲。以此作为出发点，比尔展开了一个同《圣殿》一样令人痛苦和憎恶的故事。不过，看到坦普尔为了赎罪而艰难挣扎，读者会产生怜悯之情。

在创作第二幕的叙述性前奏时，比尔给萨克斯寄了以下一张便条，询问他对于副标题的意见。

> 此处，我想借用艾略特的诗句：
> "开端处是那个词
> ……的复殖"
> 我不懂希腊文。
> 我们能用
> （开端是……）吗？
> 如果不能，就用
> （开端处是那个词）

萨克斯提供了那个希腊词的释义（"命定之人"），但福克纳最终还是决定不引用"艾略特先生的周日礼拜式"。《修女的安魂曲》于1951年出版时，第二幕的前奏简单地改为"金色穹顶（开端是那个词）"。

人们对这部作品褒贬不一。福克纳最初对它的设想是戏剧，经过大量的讨论、协商之后，在瑞士、德国、西班牙、瑞典、荷兰、法国、希腊和其他多国制订了演出计划。在伦敦，由鲁斯·福特（Ruth Ford）饰演高文·斯蒂文斯太太，演出取得了非凡的成功。1959年开始在美国上演，鲁斯·福特同样收获声誉。但这部剧作本身则没有这么幸运。

TÒ ĔV
The One

Re Title. Act II · The Golden Dome
    (Beginning Was —)
What I wanted here was to paraphrase Eliot:
    'In the beginning was the Word.
    Superfetation of tò ëv.'

I dont know greek.
Can we use
    (Beginning Was 'to ëv)?

If not, (Beginning Was The Word)

威廉·福克纳给萨克斯的便条，询问他《修女的安魂曲》第二幕叙述性前奏的副标题

福克纳来纽约时，会下榻在兰登书屋旁边的麦迪逊大酒店。比尔总是在兰登书屋的前门入口处等着萨克斯，他知道萨克斯日常会在 9 点之前从普林斯顿抵达。他们会一起去萨克斯的办公室，比尔有自己的书桌和打字机。在那里，比尔接受采访，用打字机打出正在创作中的作品；在那里，比尔默默地抽着烟斗，或许是在酝酿新的作品。

在某一次纽约之旅中，大概是 1951 年或 1952 年，比尔带来了《寓言》的前一百页。这本书是他口中的"大部头"，他已经断断续续写了九年。为了避开编辑办公室里常有的打扰，萨克斯把比尔带回了家。两人埋头工作，只停下来吃饭或去城里散步，有时也带着我们的狗一起去郊外。然后重新开始工作，茶点时间停下来喝茶，继续工作，7 点时悠闲地吃个晚餐。《寓言》的前一百页就是以这样的节奏被仔细审阅。结束后，两人回到了纽约。比尔时不时会消失，回到牛津镇继续创作。不过，在 1953 年 11 月 5 日，萨克斯终于能够从普林斯顿写信给唐纳德·克劳弗尔：

亲爱的唐，

　　随信附上比尔《寓言》可下印的最终完整稿。顺利地结束了工作，我们二人心情激动而轻松，且都觉得这部稿件已经在我们能力范围之内趋于完美。做了可能的删减之后（如今我们认为再无一字可删），全书大概有十七万五千个词，也可能多或少几千词。

　　无需赘言我对这部佳作的欣赏，此时更有意义的是列出成书或至少长条校样出来之前的一些注意事项。

　　您会看到书前页各板块均已就位，可以排版。在版权页上，我们只要提供国会图书馆卡片目录编号即可。1950 年的版本信息需要涵盖比尔名下的《盗马笔记》（ *Notes on a Horse Thief* ），这篇作品是密西西比州格林维尔的列维出版社以限量版形式发行的。此次为了《寓言》，比尔重写了这个故事。

　　在确认页上（前页第 6 页），您会看到比尔希望做出必要确认的准确方式。我们把它放在偶数页上、献词页（同样也已提供）的背后，为的是节省前页篇幅，而且让它不那么显眼。

　　您会在简略标题页上看到一张便条，对全书使用的十字符号向排版工人做出说明，包括护封、书脊、标题页、简略标题页，甚至还有文本中何处间隔双倍行距。我们必须避免使用有明确宗教意味的十字架，而要简单的符号，越简单越好。全书都使用木纹质感的。在十个部分的最前端出现时，它们必须足够大，占空间足够多，使得每章的起始页有明显的下沉感。在我们标注以三个小十字暗示时间流逝或场景转换的地方，它们的大小应与正文中排印的大写字母相当，不超过常规星标的大小。

我们想在蓝色的书封封面上放一个简单的十字符号。封底只有书名、比尔的名字、兰登书屋的商标，**不放十字**。

比尔建议：护封底部采用深蓝色，向上渐次变浅，直到顶部变为晴空蓝；护封上半部再次放置简单的十字符号，或许用白色；深蓝色的下半部的文字为：

寓言

威廉·福克纳

这些建议或许还不成熟，不过它们是我们昨天结束十小时的书稿审阅后彻夜长谈后的一些想法。

全书的排印顺序如下：

- i　简略标题页
- ii　广告页（比尔的作品清单）
- iii　书名页
- iv　版权页
- v　献词页（已提供）
- vi　确认页
- 1　H.T.（在此题目下）
- 2　白页
- 3—?　正文

我判断，全书不会超过32开14个印张，也就是说最多四百四十八页或四百八十页。

您会注意到书稿中没有作者介绍。这是比尔特别要求的，所以本书会省去这一块内容。

书的最后会有三行的日期和出版地声明，我们决定采取短排、左对齐的版式，内容大致如下：

1944 年 12 月

牛津—纽约—普林斯顿

1953 年 11 月

    不管您何时决定启动出版，若是比尔没有时间，我都会负责所有校样的审读；若是他能抽出空来，我会和他合作。

    您会注意到，所有的章节名——除了最后一章"明天"，都有日期。我们希望这些日期不要太醒目，绝对不要同章节标题保持一致。显然，放入日期的目的是让读者保有时间概念。

    1954 年 1 月，萨克斯开始审读《寓言》的长条校样，时不时停下来记录他的想法。第一批笔记中有一条是这样的："我们做的工作在长条校样中得到了体现。比尔将一个场景缠绕在身边，一旦牢牢抓住，就会把它展开。很有趣，看着他赋予它极大的自由度，任它从潜意识中浮出，不加抑制地记录下来，只是随着细节的即兴创造而不断改进原有的整体性计划。"

    好几天的时间里，萨克斯在家中和办公室里反复阅读这份长条校样。以下是他在不同时间做的笔记：

    读了第二遍、第三遍、第四遍之后，会对"秩序"产生更深刻的感受，而非为了情节发展而发展，也并非因为比尔自己如此看重情节的发展。谁又不是如此呢？书中某些修辞的夸张仍让我感到有些着迷而困惑，还有故事铺展过程中缠绕难解的向前或后退的进程。这个故事强而有力却又如此简单，虽然充满令人质疑的巧合，却因叙事次结构的存在而使得整栋文字大厦免于坍塌。

对话都很长，不管是玛格达、传令兵、德国将军、军需官，还是任何别的什么人。除了元帅，他总是很简洁的。巧合的使用感觉略牵强，但除非把整部小说的内部逻辑推翻，否则就无法改变这一点。父亲（老将军）和儿子（下士）见面，一方提出的交易被另一方拒绝，这次会面的人为设计的痕迹尤其重。只有福克纳可以容忍在自己的写作中发生这样的巧合，并单单运用叙述的力量赋予它几乎具有说服力的真实感。

> 我产生了一种神经性的心理障碍，几乎无法打开书封来面对我们的工作成果。有太多问题需要回答——是我，而非比尔，应该给出解答。

1月17日，整日劳作后，萨克斯终于完成了四百五十页长条样的审校。在最终的一段评价中，他写道："写得最好的部分——特别是复活——感人至深而虔诚，同时又滑稽，散发着死亡气息，宛如醉酒癫狂一般。我们的福克小公子（萨克斯对福克纳的昵称）有一种古怪的、带着一丝恋尸癖的幽默感。"

当天吃过晚饭后，萨克斯给比尔写了一封长信，总结了他对《寓言》的最新看法。在两天后给兰登书屋提交的报告中，他给出了对这部小说的评价。写这份报告比他料想中花的时间长。"为了适宜地描述它，"他写道，"将有必要完整地描述整部手稿，如果我能够在这么短的篇幅内做到的话；或许需要跟这部小说本身一样长的梗概。"遗憾的是，信和报告都找不到了。

1953年末到1954年初是一个寒冬，雨雪交加，路面结冰。医生建议萨克斯不要在恶劣的天气下前往纽约，唐和贝内特也叮嘱他一周上班不要超过一到两次。不过萨克斯是不会安于这样的束缚的，尽管他在家中可以不受打扰，工作效率更高。仅仅是想到被迫削减自己的活动，就让他陷入了深深的绝望。他想念在兰登书屋和人们面对面的交流，想念与作者和出版界同仁们即兴的午餐和讨论。

我们在普林斯顿的邻居爱因斯坦教授深知萨克斯的苦恼，为此鼓励萨克斯常去他家与他聊天。前去做客的萨克斯不仅受到教授的热情接待，还有教授的女儿玛戈（Margot）和忠实的家庭成员海伦·杜卡（Helen Dukas）的欢迎。一次，在跟爱因斯坦进行了灵感迸发的讨论之后，萨克斯回家在笔记本上记下了谈话的要点："我们讨论的范围很广，从绝对道德准则谈到科学的局限性。尤其有趣的是这一命题的进展，即有必要对自由施加限制，这与 18 世纪自由论者的观点恰恰相反。当涉及安全与自由、生育与自由等问题时，我们能够接受限制；哪怕我们不接受，文化也会强迫我们接受。当我们对自由的目的进行发问，便进入了价值观和形而上学的领域。"

我对爱因斯坦和萨克斯之间谈话的记忆被福克纳于 1954 年 9 月写给萨克斯的一封信唤醒："美国风格的自由——这种错用的自由和自主产生了麦卡锡主义，并导致罗伯特·奥本海默这样的人遭受苦难。"后来，比尔在他的一篇名为《自由，美国风格》的文章中进一步阐发了这个观点。

1 月下旬，《寓言》的终校样来了，检查它们的任务再一次落在了萨克斯肩上。他在校样上写下来自己的想法：

> 我冒险预测，除了宗教上的背离，这个故事里还有其他元素也会遭到严厉的批评。比如围绕父（陆军元帅）与子（耶稣）的过度巧合，玛莎对比德特的长篇大论以及军需官的发言，莱维纳这一人物设定及其死亡的含糊性，传令兵在无名士兵墓前的最终抗议，故事对于三腿马传说的依赖。

次日夜晚，萨克斯在日记中写道："读完了《寓言》的校样，写下了所有的页首标题。它们和所有其他都是我的职责所在，因为手稿早已于 1953 年 11 月在我家完成了。"

1954 年，我们的儿子尤金在哥伦比亚大学研究生院学习物理。他偶尔会回家过周末。有一次他回来时，比尔·福克纳正在我家。为了不打扰比尔和萨克斯的工作，尤金躲进了厨房，在料理台上摊开演算纸，思考专业上的问题。回纽约之前，他收拾了大部分演算纸，但在台子上留下了几张。

几天之后，萨克斯收到了比尔寄来的一张简短的便条，同他商议《寓言》赠书分发的事项。看到这则消息是打印在尤金的演算纸的背面，我们都乐坏了。

我们的福克小公子真是个节俭的人！

自 1931 年《圣殿》出版引起轰动以来，比尔就成为好莱坞追捧的对象。他跟制片人、导演霍华德·霍克斯（Howard Hawks）培养了一种或许可以被称为"共生"的关系。"我要是缺钱了，"比尔告诉萨克斯，"就给霍克斯写信。他要是缺人写东西，就写信给我。"大家也可以想见，尽管这位小说家写了不少电影剧本，但他从不会认真看待这些写作，而且也坦率地承认这一点。

1953 年底，比尔把《寓言》的终稿交给兰登书屋后不久，就接到了霍克斯的电话，急切地邀请他飞去巴黎。紧接着，霍克斯又给比尔寄来 一封热情洋溢的信，关于埃及及其历史，以及他打算拍一部有关埃及的电影。

萨克斯帮比尔订了 12 月 5 日的机票。出发前三天，比尔从牛津镇打来电话："萨克斯，我不想去巴黎，我不想去埃及。我不太好；我的

Dear Saxe:

What I wanted to know was, who in the east I might
have neglected to send a book to, so I can rectify when I come
up in May. Did I send Joan Williams (Mrs Bowen now) also;
to d___ books or any at Random house who should have one, but
mainly people outside Random house. If any sort of record of
the mailings was kept, I can attend to it.

Please ask Harold to send the checks to me here. In
fact, I was glad to hear this part. I had a sort of recollection
that you gave me an envelope from him with a check in it while
I was there, but have not been able to find it. you didn't give
me such an envelope then, right?

Bill

1954 年某个时候，威廉·福克纳寄给萨克斯·康明斯的信，很节省地打在了尤金·康明斯物理演算纸的背面背很疼。"我听见萨克斯说："比尔，我们见面再讨论这件事。坐早上第一班飞机离开孟菲斯。我记得是 3 点半左右到纽瓦克机场，我会在那里等你。"

比尔如约登上飞机，但他的状态很不好。他的眼眶下方有浓重的黑眼圈，而且看上去精神疲惫。首先要做的是使他平静下来。我打电话给我们的医生，但他不在城里。然后，我又致电我们的好友穆尔顿医生，他住在新不伦瑞克。他给比尔开了一剂温和的镇静药。比尔没有胃口，只喝了茶，吃了一些吐司。

第二天，比尔的心情好多了。天气很好，空气清新，令人振奋。虽然已经是 12 月，但秋天的叶片仍然尚未凋落。在林中散步时，满目酒红、棕褐和金黄色。他们回来后，我发现比尔的紧张情绪已经缓解。不用我们劝说，他也能正常吃晚餐了。

星期天下午晚些时候，萨克斯开车将比尔送到机场，一直陪他到登机。不过，这一次霍克斯的魔力失灵了。比尔从开罗写信说："我对埃及评价不高。"

比尔频繁来我家做客并非只是为了工作，这也是他放松身心的机会。显然，焦虑和心脏不适让他心力交瘁。当然了，他在跟萨克斯交谈时吐露的心声，我们从信中只能猜到一二。

星期二

亲爱的萨克斯，

不，我感觉并不好。我的背有点痛，不过不厉害；主要是，我平生第一次感到完全的厌倦、乏味，我的生命被浪费了。很可能过不了多久，我就会采取某种激烈的方式来应对这个问题。有整整一年了，我没有写任何东西。不想写，但又有一些必须完成的工作。我们之前讨论过，给自己六个月的休息时间，远离这里和我熟悉的一切。我想，我需要更长的时间。我想，现在或许我可以——为了拯救我的灵魂，它应该是和平的、满足的；或者起码为了拯救我的写作——放弃这整桩事情，丢给他们，彻底离开。我可以赚到足够的钱养活自己，我认为。我是真的病了，我认为。睡不好，紧张，懒洋洋的，必须强打精神才能让农场不至于变成荒土，睁开眼迎接的只是无聊的又一天。我不喜欢这种生活。或许我需要离开，至少一年，人间蒸发。然后，说不定我可以恢复健康，继续写作。不过，我没有这么多的时间可挥霍。也就是说，我仍然渴望着一直渴望的东西：自由；很可能以前我仍然相信自己终有一天会以某种方式获得一定程度上的自由；可是现在我开始意识到或许我终归无法自由。我等待着、期待着太长时间，却没有采取任何行动。所以现在，我必须，或者说——在精神上——死亡。

还没有走到这一步，不过我想不会太久了。必定会有嘲笑和辱骂，但我可能已经为试图成为一位杰出艺术家牺牲了太多，也为仍然为了这个目标而迟迟下不了决心牺牲了太多。

在另一封简单地命名为"星期六"的信里，也有类似的表露。我相信这封信写于 1953 年 10 月。

让我坦率直言：我喜欢在普林斯顿跟您和多萝西待在一起，不仅是因为可以安静地工作，和您一起处理手稿，也是因为钱。我又一次为钱而感到有些担心；今年的干旱使作物受灾，就连我们自己的食物都要花钱去买……

我试着在这里继续创作。我的判断力还在；写出的东西还说得过去，只是非常缓慢，非常艰难。我必须再次找到平静；我几乎已经教会自己再去相信这一点。我似乎已经到了自己以前绝对不会预料到的一个阶段：我需要某个人看我写的东西然后告诉我，

Dear Dorothy and Saxe.

The job here is going all right, but I was right about not wanting it. I am already sick to the teeth of rich American expatriates here, movie too, who have moved intact their entire Hollywood lives to Europe. Got away from it Xmas, Stockholm and London + Paris, just got back tonight.

Have had no word from home yet, so I suppose everything is all right. Have made no arrangement about this money yet, so will you please transfer $2500 to my account, First National Bank, Oxford, Miss. _Dont notify anyone at Oxford_: just make the transfer

I am well, not happy. Will keep you informed of new address. Love to all.

Bill

1954 年 1 月 4 日，威廉·福克纳从欧洲寄给康明斯夫妇的信是的，还不错。只能由您来担当这个角色。

1954 年 3 月，文学评论家诺斯罗普·弗莱（Northrop Frye）在普林斯顿大学做了一系列讲座，后来结集出版，取名为《批评的剖析》（*The Anatomy of Criticism*）。萨克斯去听了其中一场讲座，那一场的中心议题是：批评本身是否超越了被批评的对象？它是否应该被降级到一个次要地位并最终被忽视，或者它应该被作为必要之恶而接受？弗赖伊教授提出了这一假设：正如数学是思辨的科学一样，文学是关于人的科学，理应以批评的术语来进行评价。

萨克斯对此心存疑虑，他说：

> 在我与这些创造性头脑交往的多年间，我从未有一次注意到某些批评家坚称的"创造性过程"的存在；在绝大多数时候，作者本身是意识不到的。他们——西奥多·德莱塞、舍伍德·安德森、威斯坦·奥登、尤金·奥尼尔、辛克莱·刘易斯、沃尔特·凡蒂尔堡·克拉克、威廉·福克纳，以及其他人——他们写作，是出于一种难以言明的需要，一种骄傲和虚荣，一种超越了所有能够证明这种理解力存在的证据的理解力。人们几乎可以将创造性过程的偶然性归因于奇迹，而不再去寻找解开这一谜题的钥匙。

1954 年 4 月下旬，福克纳回到了城里。一天早上，萨克斯看见他在兰登书屋的门口等着。同往常一样，他们径直来到萨克斯的办公室。比尔看上去状态非常不好。他抱怨着他背部和腹部的不适。当晚，萨克斯把他带回了家。

与此同时，普林斯顿大学的人正在与萨克斯接洽，他提出，大学希望能够在接下来的开学典礼上授予福克纳荣誉学位。萨克斯告诉比尔以后，他立刻坚决地予以回绝。他感觉自己并不属于高校圈，这样的荣誉应该授予在学术领域做出成就的人。

这不是比尔第一次采取这样的立场；他之前已经拒绝过欧洲和美国国内想要授予他荣誉学位的几所大学。

在我们家住了几天之后，比尔觉得身体好多了，可以开他那辆普利茅斯回牛津镇。飞去欧洲和埃及之前，他把车留在普林斯顿修理。他开起车来胆子很大，车速必定很快，因为他写信告诉我们，他36小时后便到家了，而牛津镇距普林斯顿足有1188英里。在同一封信里，他告诉我们他的女儿吉尔将要与来自华盛顿的小保罗·德尔温·萨默斯（Paul Delwyn Summers，Jr.）结婚，婚礼将于8月21日在牛津镇举行。他盛情邀请我们前去观礼，我们当然欣然同意。

接着又来了另一封信，告诉萨克斯美国国务院已经邀请比尔参加将在圣保罗举行的国际冬季大会（International Winter Congress），该大会是圣保罗建城四百周年纪念活动的一部分。显然，因其拉美政策而备受批评的华盛顿希望福克纳的出席不仅可以为会议添彩，也可以被视为美国善意的表达。比尔接受了华盛顿方面的邀请，但表示他不会接受报酬，并提出他想要8月上旬出发，这样就可以及时赶回牛津镇参加女儿的婚礼。

虽然巴西政府表示由他们承担费用，但福克纳的来回航班仍然由美国国务院安排。萨克斯再一次接受委托，保证福克小公子不会使他的出版方或他的国家难堪。比尔写道：

> 我需要我的晚宴正装，上衣和裤子都挂在金（我们的儿子）的衣柜里。我记得鞋子在我从埃及偷来的那堆衣服里。它们装在盒子里，是漆皮的浅口便鞋，不是新的。如果它们不在衣柜里，兰登书屋可以叫人寄一双给我吗？我想要英国鞋，彻驰牌（Church's），晚宴鞋。麦迪逊西侧有一家店，在第十五街和崔普

乐百货商店之间。我在橱窗里看见过彻驰，崔普乐里可能有这个牌子的鞋。对，我认为那里有。您能把衣服打个包送过来吗？衣服和鞋子可以塞进同一个箱子寄给我。别担心起皱，我会在这里熨烫。我本不想麻烦您，不过我把衣服放在您家的时候还不知道我要去巴西。

我穿 6.5 码的鞋子，脚宽 B 或 C，也就是说，不太窄。或者说，我的脚比较短，我也可以穿 6D。

比尔当时还在写作，尽管天气热得让人打不起精神；他还准备让吉尔的马参加 7 月底的赛马。很快，又来了另一封信，信中风趣地描写了在华盛顿举办的盛大派对，会上宣布了吉尔与年轻的萨默斯的婚讯。"我会再给您写信，"比尔说，"跟您细说华盛顿派对。那是您所见过的最可恶的聚会，充斥着忧国忧民、道貌岸然的共和党议员们，军队高官们，以及头戴小帽、座位上铺着软垫的老太太们。幸运的是，几乎谁都不认识我，我也就乐得清静。"

回到牛津镇后，比尔看到了《寓言》的首批样书。"它们很棒，"他写信给萨克斯，"我同您一样自豪。如果我们是对的——它是我最好的作品，而非我之前担心的败笔，我将别无所求。"

现在开始陆续收到赠阅书评。我认为萨克斯对那些评论更加在意，比尔则连看一眼的兴趣都没有。他又一次对萨克斯说了他之前就说过的话：一旦书稿离开他的手，它就独立了；它将自己面对一个充满善意或敌意的世界。哈佛大学的佩里·米勒（Perry Miller）理解萨克斯的焦虑，给他写了一封信：

亲爱的萨克斯和多萝西，

如果我摘录的评论对您有任何提示意义，您只需要理解您自己的那番话——您曾说，福克纳的释经者们总是在一本书刚出版

244

时判它死刑，三年以后却又奉为经典，从未有过例外。显然，《寓言》也是如此，那些人只是根本没读明白。看看 SRL 的盖泽莫尔的表现吧。他已经完全懵了，只会说些如今已成正统的对以前作品的评论。他或者他们那一派所要做的就是继承正统教条，而这本书似乎要改变他们的党派路线。

大多数所谓评论家都不值一提，萨克斯必须明白，为这些人的想法而烦恼是一件多么不理性的事。我明白，您对编辑这门技艺的珍视——虽然您从不肯正面承认；当我向您指出时，您也总是发出些恼人的声音来掩饰——使您会为这样的蠢行而难过。不过，最重要的是，您不能——我重复一遍，不能——给任何说出口或隐晦暗示的类似"福克纳的编辑有错"这样的指责以容身之地。您在这一行的经验已经足够丰富，不可能不知道编辑完成的是作者的意愿。这正是您为这本书做的。您不可能为了赢得盖泽莫尔之流的肯定而提前裁剪或改变这本书，同时让它保持其本质：这是一部福克纳的作品。所以，别再折磨自己了！也别再折磨您的太太了！！！

我不认为道德说教有任何用处，特别是对您这样的无可救药之人。我想，您一定要明白的是一件重要得多的事情，那就是《寓言》是一本了不起的书。它只是体量太大、太复杂，很长时间内都将难以被人理解。普鲁斯特在某个著名段落中说，伟大的书将会创造自己的读者。比起福克纳以前的作品，这句话显然更适用于《寓言》。只是需要时间罢了。

我相信卡维尔·柯林斯（Carvel Collins）的评论会使您稍微开心一些。他告诉我，哈维·布雷特（Harvey Breit）……违背了布朗①与他之间的协议，将他的评论删减了很多。不过在我看来，

---

① 《纽约时报》图书栏目的编辑。——原书注

这篇评论仍然相当不错。

随着前往牛津镇的日子临近，我们从福克纳家收到了许多殷切来信。1952 年 10 月，在福克纳太太的迫切恳求下，萨克斯曾去过那里。委婉地说，那时比尔正处于一个难捱的时期。如今我和萨克斯是怀着喜悦的心情去往牛津镇的。

8 月 20 日，我们乘飞机到达孟菲斯。前来接机的是威廉·费尔登（William Fielden）夫妇，艾斯黛拉的女儿（来自上一段婚姻）和女婿，这是一对漂亮的年轻人。钻进他们开了空调的轿车后，我们才感觉重新活过来了。当地酷热难耐，气温大概有 104 华氏度。

我们正在密西西比大学的校友宾馆打开行李，比尔过来向我们表示欢迎。"婚礼一结束，"他说，"你们就搬到我家来。现在，"他补充道，"家里挤满了伴娘和伴郎。"

很多宾客已经抵达。有些住在宾馆里，其余人住在福克纳家的朋友们家里。典礼前，在乔治·卡伯恩（George Carbone）教授家举办了鸡尾酒会。我们到达时，福克纳家的人已经在那里了。有比尔和艾斯黛拉，她的儿子马尔科姆和儿媳格洛丽亚，费尔登夫妇和他们的女儿维多利亚，还有莫德·福克纳太太，比尔的母亲，当地人称呼她为"莫德小姐"。我们发现莫德小姐是一位迷人的女士。她身高大约五英尺多一点，乌黑的头发带一缕白色。比尔遗传了她的脸型，前额、嘴巴和下巴也都酷似母亲。我忍不住告诉她，我久仰她的大名，她立刻回答："若不是因为比尔，您不会知道我的。"

开始有越来越多的姻亲、表亲、姑婶、叔伯等各种亲戚来到房间。很快，我们便被热情地迎入了一个大家庭。一对夫妻走近我们，礼貌地询问我们来自何方，又问道："二位是家属吗?""不，"我们回答，"只是好友。"男子拖着像密西西比三角洲一样宽阔的尾音，向我们解释了他跟这家人的关系："我的侄孙跟福克纳太太的第二个表亲结了婚。"剩下的一整天，我都在脑子里盘算着这个关系，试图把它放到福克纳家谱中的正确位置上。

当晚，我们齐聚在校友宾馆，盛大的晚宴在那里举行。大家频频举杯庆祝，比尔的祝酒词是这样的："就连陌生人也成为家中的一员——让他们渡过波托马克河是多么了不起的成就！"

在这里，就像经常在福克纳身上感受的那样，我们体会到了典型的南方家族纽带的力量。

晚宴结束后，比尔带我们沿着一条两侧种满雪松的车道来到他家，罗温橡园（Rowan Oak）。这幢大宅建于1844年，具有那一时期南方建筑的典型风格——两层的白色建筑，有巨大的立柱从门廊或入口处直伸到屋顶，立柱后方是露台。

走过宽敞的大厅，我们来到比尔喜欢将其称为他的办公室的地方。那是一个大房间，里面放了几个书架和一张写字台，书架上摆满书，台子上摆着一摞摞纸。在其中的一面墙上，我们看到了《寓言》中一周所发生事件的每日提纲，如今这已经成为非常有价值的福克纳纪念品。萨克斯提出应该对此进行维护，使其免受时间侵蚀。密西西比大学的艺术部门能做这件事吗？我现在可以很高兴地说已经有人这样做了。

更多的婚前活动结束后，婚礼于当天下午4点在圣彼得圣公会教堂举行。这是一场全体身穿礼服出席的典型的南方婚礼——可爱的伴娘，光彩照人的新娘，甚至连新娘的父亲也身着燕尾服，系着白色领带。

萨克斯和我如今成了罗温橡园的客人。上午，下榻在别处的宾客陆续前来，向艾斯黛拉和比尔致谢并道别。然后，比尔和萨克斯悄悄躲进比尔的"办公室"，二人畅谈许久。我则享受了一段阅读时光。早早吃过午饭，比尔、萨克斯、我坐上车，艾斯黛拉的儿子马尔科姆充当司机，带我们离开牛津镇，开出很远，一直开到塔拉哈奇河

（Tallahatchie River）。整个县饱受干旱的摧残，似乎再难复原。到处都是被烤焦的玉米，一片枯黄。一些小河流已经没有水，只能看见河床的红泥。就像整片土地都躺倒喘着粗气，在高温的重压下奄奄一息。

然而，很快，在车子的行驶过程中，比尔想象力的魔法将我们带进了他创造的那个更有活力的世界。我们暂时进入了约克纳帕塔法县，这是萨德本家族、萨托里家族、麦卡斯林家族、康普生家族、本德伦家族、斯诺普斯家族和其他各家生活的地方，这些人的生活以这种或那种方式交织在一起。我们在不同的地方停下，比尔告诉我们这里或那里是他那神秘世系的不同家族生活的地方。当他指出康普生家的居住地时，我仿佛能够听到了不起的迪尔西的声音从《喧嚣与骚动》中一个尤其令人心酸的段落中传来："迪尔西没有做声，她高昂着头走开了。眼泪从她凹陷的脸上蜿蜒着流下来，脸上却无表情；她甚至都没有试图去擦干泪水。'我见过第一个和最后一个；'迪尔西说，'我见过开始，也见过结束。'"

车子驶回牛津镇的路上，大家都没怎么说话。我还沉浸在一个梦幻般的世界里并希望在那里多停留片刻；我一个个地回想着比尔的魔力之笔描绘出的那些令人难忘的角色和场景。我们回到罗温橡园，离吃晚饭大概还有一个小时，大家请我演奏几曲。兴之所至，我随意弹着跃进指尖的任何乐曲：肖邦、勃拉姆斯、德彪西……直到比尔耳语，请我弹奏柴可夫斯基的《罗密欧与朱丽叶》。我不得不快速思考，因为这首音诗是管弦乐配乐的。我尽可能地即兴发挥了。

晚餐前，比尔给他自己倒了一杯加冰威士忌。他通常会在饭前喝一两杯，或许吃饭时喝些葡萄酒，睡前再喝一两杯。有一次，他告诉萨克斯，在皇家空军服役时，他遭遇过坠机，背部受伤，威士忌对于缓解背部剧痛十分有效。他说，他于1918年入伍，并于战争结束时通过军功获得了少尉军衔。比尔的中队集结并被告知可以在退伍前庆祝胜利。在比尔和他的战友们看来，还有什么庆祝方式能胜过最后飞翔一次呢？获得许可后，比尔起飞了。在过度高昂的情绪中，他判断失误，撞掉了飞机棚的屋顶。

比尔可以长时间抵制酒精的诱惑，但当他面临无法纾解的情绪问题时，酒便成了持续的需求和逃避的手段。晚餐时，我们看着他一杯接一杯地喝酒。我们的谈话断断续续，漫无主题。没过多长时间，萨克斯就扶比尔上床睡觉了。忠诚的华莱士随侍左右，他知道该如何照顾比尔。

不过，直到早上，比尔还是昏昏欲睡。萨克斯陪他待了好几个钟头。快到中午时，马尔科姆带萨克斯到书房去看"密西西比藏书"。萨克斯不仅看到了多位密西西比作家的众多作品，还看到了逾十幅比尔画的插图，有一些显然深受奥伯利·比亚兹莱（Aubrey Beardsley）的影响。

我陪伴着艾斯黛拉，试图分散她的注意力，让她不再焦虑。可怜的艾斯黛拉，可怜的比尔，可怜的每一个人，我们所有人都是不可控的冲动情绪与外在环境的牺牲品。

第十二章
作为文化使者的威廉·福克纳

　　1954 年 8 月末，我们参加完吉尔·福克纳的婚礼回家后，台风"卡罗尔"席卷海岸，发泄着它的怒火。"卡罗尔"刚刚离开，新英格兰地区就收到了台风多利即将来袭的警报。不过多利并没有登陆此地，它转向去了新斯科舍。两周刚过，气象局再发预警，台风"艾德娜"正朝新泽西地区而来。9 月 10 日傍晚，黑云一朵接着一朵在普林斯顿上空集结，直到天降暴雨，狂风大作。我们躲在温暖的家中，心中担忧这场天灾不知会给周边区域造成多么大的损失。风暴持续整晚，令人难以入眠，能听到树枝折断的噼啪声。黎明时分，我们得知"艾德娜"已结束此地行程，转移到海上，本地当日天气晴好。

　　上午，我们开始清埋风暴造成的混乱，小狗趴在一旁看着。突然，它站了起来，耳朵竖起，朝道路拐弯处猛冲过去；它听到了熟悉的脚步声。比尔·福克纳轻快地朝我们走来，小狗跟在他身边。他昨晚在纽约没有睡好，一早便搭乘第一班列车来到普林斯顿。早餐时，我询问他的母亲、艾斯黛拉、新婚夫妇、马尔科姆、格洛丽亚和牛津镇其他亲友的近况，比尔回答说他们都很好，接着又来了一句："婚礼的事情实在太多了。"

　　我又问她母亲的绘画怎么样了。"她现在画得不咋地。"他说（有时比尔会使用一些不符合他福克小公子形象的口语词汇）。他接下来解释，接受白内障手术之后，她能够看得更清楚了，视野完全不同。他还是更喜欢她手术前的画作。

萨克斯告诉比尔，我们与爱因斯坦教授约好下午要去他家做客，并请比尔跟我们一同前往。在电话中，爱因斯坦一家对比尔的到来表示欢迎。

爱因斯坦教授试图让比尔加入谈话，可整场谈话始终是单边的，比尔全程保持沉默。他只是坐在那里，目光从未离开过爱因斯坦的脸。我们一起喝了茶；爱因斯坦在他的新书《我的思想与观念》(*Ideas and Opinions*) 上题词并将其赠给我。

> 向两位康明斯致以诚挚的问候；您不用觉得有义务必须读它。
>
> 您的
>
> A. 爱因斯坦，1954 年 [①]

他同样也送了一本给比尔。散步回家时，萨克斯问比尔为何不加入谈话。比尔回答："我能对这个伟大的人说出什么有任何意义的话呢？"

不过，福克小公子偶尔也会记起自己的价值。1953 年 8 月，萨克斯写信告诉他，新美国图书馆提议，将《野棕榈树》中两个不相关的故事抽出来单独出版，分别取名为《野棕榈树》和《老人》。比尔最初的计划是将这两个故事视为一本书中可以互相替换的两部分。萨克斯为此征询比尔的意见。比尔当时正在给《寓言》收尾，他在萨克斯这封业务信函的底部打下了他的许可。

> 在我看来，拆解《野棕榈树》会破坏我想要实现的整体效果，

---

① 原文为德语。

但显然，我对自己作品的虚荣心（如果那是虚荣心的话）已经到了我认为它不再需要小气的防卫的地步。我很快就要写完大部头了，忍不住担心自己会在写完之前被闪电击中。要么我年老昏聩，它什么都不是；要么它就是我写出的最好的东西。见鬼，我真的是有天分的，萨克斯。只不过我花了五十五年才发现它。我想，是我一直忙于写作才没有发现它。

一家录音公司，在贝拉·巴托克（Béla Bartok）之子，一位音响师的授意下，数次邀请比尔为他自己的作品录音。1954年9月下旬在我家做客时，比尔终于决定接受这一邀请。他和萨克斯在那家公司的录音棚里待了近三个小时，从诺贝尔奖受奖词、《寓言》《修女的安魂曲》《我弥留之际》《八月之光》和《老人》中节选了一些段落进行录音。可是，录音带寄给他后却被他退回了，说他不想要这些东西，而且，事实上他也不理解萨克斯和他兰登书屋的同事们为什么想要。

另一天，萨克斯正在办公室忙碌，"我们的福克小公子，"他后来告诉我，"用打字机敲出他周末写出初稿的一个故事。"两天后，萨克斯正要回普林斯顿，比尔把那篇故事递给他。这是一则名为《晨间疾驰》（*Race at Morning*）的狩猎故事，与《熊》（*The Bear*）风格相同，但更简洁。

1955年初，福克纳在城里写一个名为《典当铺》（*Hog Pawn*）的故事。萨克斯认为这两个吝啬鬼斗智斗勇的故事非常有趣，与此同时，他也发现了一些比尔必须进一步阐明的含糊之处。很快，他们一起吃午饭的时候，比尔提出将一系列狩猎故事合集出版，第一篇就是《熊》，还收录了《老人》《猎熊》和《晨间疾驰》；所有故事都与他的其他作品在事件和描写段落上有所重合。这次讨论以萨克斯为比尔布置了一些周末"作业"而结束。

第二天，萨克斯去普林斯顿镇上处理一些杂务，开车回家的路上，他吃惊地看到福克纳在路上走着。萨克斯停下车让比尔上来。"我没有打电话，"比尔解释道，"因为今天是周六，我想你或者多萝西总归有一个人在家的。就算你们都不在家，我和小狗也能做个伴儿，等你们回来。"

到家之后，两个人商定了新书的名字——《表林》。这时，比尔从口袋里掏出一张小纸片，上面写着《表林》的献词：

给萨克斯·康明斯

作者致编辑

我们并不总是看法一致，但我们一直看着相同的东西。

这份肯定来得再及时不过，因为萨克斯正处于情绪的低潮期。不只是长时间的工作耗尽了他的精力，还因为精神上的压抑。他跟福克纳吐露过对于现代生活的悲观看法。

比尔，出于对公众曝光的厌恶，写过一篇抨击出版自由的讽刺文章。萨克斯觉得写得不够好，曾经向比尔指出过它的缺点。在重写的过程中，这篇文章最终变成了《美国梦到底怎么了？》如今，这两个悲观主义者通过向彼此讲述这个可悲世界中令人沮丧的故事，不知为何却起到了互相鼓舞的作用。

听到比尔要留下过夜并一直待到周日，我高兴坏了。他们俩对彼此来说都是莫大的帮助。整个周末，家中的气氛都是温暖、和谐、相互理解的，内在的平静战胜了头痛和绝望。

几天之后，萨克斯看见满腹牢骚的福克纳等在兰登书屋的大门口。他被邀请于 1 月 25 日在国家图书奖颁奖典礼发表演讲，这次他是因为《寓言》而获奖。除了不喜欢采访和公共活动，他也认为自己因小说而第二次获得国家图书奖对其他作家是不公平的。此前，《威廉·福克纳故事选》曾于 1951 年获此殊荣。

比尔想让萨克斯替他去领奖，因为他1月下旬要去好莱坞。不过，直到1月25日，比尔还在纽约，所以他出席了自己作品的颁奖礼，并发现那场活动没有他想象中那么难以忍受。

数月之后，比尔收到消息说《寓言》又获得了普利策奖。这一次，他实在不愿再去，便恳请萨克斯代为出席。5月2日，萨克斯替他参加了颁奖礼，活动结束后给他发了电报。彼时，在肯塔基州路易斯维尔的布朗酒店，比尔正看着赛马比赛的参赛者信息，准备完成承诺给《体育画报》的一篇报道。

1955年6月初，我收到艾斯黛拉·福克纳的一封信，问我是否愿意考虑秋天在牛津镇进行一场演出。这是为了支持最初由比尔发起的一个音乐奖学金项目。当年11月17日，我在纽约本来就有演出计划，所以我给艾斯黛拉回信，告诉她我很高兴前往牛津镇并重复我为纽约演奏会准备的曲目。音乐会的时间定在了11月21日，在密西西比大学的富尔顿礼拜堂举行。

7月6日，比尔给萨克斯来信，节选如下："我接受了国务院委托的日本之行；费用由他们承担，此外还有一些报酬。我会从日本去欧洲。"在同一封信中，比尔接着写道："我将于7月28日离开此处，可能会先去华盛顿。我想我应该是来不及了，因为8月1日我已经在日本东京了。"信的最后一行是："很可能直到回家以后，我才能看到我们今年的新书（《袤林》）。"

收到这封信大概一周后，萨克斯接到了贝内特·瑟夫的电话，得知福克纳从牛津镇致电兰登书屋，请贝内特的律师起草一份文件，赋予萨克斯全权代理自己的权力。7月21日，贝内特再次来电，这次是说一封指名给萨克斯的正式信函已经从牛津镇寄来，萨克斯最好去公司一趟。

仔细看过信函的内容后，萨克斯惊讶地发现了一份文件，授予他完全的、绝对的权力代理福克纳。兰登书屋将这份文件存入保险柜之前，复印了一份给萨克斯留存。回到家里，萨克斯把复印件交给我，他说："我最希望的是永远不会用到它赋予我的权力。"

当年春天，比尔·福克纳就已经致信鲍勃·哈斯，对他说："在我死后，兰登书屋仍将继续是我所有文学作品的出版方，不管是已经出版过的作品，还是尚未出版的那些。"他在接下来的那一段中赋予萨克斯的权力，或许会让他感受到比仅仅受托处理物质财产沉重得多的责任。

> 在我死后，我希望由萨克斯·康明斯全权处理我所有作品的出版事宜。即出版什么，如何编辑、删除、改动，等等。我的手稿出售或捐赠给博物馆或图书馆的一应事项，他同样拥有顾问权。简而言之，我希望萨克斯成为我的文学执行者，以及我过去与将来所有文学作品的编辑。

自从比尔于1955年8月1日在羽田机场走下飞机，他在东京、长野和京都的每一个小时都被演讲和其他活动填满了。8月4日，他到达长野，出席由美国国务院赞助的美国文学夏季研修班。此间活动由罗伯特·A. 杰利夫（Robert A. Jelliffe）详细记录，取名为《福克纳在长野》，由东京的研究社（Kenkyusha, Ltd.）出版。离开长野后，他去了京都大学，而后回到东京，于8月23日离开。美国新闻服务处的莱昂·比肯（Leon Picon）先生汇编了一本剪报收贴簿，整理了比尔在日行程的大部分内容。普林斯顿大学图书馆存有这本剪贴簿的微缩胶卷。

比尔离开东京以后的行程包括马尼拉、罗马、巴黎、伦敦和冰岛。他本来以为自己会在国外待到圣诞节，但事实上10月便结束旅行回到牛津镇。10月21日，他出现在了萨克斯的办公室。当天的大部分时间他们都在一起，比尔向萨克斯讲述了自己漫长的旅程。

比尔原本计划周日来我家做客，但一通紧急的电话将他叫回了牛津镇。他80岁高龄的母亲要动一个大手术，但他没有细说是何种手术。比尔下周二要向国务院汇报日本之旅，他不得不请萨克斯致电国务院，解释他不能如约前往的原因。

纽约演奏会结束后，我动身前往牛津镇参加那里的音乐会。想着能够在火车上休息一会儿，所以我搭乘了前往孟菲斯的夜间火车。事实证明这是一个严重的错误。到达巴尔的摩之前，火车在某处因故停留。我多么庆幸说服萨克斯不要跟我一起来，光是火车上的长途旅行就会使他筋疲力尽。

我比原定计划晚了两个小时到达孟菲斯，感到非常疲累。艾斯黛拉和密西西比大学音乐系的E.G.伯温（E.G.Bowen）先生前来接站。坐车前往牛津镇的长路上，我得知了福克纳家的近况。比尔的母亲在重大手术后奇迹般地康复了；比尔在纽约被耽误了，将于当日下午早些时分乘飞机到达。

晚餐只有我们三个人——艾斯黛拉、比尔和我。铃声响起，艾斯黛拉起身去接电话。回来时，她浑身颤抖。她说，打电话的人发出威胁："告诉你那哭鼻子的威廉，如果我们再听到他胡说八道，就放火烧了他的房子。"

太可怕了！几天前，比尔在孟菲斯对一个团体发表了演讲，要求他们向人数不断增加的黑人学生开放密西西比大学的大门。我问比尔："你们为什么还要继续住在这里？"他回答："我的人民住在这里。而且这是我们必须解决的问题，不是可以逃避的。"

我们的朋友佩里·米勒此时也从哈佛来到孟菲斯，进行为期三天的演讲活动。在给萨克斯的一封信中，他写道：

> 从孟菲斯到纳齐兹，有两个不变的谈话主题：种族隔离和比尔·福克纳。我遇到的人里，只有一家人——孟菲斯一个历史悠

久的犹太大家族——知道比尔是一位伟大的文学家。其余所有人对他都是指责，指责他给密西西比媒体写的"坏文章"，指责他是个醉鬼和蠢货。我在纳齐兹的女主人在密西西比大学读书时跟比尔"约会"过。她讲了许多关于比尔的有趣故事——如果讲述者熟读雪莱，这些故事应该已经成为诗歌史上的传奇了——只为了说明他从年轻时起就是个古怪的疯子。[我已经把这些故事转述给了卡维尔·柯林斯，所以或许——如果卡维尔真的在写作的话——它们能够留存下来]人们不停地问我，我会去见福克纳吗？我也不停地向他们解释并从中得到乐趣：如果我想去打扰他，最好先从您这里求得一封引荐信；世界上恐怕没有比您的信更能敲开福克纳家的门了，不过我宁肯被绑在火刑柱上烧死也不愿去求这样一封信，或者哪怕我有这样一封信，也不愿去打扰他的清净。我的大部分南方朋友们（在其他方面，他们都是很可爱的人）似乎无法理解我这话的含义（所有人，除了上面提到的犹太一家人），哪怕他们前一秒还在痛斥福克纳污蔑了南方！

我在牛津的演奏会比预想中要顺利。有时候，当一个人不得不面对特定事件的要求时，压力和焦虑就只能退到幕后了。中场休息时，密西西比大学的一位教师走上台，宣布将从威廉·福克纳奖学金中抽出五百美元，成立多萝西·伯利纳·康明斯音乐奖学金。次日一早，比尔开车送我到孟菲斯机场。我很高兴能够坐飞机回家。这三天发生了那么多事——让我在回程的飞机上静静思索，迫不及待地回家说给萨克斯听。

12月中旬，萨克斯收到了比尔的信。"斯诺普斯家的新书写了一点儿，"比尔写道，"还没找到感觉，所以写得很慢。不过，除非我已经江郎才尽，否则很快就能步入正轨。密西西比如今已经变成了一个很不适合居住的地方，所以我需要写一本书来让自己迷失其中。"

1956 年 1 月初，比尔寄来了另一封信。"这边一切都好。斯诺普斯进展顺利，但我仍然有这种已写尽万事的感觉，剩下的只是技法。没有灵感，没有力量。我的判断力可能也所剩无几，所以我会继续写下去，直到我认识到这本书一无是处。甚至有可能直到写完我还没有这个意识，或者至少我不肯承认。目前打算 2 月 1 号北上待一个礼拜，不过还不确定。"

2 月的第一个星期，比尔真的来了纽约。到达之后，他就把自己灌得酩酊大醉。促发这次酗酒的原因不难猜。他最近寄来的信中透露了他的忧虑，关于他自己、他的家庭和他的写作。

一天下午，萨克斯从办公室给我打来电话。"我今天带比尔回家，"他说，"他需要在我们这里静一静。虽然他现在好些了，但还是不稳定。"

大约两个小时后，车子开上了我们的车道，萨克斯和比尔走了出来。我站在门口迎接他们。比尔手中拿着帽子走上前来，对我说："多萝西，我又不乖了。"我不知如何安慰他，只能抬起手，把他的脸捧在手中。

萨克斯拿过比尔的风衣和手提袋。那件风衣！我见比尔穿过那么多次，手腕已经露了线头。领子内侧染成了棕黄色，无论怎么洗都洗不净。他的帽子却不是这样！那是一顶精致、利落的山形小礼帽，环绕帽冠的带子上还装饰着一根羽毛帽饰。

我们走到起居室，那里的壁炉生着火。"这儿真舒服。"比尔说。夜晚的黑暗已降临。一整天都阴冷，乌云沉沉，预示着雪将到来。比尔在沙发远端靠近壁炉的地方坐下，这是他最喜欢的位置。谈话有一搭没一搭地进行着。萨克斯和我十分了解比尔，不会勉强他说话。

晚饭时，比尔吃得很少；他似乎感冒了。他抱怨着后腰的疼痛。这不是第一次了。背部的伤痛很可能来自于那次飞机事故，其后又因多次坠马而加重。离开餐桌后，比尔回到他壁炉边的位置。他看上去是那么累！没过多久，他就说想去睡觉了。他总是喜欢睡在书房，那里的午睡床十分硬实，旁边就是打字机。他睡眠很浅，经常会半夜起来，随手敲下钻入脑中的想法。

我铺床的时候，萨克斯拿着比尔的手提袋走了进来。他对我耳语道："我想我应该给比尔一杯温酒，以前这总能缓解他的疼痛。"我看着萨克斯："一杯温酒！他这段时间喝的酒还不够吗？我认为两片阿司匹林和一杯热柠檬水更好。"

早上，地面已经被半融的雪覆盖。想到萨克斯要在这样的天气中去纽约，我就忍不住担心。他说他昨晚告诉了比尔，他今天9点半有一个无法推迟的约见，但他会搭早班火车回家。

我在壁炉里置了新火，拖了一张小桌子放在比尔的座位旁边，然后就去忙家务了。比尔来到厨房，像往常一样给自己准备早餐。他的早餐很简单，只有咖啡和配上某种果酱的吐司，有可能是橘子酱。我对比尔说："快坐回火边，我会把早餐拿给你的。就这一次，让我把你宠坏吧。"他哈哈大笑，回答说："如果你跟我一起喝杯咖啡，我就答应你。"

他穿着一件长及脚踝的日式晨衣，这件衣服曾经一定很好看。是非常深的紫色丝绸做的，衣缘缝有棉布裹边以增加垂坠感。如今镶边也已磨损，我能看到里面的线头钻了出来。

吃完早饭后，我把《时报》拿给比尔，但他拿起了他的烟斗。接下来的一幕是一直让我着迷的：用他最喜欢的烟草（蓝熊牌）填充烟斗。他将烟草放进斗中，缓缓擦亮火柴，看着烟草点燃。停顿，长长的停顿之后，比尔抽了几口。如果他正在说话，也会等这一仪式完成后再接着说。

我看着比尔穿着晨衣的身影，打量着他的头颅。这是一颗与众不同的头颅，随着年岁渐长而变得愈发卓越。他的头发已经变成白色，胡子也几乎全白。新增的皱纹给了面部更多的深度。他的眼睛乌黑而清澈。他说话声音低沉、富于节奏、令人愉悦。对于许多人来说，他的疏离和淡漠是势利的表现。但这是对他的误解，他只是生来敏锐。

因他与美国南方及其传统的联系，比尔是个孤独的人。离开了南方，他却更加孤独，酒精可以给他提供暂时的逃避。或许就在这一段段醉酒的时间里，酝酿着他想要发展的思想和想要写下的事物。谁知道呢？我只知道这一点：一旦他挺过了一次间歇性的酗酒（它们都很严重），他就会又开始勤奋地写作。

下午早些时候，萨克斯从纽约回来了。他说的第一句话是："比尔怎么样了？"

"他在书房里打字。"我回答。接着，我就听到了萨克斯的声音在书房响起。

"怎么样，比尔？"他说，"你看上去好多了。感觉如何？"他们俩坐在那里谈了好一会儿话，时不时能听到笑声传来。过了一会儿，我端了茶进去，放在壁炉边，还有刚烤好的玉米松饼。

第二天清晨，天气晴朗冷冽，他俩出门去散步。回来喝过咖啡之后，萨克斯在起居室撑起那张可以做餐桌的大橡木桌，把他的公文包拿进来，里面装着斯诺普斯的新手稿。很快，这部稿子将被命名为《小镇》。桌上马上摊满了纸张，仅剩下写字的空间；地板上也摊了许多。看到比尔和萨克斯跪在地上，从一页翻到另一页，标记、删除、移动段落，这真是令人难忘的情景！

吃过晚饭后，比尔在萨克斯的建议下睡了一个小时的午觉。薄暮时分，他们又出去散了一次步。回来之后，我们吃晚饭。饭后，餐桌很快收拾干净，他们又开始工作。我离开房间时，萨克斯正在看一沓稿纸，比尔坐在壁炉边他最喜欢的位置上。突然，我听见萨克斯用拳头捶了一下桌子。

"比尔，"他说，"这是不行的！你已经说过了！它在这里是多余的，只会削弱你的预设。"

比尔一言不发。晚上回屋之后，萨克斯对我说："我希望比尔对我反唇相讥。他可以说，'见鬼，这是我的书，我就想这样写！'可他只是坐在那里抽烟斗。"

早上，我走进厨房时，看见比尔已经就着咖啡吃吐司了。在萨克斯座位前面的桌子上，放着四页新打印的纸，下面别着之前的版本。显然，比尔半夜未睡，重写了这几页。萨克斯读过之后非常高兴。

出发回到牛津镇的时候，比尔的身心状况都好多了。他带着焕然一新的精力开始写作。他在《致北方的一封信》（*Letter to the North*）中写道，他仍为种族问题感到担忧；这篇文章发表于 1956 年 3 月 5 日的《生活》杂志上。3 月 15 日，《记者》上刊登了对比尔关于种族隔离这一问题的采访。

六月的一天，萨克斯发现比尔在办公室里等他。他是来告诉萨克斯，他收到了艾森豪威尔总统的一封信，邀请他主持邀请一个作家团体，作为美国文化的使者进行国际交流活动。

1956 年 6 月

亲爱的福克纳先生，

我写这封信是为了寻求您的帮助。

正如您所知，我们的政府配置相对有限，无法在世界范围内更好地推广美国的目标和原则。我已经请求国会增加 1957 财年预算，以支持此类活动。

不过，显然，如果没有其他人的帮助，世界上将永远不会有足够多的外交官和新闻署官员来完成这个工作。确实，如果美国的思想体系要赢得两种不同的生活方式之间伟大斗争的最终胜利，就必须得到数以千计的独立团体和机构的支持，通过数百万美国人在异国他乡的个体交流来实现。

杜勒斯（Dulles）国务卿和新闻署署长西奥多·C.施特赖伯

特（Theodore C. Streibert）先生跟我一样坚信，每个美国公民——男人、女人和孩子——都可以有所作为，使海外的更多人了解我们和平的目标和对人权的尊重。

在每一个真实的意义上，为了取得成功，我们必须动员战时的活力、机变和全员参与来实现和平。

我计划号召所有美国公民来帮助他们的政府完成这一任务。不过，在此之前，我想先在白宫召集一批卓越的美国领袖，以协助各阶段的组织工作。所以，我真诚地希望，您能够作为这些领袖之一参与其中，带领作家们的活动。

若您接受此认命，您将承担一项需要您投入一些时间和精力的任务。但这是爱国的工作，我相信它对我们的国家利益至关重要。我寻求您的帮助，是因为我相信您能够使整个国家的顶尖作家们对这一事实印象深刻，并说服他们，通过参与促进国际间理解，他们能够为缓解世界压力、解决我国问题做出贡献。

向您致以我个人最衷心的祝愿。

您真诚的，

德怀特·D. 艾森豪威尔

在筹建代表团的过程中，福克纳给每一位作家寄去了总统这封信的复印件。萨克斯应该是向他建议过对作家们的呼吁可以委婉些，不要那么直白，因为比尔在给萨克斯的一封信中写道：

哪怕是有这个必要，我也不会对这封信做任何改变，只除了一个明显的与事实相悖的地方。改变一份书面声明无异于审查，任何审查者都是独裁者，或想要成为独裁者。

我建议，一旦恩尼斯（Ennis）小姐收到每个人的回复，她就通知我，并把与上述评论类似的任何进一步评论寄给我。我会把我手上的信件副本，连同那些评论，作为附信一起寄给美国总统。毕竟我们是他的委员会。

做完这个，我就不知道接下来还能做什么了。尽管作为忠诚的公民并通过我们的技艺了解这个世界的状况，我们只需总统发出进一步号召便会响应。

此时，《小镇》已经完成了三分之一。比尔将未完成的稿子寄给萨克斯，附信说："代表团一事会干扰写作，不过我会一直写下去，将它完成。我希望能够在 12 月 1 日之前写完，或许更早些。"他又补充道："我仍然没有把握，或许它除了某些部分之外都是垃圾，尽管我其实并不这样认为。我还是觉得它是有趣的，有个感人的结尾；其中的两个女性人物让我感到骄傲。"

比尔真的提前完成了《小镇》的创作，在 10 月中旬将完稿交给了萨克斯。很快，他就跟萨克斯谈起了下一部斯诺普斯小说，即《大宅》。在这部小说中，比尔将为斯诺普斯家族史诗画上句号。这个贪婪的家族于 1908 年在比尔笔下传奇的约克纳帕塔法县扎根，在十六部小说中展开其掠夺活动，时间跨度逾四十年。1957 年初，比尔带着《大宅》的首批手稿与萨克斯进行了简短的讨论。

萨克斯以前就建议比尔将他的部分手稿和其他相关文件存放在普林斯顿大学图书馆中。詹姆斯·B. 梅里韦瑟（James B. Meriwether）当时是普林斯顿大学的研究生，正在研究福克纳的创作。他提出，将福克纳的作品进行展出——包括收存的文件，具有重要的意义。比尔将他的手稿从兰登书屋的保险柜中借出，萨克斯加入了他的一些文件。梅里韦瑟组织了一场漂亮的展览，普林斯顿大学图书馆珍本书部门的亚历山大·温赖特（Alexander Wainwright）提供了技术上的建议和支持。5 月，比尔和艾斯黛拉参观了展览。

尽管工作已经耗费了萨克斯巨大的精力，但他仍然抽出了额外的时间给了那些作品并不在兰登书屋出版的作家，还有大学生们，特别是对福克纳感兴趣的。他们会按响我们家的门铃，问："我们能跟康明斯先生谈谈吗?"萨克斯总是亲切地接待他们。

萨克斯曾问过惠特尼·J.奥茨教授的意见，他们二人都觉得如果比尔能够跟大学生们交流就太好了。比尔欣然接受了这个建议。奥茨教授安排了一系列教学活动，福克纳将参与其中几场面向研究生的研讨，以及美国文学本科课程的小组讨论。这一项目将在下一个春季学期开始，从1958年的3月4日到3月14日。

后　记

1957 年秋天，萨克斯住进普林斯顿医院接受了全身检查。报告出来后，他被告知必须接受手术。10 月 23 日，我们的儿子尤金和我一起开车将萨克斯送回了医院。

萨克斯原本被邀请在尤金·奥尼尔的夜谈会上发表演讲，那场活动定于 11 月 10 号在纽约格拉梅西公园的演员俱乐部举行。迈克·奥茨让他的秘书记下萨克斯准备说的话，由唐·克劳弗尔代为朗读。萨克斯从他与奥尼尔的相识一直追溯到《长夜漫漫路迢迢》的创作。此外，他还解释了兰登书屋为了信守承诺，在作者去世二十五年后才出版这部作品。

演员俱乐部的纪念活动临近尾声时，出演过奥尼尔剧作的演员们背诵了剧中的台词，他们是：在《天边外》扮演罗伯特的沃德·科斯特洛（Ward Costello），《毛猿》中扮演奥利的弗兰克·麦克休（Frank McHugh），《啊，荒野》中扮演马特的阿兰·邦斯（Alan Bunce），《送冰的人来了》中扮演希基的小杰森·罗巴兹（Jason Robards，Jr.），《长夜漫漫路迢迢》中扮演父亲的弗雷德里克·马奇（Fredric March）。萨克斯从两个人的口中得知了活动的详情。第一位是刘易斯·谢弗（Louis Sheaffer），他正在写奥尼尔的传记；另一位是拉塞尔·克劳斯，他是记者、剧作家和制片人，也是奥尼尔的老朋友。

随着春天的来临，萨克斯似乎终于从手术的创伤中恢复了元气，他开始期盼福克纳研修班的开始。3 月，比尔的学术活动大获成功，在多场研修会上，萨克斯都担任了主持。返回牛津镇之前，比尔受邀继续进行秋季的研修活动，并立刻安排了从 1958 年 11 月 18 日至 26

日的讲座。

我们的儿子尤金结识了乌拉·格里普，这是一个在联合国工作的瑞典姑娘。很快，他就回家告诉我们他俩打算结婚。萨克斯和我都认为去瑞典参加婚礼是个好主意。我们可以在斯堪的纳维亚稍作游览，然后转道巴黎，先拜访几位法国出版人，再去探望我们在法国的亲属。我们甚至还谈到了去我们最初居住的法尔吉埃街9号的小阁楼和舍尔街11号可爱的小公寓去看一眼，那里承载了很多回忆。

医生认为悠闲的航船旅行对萨克斯的健康大有裨益，于是我们订好船票，买了新的行李箱，准备好了护照。埃德加·斯诺当时和我们在一起，他评价道："你们就像两个从来没出过远门的孩子。"确实，我有好多年没有和萨克斯一起旅行了。他的假期总是用于在家看稿，因为有些稿件需要他高度集中注意力，而在办公室是做不到的。

出发前几周，我们女婿的父母在他们位于新泽西州莫里斯敦的家中为乌拉、尤金和我们一家举行了派对。那是6月的一天，阳光灿烂，到处鲜花盛开。萨克斯看上去状态很好，我甚至开玩笑地说他看上去像博·布鲁梅尔（Beau Brummell）。真是一场快乐的聚会。

当我们在夜色中沿着乡村公路驱车回家时，我听到萨克斯说："我肩膀之间痛。"我让他赶紧停车，但他说："不，最好还是开到有人居住的地方。"

很快，我们就看到了一座房子。我跑过去，呼叫了救护车。到达医院后，萨克斯被诊断出刚刚经历了轻微的心脏病发作。

到了7月4日，萨克斯已经恢复了一些气力，被允许在病床上坐起来。他变得烦躁不安，要我们把迪内森和斯诺的清样拿给他。我试图反对，但是徒劳。"请试着理解我，"他说，"这些书初秋就要出版，付型样必须按计划送到兰登书屋。"

我跟医生说了他的要求。医生认为坚持违背他的意愿恐怕对他身体不利，不过我们必须注意，一次只能让他看几页。我拿来了清样。

Kirchstetten (West Bahn)
Hinterholz #6
Niederösterreich
Austria

Oct 8th

Dear Mrs Cummins:

I have just heard from Mr Bloomfield of Saxe's death. I don't see American papers in Europe, and nobody in Random House let me know. I should have written a letter to the New York Times, attempting to express what, I am sure every author who has the privilege of working with him, must have felt. Efficiency of mind and goodness of heart are rarely combined in equal measure, but in Saxe they were. It is much for an author to know that his not tiresome requests will be listened to courteously and respectfully, and that everything will be done to turn out his book as he would wish, but it meant a great deal more to me to feel, every time I entered Saxe's office, that I was in the presence of a good man.

Knowing this, it would be unfitting of me to try to express in words my sympathy for you in your personal loss & to hope, though, that if you come to New York at all (I return Oct 26th) you will come and see me.

your affectionately
Wystan Auden

1958 年 10 月 8 日，W.H. 奥登寄给多萝西·康明斯的信迪内森的故事集已经定名为《最后的故事》，埃德加·斯诺的手稿最终取名为《通往起始的旅途》。

7月16日，清样全部审阅完毕。萨克斯把它们交给我时说："请把它们打包，趁邮局还没关门赶快送过去。一定要保价。明天中午之前，兰登书屋就能收到了。"我按他的吩咐处理好之后回到医院，待到最晚允许的陪护时间，然后走回家中。

第二天天亮时分，医生开车过来，告诉我萨克斯去世了。

听到这个消息后，比尔·福克纳发来了这样一封电报：

对于所有认识萨克斯的人来说，献给他的最好的墓志铭（不管他们是不是真的会这么写）恐怕是"他爱我"。——比尔·福克纳